A wizard of dragon

마법사

2

드래곤의 마법사 2

김종휘 판타지 장편 소설

초판 1쇄 찍은 날 § 2001년 9월 10일
초판 1쇄 펴낸 날 § 2001년 9월 20일

지은이 § 김종휘
펴낸이 § 서경석
펴낸곳 § 도서출판 청어람
편집 § 문혜영 · 허경란 · 박영주 · 김희정 · 권민정 · 장상수
마케팅 § 정필 · 강양원 · 김규진

등록번호 § 제1081-1-89호
등록일자 § 1999. 5. 31
어람번호 § 제1-0143호

주소 § 경기도 부천시 원미구 심곡1동 350-1 남성B/D 3F (우) 420-011
전화 § 032-656-4452 팩스 § 032-656-4453
e-mail § eoram99@chollian.net

ⓒ 김종휘, 2001

값 7,500원

ISBN 89-5505-151-4 (SET) / ISBN 89-5505-153-0 04810

김종휘 판타지 장편 소설

드래곤의

A wizard of dragon

마법사

2 전쟁의 소용돌이 속에서

도서출판
청어람
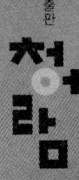

CONTENTS

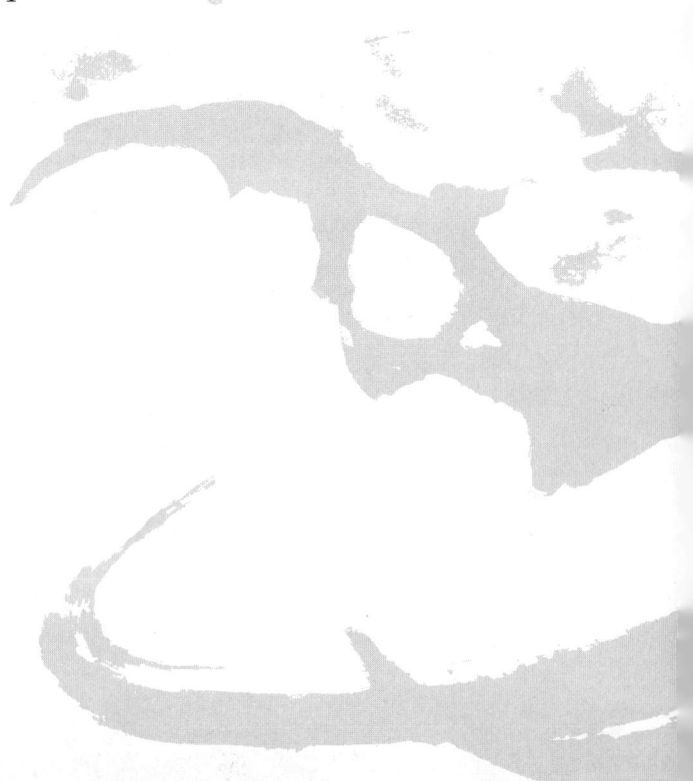

20장 대전쟁의 서곡

디멘전 패스와 텔레포트의 차이를 설명하자면, 디멘전 패스는 차원을 거쳐서 움직이는 데 반해 텔레포트는 마나의 이동, 즉 임의의 공간에 마나를 재배치하는 것을 말한다. 또 디멘전 패스가 마왕의 힘을 비는 흑마법인 데 반해 텔레포트는 백마법에 속하는데, 디멘전 패스의 경우에는 마왕의 힘으로 좌표를 정하기 때문에 모르는 곳에 간다 해도 별문제가 없지만 텔레포트의 경우에는 마나 재배치 중 이동하고자 하는 곳에 다른 물체가 있다면 마나 재배치에 파장이 생겨 불완전한 배치가 이루어진다. 즉, 두 개의 다른 생명체가 서로 간의 반작용을 함으로써 텔레포트를 하는 존재는 마나 배열이 흐트러지며 죽게 되는 것이다. 두 마법 중 디멘전 패스를 이용하려면 엄청난 마력이 소모되어 보통은 마계의 마족들이나 마신의 힘을 빌릴 수 있는 암흑 신관만이 사용한다.

"마령이 생긴 이유를 알고 있나?"

루드웨어의 말에 두 사람은 고개를 저었다. 마령이 루덴스에 의해서 만들어진 것은 알고 있지만, 왜 마족이 지상계에서 나라를 세웠는지는 불분명하기 때문이다.

마령 건국을 두고 마법학계에서는 몇 개의 가설이 서로 팽팽하게 맞서고는 있지만, 어디 하나 정답이라고 말할 수는 없었다.

아이샤 역시 마령 건국에 관한 가설을 몇 개 알고는 있지만, 그것은 가설일 뿐이었기에 모른다고 대답한 것이다.

알려져 있는 사실이라곤 루덴스가 마신 라스타의 대리자로 임명되면서 마령이란 존재가 생겼다는 것이지만 두 사람 다 루드웨어가 원하는 답이 그것이 아니라는 것을 알고 있기 때문이다.

"현재 마계는 멸망의 기로에 접해 있다."

"멸망?"

처음 듣는 말이었는지라 로노와르가 되묻자 그는 고개를 끄덕이며 말했다.

"성스러운 빛. 그것은 지상계나 천계에서는 아무런 해가 되지 않는 것이지만, 마계에서는 그 상황이 다르다. 마계라는 곳은 지상계의 마에 관련된 기운을 어둠의 힘으로 정화하여 세계를 이루는 곳인데, 신마전쟁에서 천신 레이뮤님께서 쓴 성스러운 빛으로 오염당해 있기 때문에 마계의 가장 큰 구성 요인인 마의 기운을 처리하는 어둠의 힘이 많이 약해져 있다. 천신 레이뮤님이 살아 계셨다면 이 성스러운 빛을 흡수했겠지만, 궁극의 마신 크레이져를 봉인하면서 소멸되셨기 때문에 그 성스러운 빛은 계속 남아 있게 된 거지. 지금 마계의 상태는 마신 라스타가 쳐놓은 어둠의 결계에서만 마족들이 살아가고 있는 형편이야. 마령의 건국 이유는 이것과 많이 관련되어 있어. 마계의 성스러운 빛은 점점 강해지고 있지. 마의 기운을 정화하는 땅이 성스러운 빛으로 인하여 선에 관련된 기운을 끌어오기 때문에 생긴 일이라고. 그 때문에 멸망해 가는 마족들은 새로운 땅을 찾을 수밖에 없었고, 그것이 바로 마령이야. 마령은 마족들을 살리기 위한 땅이라는 거지."

"그럼?"

"응. 현재 마족의 많은 숫자들이 마령으로 터전을 옮기고 있지. 마계에는 라스타와 그의 측근인 고위 마족들, 그리고 마계 제1군단만이 남아 있을 뿐이다."

아이샤는 그 말에 놀란 얼굴을 하며 말했다.

"그림 거의 대부분의 마계의 군대가 지상계에 나와 있다는 기 아니!"

마계의 군대가 지상에 있다는 것은 어떻게 생각하면 상당히 위험한 일이라고 할 수 있었다.

마족들이 인간들을 공격한다면 그것은 과거의 전쟁보다 더한 불상사를 초래하기 때문이다.

"현재까지는 그런 위험은 없다. 하지만 대륙의 신교가 이 사실을 안다면 엄청난 사태가 벌어지지. 생각해 봐. 마족들은 단순히 살기 위해서 지상계로 이주해 온 것에 불과해. 마계를 망가뜨린 것은 신들이기 때문에 그들에게 얼마간의 책임은 있지. 방금 아이샤, 네가 생각하는 것처럼 선입견을 가지고 그들을 대한다면 마족과 지상계는 어쩔 수 없이 전쟁을 치를 수밖에 없다고. 생각해 봐. 살고 있던 땅은 천신들의 실수로 뺏기고 간신히 지상으로 나와 살 수 있게 되었다고 생각한 마족들이 그 땅마저 인간들에게 공격당한다면 가만히 있겠어?"

"……."

루드웨어의 말에 아이샤는 아무 말도 할 수 없었다. 사실 생각해 보면 자신도 마족들에 대해 선입견을 많이 가지고 있었기 때문이다.

루덴스가 전쟁을 원하지 않는 평화주의를 걷고 있는 것을 뻔히 알면서도 아이샤는 언젠가는 그가 인간들에게 검을 들이댈 것이라고 생각했기 때문이다. 오죽하면 대신관이 북극의 먼 땅에서 어둠의 기운이 강해지고 있다는 계시를 받았음에도 아이샤는 마령을 의심하여 그쪽에서 탐색을 하고 있었겠는가.

"루덴스는 단지 마족들을 살리기 위해 마령을 건국한 것뿐이야. 필요없는 피를 흘리고 싶은 마음은 없다는 것이지. 그렇기 때문에 마계 1개 군단을 제외한 4개의 군단을 마령에 체재시키고 있을 뿐, 북극령과 제국이 도발하는 와중에서도 4개 군단을 움직이지 않는 거야. 아마 마계 4개 군단은 마령이 멸망하는 한이 있어도 동원하지 않을 것이라 생각해. 하지만 그가 전쟁을 일으키려는 생각은 없다고 해도 궁국의 마신 크레이져가 깨어난다면 상황은 달라진다."

"크레이져……."

"아직까지는 마신 라스타가 마계의 세력권을 잡고 있기 때문에 그의 대리자는 마계의 군단을 컨트롤할 수 있지만, 얼음성의 성주 크샤스가 궁극의 마신을 깨운다면 그 세력권은 바뀌게 되는 거야. 마신 라스타에서 궁극의 마신 크레이져로 말이야. 절대악의 존재인 크레이져가 마계 군단의 지휘권을 갖게 되면 마계는 다시 되살아날지도 모르지만 천계와 지상계는 말 그대로 멸망하게 되는 거지."

"말도 안 돼."

아이샤는 좀처럼 루드웨어의 말을 믿을 수가 없었다.

"내가 하는 말은 사실이다. 현재 각 신전에서는 자세한 내막도 모른 채 마계의 지배자인 마신 라스타가 권속들을 모든 세계에서 몰아내야 할 적이라고 규정하고 있지만, 실상 마신 라스타가 존재함으로서 지상계와 마계, 심지어는 천계가 비교적 조용하게 그 관계를 유지하고 있다는 거야. 만약 충돌이 일어나면 그건 마계의 도발이 아닌 인간들의 도발일 가능성이 더욱 크지. 아이샤, 드래곤들이 왜 신마전쟁에서 신족의 편을 들었음에도 현재에 와서는 마족에게 관대한지 이유를 알겠어?"

아이샤는 믿고 싶지 않았지만 루드웨어의 말은 자신도 잘 알고 있는 사실에 입각하고 있었기에 수긍하지 않을 수 없었다. 한편 로노와르는 루드웨어의 말을 듣고는 무슨 생각이 들었는지 루느웨어에게 말했다.

"마계에선 크레이져를 그냥 봉인에서 깨워도 상관없잖아. 어차피 신족과 인간들에 의해 멸망해 가는 판이니 뒤집어 버리는 게 그들에게 낫지 않을까?"

로노와르의 말에 루드웨어는 고개를 저으며 그 이유를 설명했다.

"아까 마령이 멸망해 가는 이유를 말해 줬지."

"응?"

"사람들은 마족들을 이기적이라고 생각하지만 실상 마족은 지극히 실리주의자들일 뿐이야. 모든 존재에는 천적이라는 것이 있듯이 궁극의 마신 크레이져가 깨어난다면 천신 레이뮤 역시 존재해야 하는데, 천신 레이뮤는 다시 세상에 존재할 수 없는 상태지. 그렇기 때문에 크레이져를 그냥 깨우게 내버려 둔다면 마계는 되살아날지 모르지만 천계는 현재의 마계와 같이 멸망의 기로에 놓이게 돼. 마신 라스타는 그러한 것을 몸소 체험한 사람이기 때문에 천계나 마계 어느 한쪽이 멸망한다면 세계가 혼란스러워질 것을 알고 크레이져의 봉인이 풀리지 않도록 막고 있는 거지. 마족은 결코 선한 자들은 아니지만 세계를 멸망하도록 내버려 둘 바보들도 아니란 거야."

루드웨어의 말에 로노와르는 이제야 알겠다는 표정을 지으면서 질문했다.

"응… 그럼 라스타는 단순히 사라지는 마계 대신 지상계에서 마족들이 살 수 있는 새로운 땅을 원하는 것에 지나지 않는단 말이야?"

그 말은 이미 몇 번이나 설명하긴 했지만, 열 번도 말해 주지 않았는데 이해한 로노와르를 보며 루드웨어는 기특하다는 듯이 머리를 쓰다듬어 주고, 고개를 끄덕이며 수긍해 주었다.

"루덴스가 마신의 대리자의 신분을 가지고 있다고는 하지만 실상 그의 본질은 인간이다. 인간인 그가 지상을 피의 바다로 만들 생각은 없다고 보는 게 맞겠지. 또 라스타 역시 그런 루덴스의 생각을 옹호해 주고 있다. 얼음성에 출현한 마계의 군대는 그런 라스타의 입장을 대변해 주고 있다고 볼 수 있지."

"라스타의 생각대로 얼음성을 쓸어버리는 것이 낫지 않을까? 어차피 인간이 하나 마계의 군대가 하나 똑같은 거잖아."

로노와르의 말에 아이샤는 말도 안 된다는 표정을 지으며 그를 쳐다보았다.

"마계의 군대가 북극의 대지를 피로 만드는 것을 보고 있으란 말이야!"

아이샤가 소리치자 로노와르는 이해가 안 된다는 얼굴을 하며 말했다.

"궁극의 마신을 깨우는 것보다는 나은 결정이 아닐까? 인간계와 마계의 군대가 격돌한다면 그 피해는 북극의 대지가 사라지는 것보다 더 피해가 클 텐데?"

아이샤는 로노와르의 말에 할 말을 잃고 말았다. 사실 로노와르의 말이 틀린 것은 아니지만 북극의 대지에 살고 있는 사람을 죽인다는 것은 말이 안 된다고 생각했다.

"한 사람과 백만 인의 죽음. 단순한 숫자로 판별할 일이 아니라고 생각해요. 그 모두가 숭고한 생명체이니까요."

아이샤의 말은 드래곤의 생각으로서는 이해하기 어려웠기에 로노와르는 고개를 갸웃거릴 수밖에 없었다. 철저한 개인주의로 살아가는 드래곤에게 아이샤의 논리는 생전 처음 들어보는 것이었기 때문이다. 루드웨어는 아이샤의 말에 고개를 끄덕이며 말했다.

"아이샤의 말은 전혀 틀리지 않는다. 하지만 현재의 우리로서는 최선의 방책을 찾을 수밖에 없겠지. 설사 그것이 북극의 대지에 살고 있는 모든 사람들을 죽게 하는 처사라고 해도 말이야."

루드웨어는 아이샤의 말에 수긍은 하지만 한 사람의 생명을 위한다고 더 큰 위험을 방치할 수는 없었다.

루드웨어는 품에서 한 장의 지도를 꺼내 바닥에 내려놓으며 말했다.

"어렵게 구한 북극의 지도니까 잘 보라고."

그렇게 말한 루드웨어는 지도의 한 부분을 손가락으로 가리켰는데 아이샤는 그곳이 어디인지 알고 있었다.

"얼음성?"

"응. 얼음성 주변은 온통 화구로 둘러싸여 있어. 그 때문에 강력한 마나 폭풍을 일으키는 봉인 해제 의식은 치를 수 없는 장소지. 자! 로노와르, 그렇다면 지도에서 봉인이 있다고 예상되는 부분을 한번 짚어봐."

루드웨어의 말에 손가락으로 머리를 두들기며 한참을 생각한 로노와르는 루드웨어처럼 지도의 한 부분을 가리키며 말했다.

"마나 폭풍을 견딜 만한 장소와 이목을 가릴 수 있는 장소를 살펴본다면 레허드 분지가 가장 적당하지 않을까?"

루드웨어는 로노와르의 말을 듣고 갑자기 박수를 치면서 말했다.

"오호, 해츨링치고는 똑똑한데. 맞아. 익명의 제보자(칠인회 첩자)에 의하면 현재 레허드 분지 내에서 30명 이상의 고위 마법사들이 의식을 준비하고 있다더라. 대충 주둔하고 있는 적의 숫자를 살펴보면 고위 마법사 30명, 상위급 기사가 100여 명 정도에 병사는 약 3천 정도, 거기에다 세뇌당한 마물들의 숫자는 분지 밖으로 풀어져 있는 숫자만 거의 수만에 달하고 내부에는 상급 마물이 약 3,000 정도 있다고 하니 어마어마한 숫자라고 할 수 있지."

아이샤는 생각보다 많은 숫자에 당황하지 않을 수 없었다. 분지에 있는 적의 숫자는 한 나라를 침공해도 가능할 정도의 엄청난 병력이기 때문이다.

"아이샤, 애석하지만 아직 끝나지 않았네요. 이 거대한 분지 전체에는 8서클 절대 마법 봉쇄가 걸려 있기 때문에 8서클 이하급의 마법은 절대 통하지 않지. 마법 봉쇄 안에서 벗어날 수 있는 방법은 봉쇄가 이루어지지 않은 분지 중앙의 마신전까지 빠른 속도로 움직여야 한다는 거야."

"뭐야, 루드웨어는 10서클 마스턴데 뭐가 문제야?"

로노와르의 말에 그는 고개를 저으며 말했다.

"시동어 없이 바로 사용할 수 있는 마법은 7서클 정도 메모라이즈 한다고 해도 9서클 공격 마법을 사용하기 위해선 어느 정도의 시간이 필요해. 한데 아까도 말했지만 수만의 마물들을 막으며 주문을 외운다는 것은 거의 자살 행위나 다름없다고."

"언령은?"

"언령의 경우에는 마나의 소비가 너무 크다고. 만약 의식이 시작되었다면 그것을 멈추기 위해선 내 마나의 반 이상을 사용해야 하는데, 언령을 쓰다간 가장 중요한 임무를 놓치게 되는 거지."

루드웨어는 지도를 다시 주머니에 집어넣고는 아이샤를 보며 말했다.

"어쨌든 우리만으로는 조금 힘들 것 같은데… 어때, 몇 명의 조력자들을 불러야겠지?"

"조력자?"

"응. 일단 마법사들은 별문제가 없다고 쳐도 가장 중요한 검사가 우리 파티에 없다는 게 문제라고. 칠칠맞은 해츨링 녀석에게 검을 맡길 수는 없는 노릇이니까."

그 말에 아이샤는 고개를 끄덕이며 수긍했지만 로노와르는 분노를 참지 못한 채 부르르 떨고 있었다. 하지만 어떡하랴, 그 자신도 느끼는 것을. 사실 말이 나왔으니까 하는 말이지만 현재까지 로노와르가 해온 일이라곤 딱 브레스 몇 방 쏜 것밖에 없다.

얼음성에서는 경비대에게 밀리고, 마계의 군대에게는 다크 엘프의 파이어 볼에 맞고 추락하는 등, 전력에 전혀 도움이 되지 않고 있기 때문이다.

로노와르는 이를 갈며 왜 400년 가까운 시간 동안 자신이 놀고만 있었는지 후회하기 시작했다. 일단은 해츨링 중에서는 뛰어난 힘을 자랑하고 있는 로노와르는 브레스는 성년급에 버금간다 해도 마법은 폴리모프와 루드웨어에게 훔쳐 배운 디멘전 패스가 전부였고, 검술에 있어서는 신관인 아이샤보다 못한 실력을 지니고 있었기 때문이다.

"그래서 누구에게 도움을 청할지는 생각해 봤어?"

로노와르는 터져 나오는 화를 참으며 물었고, 그런 물음에 루드웨어는 당연하다는 듯이 가슴을 펴고는 말했다.

"내가 누구냐. 일단은 칠인회에서 상당한 도움을 주기로 약속했고."

"칠인회?"

칠인회란 소리에 아이샤가 솔깃하며 되묻자 루드웨어는 고개를 끄덕이며 말을 이어 나갔다.

"응. 내가 칠인회랑 조금 안면이 있거든. 또 강제로 끌어들인 사람만 해도 마계 쪽에 두 명 정도가 있지."

"누군데?"

로노와르가 궁금한 듯이 묻자 그는 미소를 지으며 말했다.

"우리의 영원한 자금원인 루덴스와 마신 라스타의 똘마니 암흑 신관 유리마. 녀석들이라면 충분히 도움이 되고도 남지 않을까?"

"도와줄까?"

"그럼. 어차피 실패하면 피해는 마계로 돌아가는데 안 도와주고 배기겠어?"

"뻔뻔하구나."

"후후."

그 시간 루덴스는 루드웨어가 자신을 이용해 먹으려고 하는 줄도 모른 채 바쁘게 일을 하고 있었다.

모든 일은 크샤스의 계획대로 흘러가고 있는 것이다.

지금까지 제국과 마령의 사이를 갈라놓던 화이트 드래곤 아크라시마라는 방어 벽이 사라졌다는 것을 뒤늦게 알게 된 로아냐드 제국은 드디어 기다리고 기다리던 작업에 들어가게 되었다.

바로 마령 침공전. 제국은 자칭 성전이란 이름을 내걸고 귀족들이 소유하고 있던 3개 기사단, 8만의 병력을 마령의 국경으로 돌려 침공한 것이다.

이는 내양신을 모시는 아리시아 성교회의 영향도 있었지만 몇 가지의 정치적 상황이 꼬인 탓도 있었다.

그것을 잠시 설명하면, 현재 로아냐드 제국은 신구의 세력이 서로 제국의 정권을 얻기 위해 아귀다툼을 벌이고 있었다. 처음에는 작은 도시 간의 무역 다툼으로 인해 고용된 용병들 간의 작은 싸움 정도였지만, 시간이 갈수록 내전 양상은 더욱 심해져 지금에 와서는 중앙 귀족과 지방 호족들의 전면전으로 바뀌고 만 것이다.

두 세력은 각기 자신들만의 기사단을 소유하고 있었는데, 제국의 군사 방침은 이 귀족들의 기사단과 유사시 제국의 군대로 돌려지며, 그 기사단을 거느리는 귀족은 사령관으로서 전쟁에 임하는 방식을 취한다.

그런 이유로 제국의 내전이란 것은 제국을 방어할 군사력을 약화시키는 것과 다름이 없었기 때문에, 황제로서는 하루빨리 그들을 화해

시켜야 했다. 하지만 이미 골이 깊어질 대로 깊어진 두 세력의 화합은 있을 수 없는 일이었다. 제국의 황제는 이 일로 고심하다 아크라시마 라는 골칫거리 방벽이 사라졌다는 것을 알고 이들의 시야를 밖으로 돌리기 위해 마령의 침공을 명한 것이다.

이러한 내전이 일어나게 된 원인은 국가 정책 탓도 있었다. 제국이 현재 벌이고 있는 정책 중의 하나에는 영토 확장 정책이었다.

로아냐드 제국은 계속적인 동방 확장 정책을 벌이고 있었는데, 이 동방 확장 정책이란 것이 로아냐드 제국의 국교인 아리시아 성교회의 종교적인 면도 상당히 들어 있었다. 즉, 아리시아 성교회를 비롯한 4 개의 신 외에는 어떠한 신도 용납할 수 없다는 성교회 우선 정책이 그 것이다.

이 성교회 우선 정책의 가장 큰 걸림돌이 바로 마족의 온상지인 서 방의 마령이라는 거대한 사교 집단이었지만, 그들을 정벌하기에는 아 크라시마라는 방벽이 너무 높았기에 열성 신도들의 눈을 제국은 동방 으로만 돌리게 된 것이다.

태양신 아리시아의 계시라며 제국과 성교회 측은 대륙의 동쪽에 위 치한 120개 중소 국가와 유목 민족인 유온 족들의 국가를 침공, 이교 도들을 정벌하고 있었다. 하지만 가장 난적인 서방 마령을 공격하지 못하는 시점에서 이것은 단순히 겉치장에 지나지 않기에, 13차까지 이르는 성전은 단순히 성전이란 명목을 가지고 있는 중앙 귀족들의 영지 넓히기라는 우스운 결과를 낳게 되고, 새롭게 늘어난 영토가 중 앙 귀족의 손에 들어가자 지방 호족들의 불만은 당연히 커질 수밖에 없었던 것이다.

여기까지는 단순히 중앙과 지방의 정치 투쟁이 조금 심해진 것에 지나지 않았지만, 일은 그 후에 생겨났다.

　내전의 처음 시작은 성전이란 미명 하에 이루어지는 이교도들의 무차별한 학살을 반대하고 일어난 일단의 기사들이었다.

　그 주축은 기사도를 우상하고 있는 젊은 기사들. 초창기에 그들은 신앙심있는 성기사와 힘을 합쳐 탄원서를 올리는 것에 그쳤지만, 이미 동방 확장 정책으로 달콤함을 맛본 중앙 귀족들이 그것을 받아들일 리는 없었고, 기사도 중심의 젊은 기사들은 강한 불만을 가지게 된 것이다. 중앙 귀족들은 여기서 큰 실수를 하고 만 것인데, 그 당시에야 어린아이들의 불만이라 치부하며 무시할 수 있었지만, 그들은 시간이 지남에 따라 권력의 중심부에 오를 자들이라는 것은 알지 못했다는 것이다.

　처음엔 기사도에 위배되는 학살을 더 이상 외면할 수 없다는 것에서 시작되었지만, 시간이 지날수록 그 당시의 젊은 귀족들은 중앙으로 정치판에 뛰어들게 되었다. 제국의 정책으로 이제 중앙 귀족의 영지는 상당히 넓어졌고, 그에 로비로 사용되는 돈이 많아짐에 따라 정치에 대한 발언권은 상당히 높아졌다.

　그에 비해 과거의 영지에서 변한 것이 없는 지방 호족들은 불안감을 느끼게 되었는데, 동방의 이교도가 모두 정벌돼 가고 있는 시점에서 남은 것이 바로 자신들의 영지밖에 없기에 언제 중앙 귀족에 의해 영지가 침범당할지 모르는 불안감이 생긴 것이다.

　이런 고민은 지방 호족들로 하여금 중앙에 진출한 당시의 기사도 중심의 기사들에게 합류하게 만들었고, 지방 호족들에 의해 자금이 확보된 기사도 중심의 기사들은 중앙의 귀족들과 본격적으로 대치하게 되었다.

사태가 이렇게까지 진전되자 제국의 영토 내에서는 각 영지들 간의 내전이 끊이지 않고 있었는데, 때 마침 아크라시마라는 방벽이 사라지자 황제는 내전을 종식시키기 위해 마령의 대대적인 침공을 명한 것이다.

　황제가 직접 명하여 선발된 1차 정벌군은 중앙 귀족에 속하는 로베르토 백작과 안토니오 백작, 지방 호족의 중심에 속하는 리미트 백작과 렌퍼드 남작이었다. 이들은 각자가 거느리고 있는 기사단 8만의 병력으로 서방 마령 정벌에 나섰다.

　이 8만의 숫자 외에도 제국 내에서 마령 정벌을 위해 정비되고 있는 타 귀족들의 군대만 해도 이미 30만을 넘어서고 있었기 때문에 1차 정벌군인 8만은 결코 가볍게 넘길 수가 없었다.

　1차 정벌군의 기세를 꺾지 못한다면 제국의 공세는 더욱 커질 것이 분명하기 때문이다. 하지만 한창 내전 중이던 제국의 서방 정벌군은 생각보다 빠른 속도로 이루어졌기에, 그에 대항해야 하는 서방 마령은 생각보다 큰 위기에 봉착하고 말았다.

　루덴스는 전령에게서 제국이 군대를 보내왔다는 소식을 들은 후 급하게 동방 국경의 영주인 웨어울프 이르카시오 백작과 마령 5대 장군의 한 명인 시드니안 공작이 이끄는 5군단 10만의 병력을 동방 국경 쪽으로 급파했지만, 아직 5군단 10만의 병력은 전선에 도착하지 않은 상태였기에 그곳을 지키고 있던 이르카시오 백작의 사병 3만은 8만의 제국 대병력에 의해 패주하여 전선에서 밀려 나고 있는 상태였다.

　"어떻게 8만의 병력이 움직이는데 눈치 채지 못하고 있었단 말인가!"

마령의 모든 정치가 이루어지는 순백색의 대리석으로 이루어져 있는 마성의 방이라 이름 지어진 내당 안에서는 중앙의 상부 쪽에 위치한 왕좌에 앉아 있는 루덴스 밑으로 이십여 명의 신료와 장군들이 양쪽으로 기립하고 있었다.

루덴스의 옆에서 보좌하고 있는 오른팔 사라덴은 현재 상황을 루덴스와 각 신료들과 장군들에게 보고했는데, 그 보고가 끝나자 루덴스는 왕좌의 손잡이를 치며 노기를 감추지 못하고 소리쳤다.

그런 루덴스의 분노의 이유를 잘 알고 있는 내당에 있는 4명의 장군과 각 신료들은 고개를 숙인 채 아무 말도 못하고 있었다.

"제국은 영주들의 내전 상태에서 국경 부근에서 대치하고 있는 병력을 돌렸는데, 그 속도가 워낙 빨라 예상하지 못했습니다. 설마 내전의 쌍방이 그토록 빠른 시간에 힘을 합쳐 마령을 침공할 줄은 생각지도 못했습니다."

좌측의 세 번째에 기립해 있는 붉은 머리의 70세 정도로 보이는 신료가 말했다. 그는 마령의 병무장관의 직위에 있는 자로, 그의 말을 들은 루덴스는 당치도 않다는 표정을 지으며 소리쳤다.

"그걸 말이라고 하는가! 아무리 내전이라고는 하지만 제국은 아리시아 성교회의 성제국이란 이름을 지니고 있다. 성교회 녀석들은 마령이라면 이를 갈고 있는데 그 정도도 예측하지 못했단 말인가! 그러고도 서방 마령의 병무장관의 직위에 올랐단 말인가!!"

병무장관의 변명은 루덴스의 노기를 더욱 치솟게 했지만, 이런 식으로 노기를 터뜨려 봤자 아무 일도 안 된다는 것을 잘 알고 있는 루덴스는 간신히 화를 누그러뜨리며 오른쪽에 서 있는 사라덴을 보며 물었다.

"현재 5군단의 위치로 보아 전선까지 투입될 예정 시간은?"

"시드니안 공이 이끄는 10만의 병력은 앞으로 3일 정도가 걸려야 전선에 투입될 수 있으리라 봅니다."

"3일? 한시가 급한 지금에 3일이란 시간이 짧다고 생각되는가? 이르카시오의 방어군이 무너진다면 안트라드 평야까지 제국의 병력이 밀어닥칠 텐데, 안트라드 평야가 제국의 손에 들어간다면, 제국 측이 머리가 있다면 분명 장기전으로 방향을 돌릴 것이다. 자칫 장기전으로 돌아선 전쟁이 5년 이상 지속된다면 곡물 생산의 반 이상을 차지하고 있는 평야를 잃은 상황에서 심각한 식량난이 초래될 것은 뻔한 이치라는 것을 모른단 말인가!!"

루덴스의 지적은 정확한 것이다. 제국이 내전 상황의 병력, 즉 서로 간의 앙금이 남아 협조가 원활하게 이루어지지 않을 것을 뻔히 알고 있는 이 쌍방의 병령을 빠른 속도로 합쳐 서방 마령을 급습한 것은 서방 마령의 주 식량 생산지인 안트라드 평야를 겨냥한 것이다.

평야를 점령하여 파이드 강 서부에서 병력을 정비할 수 있다면 일단 협조가 이루어지지 않는다고 하여도 전쟁에 가장 큰 이점, 즉 군량 문제에서 서방 마령을 압도하므로 승률은 반 이상 높아진다는 것을 알고 있기 때문이다.

마령 곡물 생산의 반을 차지하고 있는 안트라드 평야는 그만큼 마령이나 제국에 있어서 전쟁의 승리를 이끌어내는 열쇠로 인식되는 것이다.

"제국의 군대는 내전의 상대방인 두 개의 집단이 앙숙인 상태에서 모여 있는지라 저희 측에서 강공을 취한다면 분열이 있으리라 생각합니다. 저에게 비병(하늘을 날 수 있는 마물로 이루어진 병사) 1만을 주신다면 최대한 적의 움직임을 늦춰보도록 하겠습니다."

마족 고유의 색깔인 보라색 머리칼을 지닌 20대 미청년 장군이 앞으로 나아가 무릎을 꿇으며 루덴스에게 말했다.

그는 마령 5대 장군 중 한 명으로 불꽃의 용장이라고 불리는 상위 마족 케이드 공작이다. 그가 앞으로 나아가 자신의 의견을 밝히자 불꽃의 용장의 명성을 잘 알고 있는 루덴스는 그가 충분히 해낼 수 있다고 생각하곤 고개를 끄덕이며 말했다.

"와이번 기사대 3천과 비병 7천을 주겠다. 케이드 공작, 제국은 마령과의 싸움에 대비하여 대공 능력에 대비해 왔을 것이다. 과거라면 모를까, 이 정도의 병력으로는 제국의 군대를 분열시키는 것은 상당히 어려울 텐데 할 수 있겠는가?"

"맡겨만 주십시오."

"좋다. 케이드 공작은 지금 당장 군대를 이끌고 전선으로 향하라."

"예."

루덴스의 지시가 이어지자마자 그는 정중하게 인사를 하고는 내당을 빠져나갔다. 케이드의 모습을 보며 다른 신료들은 거침없는 그의 태도에 감탄하지 않을 수 없었다.

"제국의 2차 정벌군의 숫자는 어느 정도로 생각되는가?"

루덴스가 묻자 사라덴은 첩자를 통해서 들어온 정보 문서를 두 손으로 건네며 낮은 목소리로 말했다.

"현재 중앙군과 제국 동부의 영주들의 군대를 정비하는 속도를 미루어보아 적어도 이 주일 안에 약 20만 정도의 군대가 제국의 1차 정벌군에 지원될 것이라 생각됩니다."

사라덴의 말에 내당에 있는 이들은 20만이라는 숫자에 입을 다물 수가 없었다. 아무리 마령 침공을 제1과제로 선정하고 있는 제국이라고는 하지만 20만이나 되는 숫자를 내전의 외중에서도 이 주일 만에 돌린다는 것은 상당히 놀라운 속도였기 때문이다.

마령은 치국에 정신을 쏟은 관계로 거의 모든 군대가 사방으로 흩어져 있었기 때문에 이 주일 후에 올 20만의 제국 군대와 맞설 만한 군대를 모으려면 상당한 시간이 소비되어야 했다.

한참을 마령으로 침범해 올 제국의 군대에 대해서 생각에 잠긴 루덴스는 얼굴을 찌푸리며 이윽고 결정을 내렸다.

"사라덴."

"예."

"당장 코베트에게 사람을 보내어 사방오크 왕을 움직여 달라 하라."

루덴스의 말에 기립해 있던 신료들은 놀란 얼굴로 소리쳤다.

"그건 말도 안 됩니다!"

"오크라니! 어찌 마족이 오크에게 도움을……!!"

루덴스가 말한 코베트는 대륙의 모든 오크들을 지배하는 오크 왕국을 꿈꾸는 몽상가로 알려져 있는 인물이다.

호시탐탐 오크들의 영토가 만들어져 하나의 국가가 만들어지기를 꿈꾸는 그는 마족들의 세계인 마령의 땅 역시 노리고 있었다. 하지만 오크들로 마령을 친다는 것은 거의 불가능하기에 계속 사람을 보내어 자신들의 왕국을 인정해 주고 동맹하길 요청하고 있었는데, 마족들은 저급한 오크들과의 동맹을 꺼려하고 있었다.

루덴스가 코베트에 부탁하여 사방오크 왕을 움직인다는 것은 다른 의미로 오크들의 왕국을 마령에서 인정한다는 뜻이기 때문에 저급한 종족의 왕국을 인정하기 싫은 다른 장군과 신료들이 놀라 만류하려 하는 것이다.

또 호전적인 생물인 오크들이 왕국을 이룬다는 것, 또 그것이 마령과 인접할 경우에는 어쩌면 제국보다 더 큰 위험을 마령에 몰고 오는 것이 될 수 있었다.

지능이 낮은 오크들이 농사를 지어 작물을 키운다는 것은 있을 수 없기 때문에, 그곳은 다른 왕국에서 잡혀온 인간들이 노예로 살거나 도적들의 국가가 될 것이 뻔한 일이었다. 이런 나라를 인정한다는 것은 마족들의 자존심으로써는 용납될 수 없는 일이었다.

"말도 안 됩니다!!"

"하등 생물인 오크에게 지원을 바란다는 것은 말도 안 됩니다!"

하지만 루덴스는 그런 신하들의 말에 콧방귀를 뀌며 말했다.

"어차피 이 전쟁은 크샤스의 조작에 일어난 것이다. 제국과의 전쟁에서 마령의 피해가 커진다면 북극의 군대가 제국에 호응할 것은 뻔한 이치. 우리가 할 수 있는 것은 최대한 피해없이 전쟁을 끝내는 것이 목적이다. 경들은 제대로 된 의견도 내지 않으면서 사사건건 짐의 의견을 반대만 하려 하는가. 사라덴!"

"예, 폐하."

"코베트에게 이 전쟁에 오크들의 군대를 지원해 준다면 제국 서부 이란드 지방과 마령 안트라드의 동쪽 땅을 준다고 하게. 어차피 아크라시마의 영토였던 곳이니, 이렇게 된 바에야 오크들의 왕국을 그곳에 만들어놓고 국경의 방패막이로 세우는 것도 나쁘진 않겠지."

루덴스의 설명이 이어지자 반발했던 신료들도 고개를 끄덕일 수 있었다. 제국과 마령이라는 두 강대국에 끼어 있는 오크들의 왕국이라면 전에 있던 아크라시마의 위치와 별로 다를 것이 없었기 때문이다.

마계의 고귀한 민족인 마족이 오크 같은 저급한 종족에게 도움을 받는다는 것은 수치스러웠지만, 그것이 루덴스의 명령이기에 도움을 받는 것이 아닌 이용한다는 생각으로 넘어갈 수밖에 없었다.

하지만 전쟁이 끝났을 때 차후에 있을 오크들의 횡포가 생각나는지 그들은 루덴스의 의견을 모두 수긍하는 것은 아니었다.

21장 전쟁의 희생자

루드웨어 일행은 크샤스의 음모를 확인했지만, 크샤스와 대항하기에는 전력이 너무 약했다. 차라리 루드웨어 혼자서 잠입하여 게릴라전을 하면 했지, 어떻게 신관인 아이샤와 멍청한 해츨링 로노와르를 데리고 싸울 수 있겠는가?

그런 이유로 일단 대륙으로 가서 도와줄 사람들을 구하러 배를 타고 다시 마령의 땅으로 향하려고 했지만, 이상하게 항구에는 마령으로 가는 배가 단 한 척도 없었다.

"얼래? 왜 배가 없어요? 야센시티로 가는 항로는 이곳 상인들의 밥줄이나 마찬가지잖아요?"

루드웨어의 말에 선장은 힘없는 표정으로 한숨을 쉬었다.

"그걸 왜 모르겠는가? 하지만 요 근래에 마령과 제국이 전쟁을 벌였다고 하네. 나도 지금 모든 교역로가 통제 중이라서 두 손 놓고 전쟁이 끝나기만을 기다리고 있네."

그 말을 듣자 루드웨어는 드디어 크샤스의 음모가 본격적으로 시작됐음을 알 수 있었다. 궁극의 마신 크레이져를 부활시킴과 동시에 마령과 제국의 국력을 약화시켜 대륙을 통일하려는 크샤스의 음모. 일이 이렇게 풀린다면 루덴스에게서 도움을 받는 것은 조금 어려워져 루드웨어는 긴장하지 않을 수 없었다.

마령으로 향하는 배를 구할 수 없었던 루드웨어 일행은 항구 주변을 돌아다니다 지쳐 술집에서 시간을 때우고 있었다.

맥주를 마시며 마령으로 갈 수 있는 다른 방법을 한참을 생각하던 로노와르는 무슨 생각이 들었는지 루드웨어를 보며 말했다.

"꼭 배를 타고 가야 하는 거야?"

"뭔 소리여?"

"니가 잘하는 거 있잖아. 디멘전 패스. 그걸로 대륙으로 건너가면 되잖아?"

로노와르의 말에 루드웨어는 한심하다는 생각이 들었다. 마계까지 건너갈 수 있는 디멘전 패스라곤 하지만 올 때 배 타고 온 것을 보면 무슨 이유가 생각날 법도 한데 말이다.

루드웨어는 로노와르의 무식함에 잠시 흘러내린 땀을 닦으며 말했다.

"북극의 땅과 대륙 사이에는 신의 장벽이란 것이 있다고."

"신의 장벽?"

갑자기 들어보지도 못한 지명에 로노와르는 고개를 갸웃거리며 물었다.

"응. 북극의 땅과 대륙의 땅 사이에는 신의 장벽이란 것이 있어서

자연의 반하는 기운을 통과시키지 않는 힘이지. 궁극의 마신 크레이져를 봉인시켰을 때, 인간들이 그것을 풀지 못하게 하기 위해서 천신들이 만들어놓은 하나의 장벽이야. 그렇기 때문에 이곳으로 텔레포트나 디멘전 패스로 오다가는 공간에 갇혀서 그 자신도 마나가 되어 흩어지고 말지."

"하지만 마계의 군대는 이곳으로 디멘전 패스를 사용해 왔잖아?"

"신의 장벽이란 것은 신의 신력으로 만들어놓은 일종의 방해 전파와 같은 거야. 그것을 해독할 수 있다면, 그것을 뚫고 마력을 사용하는 것도 어렵지는 않지. 마계의 군대에는 마신 라스타가 있으니 그 공식을 정확히 알고 있어 디멘전 패스를 사용할 수 있는 거야."

"이상하네. 루드웨어, 너도 이곳에서 디멘전 패스로 마계로 건너갔 있잖아?"

"그건 다행히 내가 마계의 군대가 올 때 그곳에 있어서 마계의 성과 이곳으로 흐르는 장막의 공식을 알 수 있었기 때문이지. 하나의 암호가 있어서 그것을 어쩌다가 해독할 수 있었다고 해서 다른 암호까지 쉽게 해독하는 건 아니라고. 애석하지만 내가 여기서 나갈 수 있는 것은 마계의 성까지였어."

"마계로 갔다가 경유해서 마령으로 가면?"

"거참, 끈질기네. 미안하지만 신의 장벽은 하루에 한 번씩 그 공식이 변한다고. 어제와 같은 공식으로 마계로 갔다간 공간에 갇혀 죽기 쉽상이란 말이야."

루드웨어의 말에 로노와르는 고개를 끄덕이며 수긍하는 표정을 지었다.

퍼브 안에는 많은 선원들이 술을 마시고 있었는데 그들 대부분이 야센시티로 떠나야 하지만 가지 못하고 남아 있는 선원들이었다.

"어쨌든 가지각색의 사람들이 모여 있으니까 야센시티로 몰래 가는 사람이 있지 않을까?"

루드웨어의 말에 마시고 있던 흑맥주 잔을 내려놓은 아이샤는 고개를 끄덕였다.

"야센시티 교역로가 유일한 수입원인 사람들이니까요. 아마 어느 정도의 돈만 지불한다면 대륙으로 배를 움직일 수 있는 사람은 있으리라 생각돼요. 물론 만만치 않은 돈을 지불해야 되겠지만 말이에요."

이런 불법 항로로 움직이는 배에 타기 위해서는 보통 배 삯의 열 배를 내야 한다는 통상 요금 책정 안이 있기 때문에 대륙으로 가는 정규 여객선의 일 인 요금이 5골드이니 적어도 50골드 이상의 돈을 내야 된다는 것을 의미한다.

물론 이것은 엄청난 폭리로 루드웨어와 로노와르의 재산을 어느 정도 없애려 하는 작가의 농간이라고 할 수 있다.

"그나저나 우리 땀 빼며 도망가야 할 시간이 돌아온 것 같다."

루드웨어가 흑맥주를 원샷하고는 아쉽다는 얼굴로 말하자, 아이샤 역시 한숨을 쉬면서 탁자에 있는 땅콩을 만지작거렸다.

"편하게 쉬고 싶은데… 아! 이것이 여신께서 내리시는 고난이란 말인가!"

"글쎄."

로노와르는 자리에서 일어나더니 잠시 몸 푸는 동작을 취했다.

그런 그를 보며 루드웨어는 피식 웃음을 터뜨리더니 땅콩을 튕겨 입속에 던져 넣고는 자리에서 벌떡 일어났다.

"어리숙한 해츨링도 이제 분위기를 탈 줄 아는군. 자, 이제 시작해 볼까. 파이어 볼!"

술집에서 술을 퍼마시고 있던 선원들은 갑자기 마법사 한 명이 퍼브의 반대쪽 문을 파이어 볼로 깨뜨리자 순식간에 조용해졌다.

주인장은 자기 가게를 아무 이유 없이 파괴한 망나니 마법사를 멍한 얼굴로 쳐다보며 얼굴을 일그러뜨렸다.

"자, 이건 수리비와 맥주 값! 주인장, 안녕!"

루드웨어는 금화를 주인에게 던져 주고는 잽싸게 뚫어진 구멍을 향해서 내달렸는데 시간이라도 맞춘 듯이 퍼브의 문을 부수며 수십 명의 정규 기사들이 밀어닥쳤다.

"슬립!"

루드웨어의 마법이 터시사 밀어닥치던 기사들은 물론 밍하니 쳐다보던 사람들도 자리에서 쓰러져 잠들어 버렸고 이때다 싶은 루드웨어 일행은 골목 안으로 숨어 들어갔다.

하지만 여기저기 정규 기사들이 대기하고 있었기 때문에 도망가기도 그리 쉬운 일은 아니었다.

"아! 크샤스가 단단히 준비했나 보다."

"그러게 잽싸게 배 타고 튀던지 했어야지."

아이샤는 루드웨어의 한탄에 투덜거렸지만 여기서 잡히면 영영 크샤스의 얼음 감옥에서 나오지 못할 것이 뻔했기 때문에 전력을 다해 뛰고 있었다.

시스 일행은 전쟁으로 마령의 국경이 봉쇄되자 북극의 땅으로 돌아갈 수 있는 방법이 없었다. 그들이 가지고 있는 통행증은 크샤스 영주가 발행한 국제 통행증이었지만, 전쟁터가 아님에도 마령의 국경 관리소에서는 마령 본토에서 발행된 통행증을 가지고 있는 사람을 제외하고는 아무도 통과시키지 않고 있었기 때문이다.

"나참, 북극령은 30년 전 마령과 불가침 조약을 맺었다고 들었는데, 왜 안 된다는 거예요."

시안은 국경 관리소의 병사들을 향해 따져 보았지만, 무뚝뚝하기로 소문이 난 마령의 병사들이었기에 시안의 말은 별 소용이 없었다. 병사들은 표정도 변하지 않은 채 같은 말만 되풀이하고 있는 것이다.

"본국에서 발행한 통행증을 제외한 어떠한 통행증도 소용이 없습니다."

마령의 병사들은 뇌물조차 통하지 않는 것으로 유명했기에 시안으로서는 한숨만 쉴 수밖에 없었다. 아무런 결과물도 얻지 못한 채 시안이 어깨를 늘어뜨리며 돌아오자 크레이드는 이 사태가 너무나 안타깝다는 듯한 표정을 짓더니 말했다.

"아! 마령 국경의 병사들은 아름다운 아가씨의 청조차 거절한단 말인가. 시안, 나의 품 안에서 울분을 식히시구려!"

물론 이 말이 끝남과 동시에 시안의 주먹은 크레이드의 안면에 작렬했다. 시스는 바위에 앉아서 결과를 기다리고 있다가 시안이 실패하고 돌아오자 어쩔 수 없다는 듯한 표정을 짓고는 자리에서 일어났다.

"이미 마령에서도 이 전쟁을 북극령에서 이끌어냈다는 것을 알고 있는 것 같군."

"북극령으로 가려면 전장을 빠져나가는 방법밖에 없는 건가?"

나무 위에 앉아 있던 파르가는 가볍게 몸을 날려 뛰어 내려왔다.

"목숨 걸 필요까지는 없는 것 아냐?"

전쟁터를 빠져나간다는 것은 상당히 위험한 일이다. 두 국가에 적을 담고 있는 사람이 아니라 해도, 병사들에게 들키면 영락없이 적군의 첩자로 오인받기 때문이다.

전쟁터를 가로질러 간다는 것은 어찌 보면 거의 죽으러 가는 것과 다름없기 때문에 시안은 가고 싶은 마음이 사라졌다.

하지만 그런 그녀를 보고 있던 크레이드는 조용히 그녀의 손을 잡고는 비장한 표정을 지으며 말했다.

"이미 망쳐 버린 인생, 좋은 일 한번 하자는 건데 뭐. 세상에 태어나서 목숨 걸 만한 일 한번 하는 것도 좋지 않겠어?"

"흥! 난 오래 살고 싶다고!"

크레이드의 손을 뿌리치며 말도 안 된나는 표정을 짓고는 있지만 이미 그녀는 크레이드의 의견에 따르기로 생각했다. 그런 그녀의 모습을 보고 있던 파르기는 안타까운 목소리로 말했다.

"아! 라디안의 예언은 이루어진단 말인가."

"라디안의 예언?"

"언젠가 시안은 크레이드의 유혹에 넘어갈 거라는 예언."

물론 파르가 역시 이 말이 끝남과 동시에 시안의 주먹에 안면을 강타당한 것은 당연한 일이었다. 하지만 어쩌면 죽으러 가는 것일 수도 있는 상황에서도 웃음을 잃지 않고 있는 그들의 모습에 시스는 미소를 짓지 않을 수 없었다.

돈만을 추구하며 살아온 인생이지만 한 번쯤은 큰일을 해보고 싶었던 그였는데, 세상을 구한다는 삼류 로망에서나 나올 법한 일을 직접 할 수 있게 되자 힘이 솟구쳤다.

이미 30이 넘어서는 나이이지만 정의의 용사라는 것은 군침당기는 메뉴였던 것이다.

"적당히 떠들고 가자고."

"세계의 평화는 우리가 지킨다."

"…바보……."

파르가를 보며 한숨만 쉴 수밖에 없는 시안. 싸울 때는 진지하지만 평상시에는 정말 바보라고 해도 과언이 아닌 파르가였기 때문이다.

워낙 실력자들의 집단인지라 이동 속도 또한 빨랐기에, 시스 일행은 제국 1차 정벌군과 마령의 수비군이 싸우는 안트라드 평야의 국경 근처에 도착할 수 있었다.

처음 그들이 도착한 곳은 국경 부근에 작은 마을이었다. 저녁 시간 연기가 오르는 것을 본 시안은 단번에 그것이 마을이라는 것을 알아챈 것이다.

"마을이다!"

시안은 마을을 확인하고는 지친 몸을 마을의 여관에서 목욕하며 풀 생각으로 좋아하고 있었지만, 마을로 달려가려는 시안을 크레이드가 막았다.

"뭐야!"

자신을 막는 크레이드를 보며 시안이 성질을 부리려 하자 크레이드가 고개를 저으며 말했다.

"연기가 이상하다. 음식을 할 때 나오는 연기가 아니야."

크레이드의 말에 다시 한 번 연기의 모습을 확인한 시안은 그 순간 말을 잊고 말았다. 크레이드의 말대로 그 연기는 밥 짓는 연기가 아니었던 것이다.

시스는 파르가에게 주변을 살펴보게 한 뒤 천천히 일행들과 함께 연기가 나는 쪽으로 걸어갔다.

크레이드의 짐작은 틀리지 않았다. 이미 마을은 제국 1차 정벌군에 의해 폐허가 되어 있었다. 시안이 본 연기는 병사들에게 공격당하여 불에 탄 마을의 집에서 나는 연기였던 것이다.

불에 타 검게 그을린 화재의 흔적만 남은 마을 여기저기에는 공포로 얼굴이 굳은 주민들의 시체가 널려 있어 지옥을 연상케 할 정도였다.

마을로 들어선 시안은 시체가 타는 노린내에 질려 계속 토하고 있었고, 그런 그녀가 안쓰러운지 크레이드는 그녀의 등을 두들겨 주었다.

"이런 광경은 보고 싶지 않았는데 말이야."

로아냐드 동남부의 위치한 소국들의 내전에 용병으로 참전한 적이 있는 파르가는 이런 광경을 한두 번 본 것이 아니어서 시안보다는 덤 덤하게 봐 넘길 수 있었지만, 결코 좋은 광경은 아니기에 미간을 찌푸렸다.

시스는 파르가의 말에 고개를 끄덕이며 동감을 표시했다.

나라 간의 전쟁이란 어차피 권력을 가진 자들의 게임과도 같은 것이다.그 와중에 아무 죄 없는 백성들만 죽어가는 것이니, 거부감을 느끼는 것은 당연했다.

시스가 마령과 북극령에서 용병 생활을 했던 것은 마령이나 북극령이 로아냐드 제국을 비롯한 다른 나라에 비해서 영주들의 수탈이 적고 비교적 안정된 생활을 누릴 수 있기 때문이었는데, 권력자들의 야욕으로 마령에까지 탐욕에 물든 손길이 미치자 안타까울 뿐이었다.

크레이드는 시안의 등을 두드리면서 주위를 돌아보다가 말했다.

"아무래도 제국은 파이드 강 서부의 모든 주민들을 이단이란 이름으로 학살하고 있는 것 같군. 이 마을은 그 시작이겠지."

"유온 족 토벌 때처럼?"

유온 족은 로아냐드 국의 동쪽에 있는 소국 중의 하나로 유목 생활을 하는 민족이다. 척박한 기후에서 생활하는 그들에게 다섯 신의 성교회는 그리 크게 전파되지 못했고, 거의 대부분의 사람들이 일종의 토속 신앙을 믿고 있었다. 그렇기 때문에 제국에서 보면 이들은 야만인이고 이단인 것이다.

로아냐드의 아리시아 성전에서는 이들을 교화시킨다는 목적으로 수만의 성기사단을 파견했는데, 사실상 이것은 교화라는 목적이기보다 약탈과 학살이란 말이 적합했다.

유목 생활을 하는 유온 족에게 전투 무기란 것은 거의 존재하지 않았음에도 불구하고, 성기사단은 먼 원정의 군량을 마련하기 위해 힘없는 유온 족들을 학살하며 그들이 키우고 있던 가축을 약탈한 것이다.

크레이드는 성기사단에 소속되어 있던 자였지만, 유온 족 토벌에 참여했다가 이런 성기사단의 횡포를 참지 못하고 군대를 이탈하여 용병 생활을 하고 있는 것이다.

"유온 족 토벌 때도 초반에는 교화를 하는 것처럼 보였으나 얼마 지나지 않아 강압적인 포교가 더 쉽게 이루어진다는 것을 알고 유온 족의 마을들을 약탈하며 학살했지. 하나의 본보기라고나 할까? 하지만 이번은 상황이 다른데도 이런 식으로 무차별한 학살을 하다니… 마령의 백성이 순순히 따른다고 생각하는 것은 바보 같은 생각이라는 것을 모르는 것 같군."

"다르다니? 그게 무슨 말이야?"

파르가가 그가 하는 말을 이해하지 못했기에 크레이드는 자세하게 설명해 주었다.

"유온 족의 경우는 유목 생활로 집단 간의 유대감이 적지. 그들은 부족 단위로 생활하고 있는 자들이니까. 그에 반해 마령의 백성들은 상황이 달라. 백 년 간의 마령의 역사는 이곳에 사는 사람들로 하여금 루덴스를 하나의 신앙으로 보며 돈독한 유대 관계를 유지하게 만들었지. 한 존재를 향한 그들의 유대는 유온 족들과 전혀 다르다는 거야. 이런 식으로 계속 사람들을 학살해 간다면, 아마 로아냐드 제국의 정벌군은 마령의 정규 군대뿐 아니라 민병마저 상대해야 될 거야."

크레이드의 말은 정확한 것이었다. 실제 파이드 강 서부의 모든 주민들이 로아냐드 정벌군에 의해 학살되었다는 소문이 마령 본토에 퍼지자 백성들은 분노했고, 각지에서 일어난 민병의 숫자는 마령 정규군의 3배에 이를 정도의 숫자였다고 한다.

크레이드가 잠시 설명한 마령의 이러한 유대 관계는 사실 당연한 것이었다. 마령은 대륙에 마계의 마족들이 세운 나라라는 것이 알려져 있지만, 그 백성 모두가 마족은 아니다. 마령은 마계가 아닌 지상계에 속해 있기 때문에 마족들은 이 땅의 주인은 인간들이라고 생각하고 있는 것이다. 그런 이유로 마신 라스타는 이곳의 지도자를 인간인 루덴스에게 맡긴 것이다.

멸망해 가는 마계를 대신할 영토인 마령에는 마족들의 거처와 함께 인간들의 생활 터전도 존재했지만, 마족들은 지상계의 주인들을 쫓아낼 생각은 없었다. 이 때문에 마신 라스타에게 권리를 받은 지도자 루덴스가 펼친 정책은 유화 정책, 즉 마령에 살고 있는 인간들을 인정하는 정책을 폈기 때문에 마령 자체에는 마신 숭배 외에도 다섯 성신을 믿는 신앙의 자유가 존재했다. 물론 마령의 상황 때문에 성전이 들어서지는 못했지만, 백성들은 마령이 들어서기 전의 종교를 그대로 믿을 수 있었다.

이러한 유화 정책 외에 마령은 대륙의 타 국가들에 비해 세금이 낮았다. 또 마령의 정규군은 일단 마족들이 맡고 있으므로 병사들의 강제 징용도 없었기에 대륙의 어떠한 국가보다 인간이 생활하기에 좋은 국가였다. 이런 이유로 마령이 세워진 100년 후에는 마령의 거의 모든 백성이 젊음을 잃지 않는 불로불사의 존재로 마령의 제일좌에 군림하는 루덴스를 하나의 신으로 숭배하며 진정한 하나의 국가라는 믿음이 이어지게 된 것이다.

"어쨌든 우리의 목표는 이곳을 통해 마령으로 진입하는 거다. 시안, 물의 정령으로 우리의 모습을 감춰줄 수 있겠니?"

시스의 말에 시안은 간신히 구토하는 것을 멈추고는 크레이드의 부축을 받으며 고개를 끄덕였다.

그런 그녀의 모습을 보며 크레이드는 안타까운 마음이 들었다.

시안은 용병 생활을 오랫동안 해오긴 했지만 여자였기에 전쟁터가 아닌 일반 도시에서 생활했다. 그래서 이런 끔찍한 전쟁터의 광경을 구경해 본 적이 없었다.

"파르가는 마을을 뒤져 식량을 찾아봐라. 현재 우리가 가진 식량은 국경을 넘어서기에는 상당히 부족하다. 아마 파이드 강을 넘어선 후에야 제대로 된 마을을 만날 수 있을 테니까."

"오케이!"

파르가가 식량을 찾으러 떠나자 시안은 몸을 추스르고 일어나더니 정령술을 시행했다. 그것을 보던 크레이드는 이상하다는 생각이 들었다. 시안이 물의 정령을 소환하려는 것은 떠날 때 몸을 감추기 위해서이다. 그런데 지금 그것을 시행하려 하다니. 하지만 잠시 후 시안은 바람의 정령을 소환했고, 크레이드는 시안이 정령을 소환한 이유를 알 수 있었다.

시안은 바람의 정령을 소환해 마을 주변에 흩어져 있는 시체들을 한곳에 모으고 있었던 것이다.

시스는 시안의 행동에 고개를 끄덕이고는 그녀를 도와 그녀가 정령으로 끌고 올 수 없는 시체들을 한곳으로 모아왔다.

어느 정도의 시간이 지나자 폐허가 된 마을의 광장에 제국의 군대에게 죽어간 마을 사람들의 시신을 모두 모을 수 있었다. 자신의 차례라고 생각한 크레이드는 시신들의 무더기 위에 우연히 구한 성기사의 성검을 꽂고는 두 손을 모아 신성 주문을 외우기 시작했다.

"태양신 아리시아여! 당신의 불쌍한 어린 양에게 평안한 안식을 주시옵소서."

그의 신성 주문이 끝나자 크레이드의 몸에서는 눈부신 광휘가 치솟아오르더니 마을 사람들의 시체를 뒤덮어갔다. 시안은 평소에는 여자만 밝히는 크레이드의 몸에서 눈이 부실 정도의 신성력이 발휘되자 놀라지 않을 수 없었다.

그가 내뿜는 빛은 얼핏 보아도 아리시아 신전의 고위 사제 수준은 월등히 넘어서는 광휘였기 때문이다.

"진정한 믿음이라고나 할까? 탐욕에 물들어 버린 아리시아 성교회의 사제들과는 달리 용병 생활로 떠돌아다니기는 하지만, 아리시아님의 믿음만은 어떠한 고위 사제들보다 숭고하니까."

시안의 궁금증을 알기라도 하는지 시스는 신성력을 발휘하는 크레이드를 보면서 중얼거렸고 그녀는 크레이드의 모습에 감동할 수밖에 없었다.

찬란한 광휘를 뿜으며 죽어간 이들에게 진심으로 기도드리는 자의 모습을 보며 어찌 감동하지 않을 수 있겠는가.

"크레이드……."

시안은 또다시 기도하는 크레이드의 모습을 보며 눈물이 흘릴 지경이었다. 언제나 치근덕거리기나 하고 진지한 모습을 보여주지 않던 크레이드는 이 한번으로 완전히 시안의 마음을 꿰어차 버린 것이다.

죽어간 사람들을 위해 축복의 기도를 마치자마자 그는 멀찍이 서서 자신의 얼굴을 황홀한 표정으로 보고 있는 시안을 보며 말했다.

"시안, 화장을 부탁해."

"응."

전쟁터에서 불을 지른다는 것은 레인저들에게 들킬 위험이 있었지만 많은 사람들을 묻어줄 만한 시간이 없기 때문에 크레이드는 화장을 부탁했고, 시스는 아무 말 하지 않고 암묵적으로 그것을 허락했다.

조용히 눈을 감은 시안은 불의 상급 정령을 소환하여 억울하게 죽어간 마을 사람들을 화장했다. 자연의 힘인 불의 상급 정령의 힘은 그들의 시신을 자연으로 돌려주리라는 것을 의심하지 않았다.

마을 사람들의 화장이 끝나자 시스는 건물 벽에 세워두었던 할버드를 들고는 시안과 크레이드에게 말했다.

"여기서 오래 지체할 수는 없다. 연기 때문에 제국의 병사들이 몰려올 테니, 파르가가 오면 바로 이곳에서 빠져나간다."

그의 말에 두 사람은 고개를 끄덕였다. 마을 사람들을 학살하는 것으로 봐선 자신들을 발견했을 때 역시 제국의 병사들이 살려두지 않을 것은 뻔한 일이기 때문이다.

물론 병사들에 의해 죽을 정도의 실력은 아니지만, 제국의 병사들을 죽인다면 그들의 행로는 조금 버거울 것이기에 그것을 피하려고 하는 것이다.

얼마 후 파르가는 커다란 밀 주머니를 등에 지고 돌아왔다.

"타버린 창고 지하에 숨겨져 있더라고. 이제 빨리 이곳을 뜨자."

파르가는 그간에 있었던 일을 짐작이라도 하는 듯이 말했고 시스 일행은 병사들이 몰려오기 전에 마을에서 벗어날 수 있었다.

마을을 빠져나가는 시스 일행은 아무도 말을 꺼내지 않았다. 언제나 농담을 하던 파르가 역시 이상하게 조용히 있었다.

어느 정도 지났을까. 숲을 통해 지나던 시스 일행은 다시 다른 마을을 찾을 수 있었다. 시안은 아까와 같이 마을을 찾았다는 기쁨과 함께 쉴 수 있다는 생각을 하며 마을로 뛰어가려고 했는데 이번에는 시스가 그런 그녀를 잡았다.

"왜?"

"기다려라. 살기가 느껴진다."

시스의 말에 시안은 얼굴을 굳히며 마을 쪽을 자세히 살펴보았는데 마을의 광장 쪽에서 사람들이 모여들고 있었고, 그들의 뒤에선 마을 사람들을 광장으로 끌고 가는 백여 명의 병사들과 한 명의 기사가 있었다.

기사는 일일이 지시하며 병사들에게 마을 사람들을 광장으로 몰아붙이며 소리치고 있었다. 그 장면을 본 시안은 안심인 듯 한숨을 쉬었지만 파르가의 얼굴은 굳어지고 있었다.

드래곤 슬레이어를 쥔 손은 부르르 떨리고 있었기에 그것을 본 크레이드는 파르가의 어깨에 손을 얹으며 말했다.

"파르가, 참아라."

하지만 파르가는 참을 수 없었다. 과거의 일이 생각나고 있었기 때문이다.

이전에 들렀던 마을의 상황이 이 마을에서 다시 일어나고 있어 잊으려 했던 그의 슬픈 과거가 떠오르고 있는 것이다.

파르가는 유온 족 사이에서 자라났다.

물론 출생은 로아냐드 제국이었다. 어렸을 때 부모에게 버림받아 고아가 되어 대륙을 떠돌아다니다 사막에서 쓰러져 죽어가고 있었는데, 그때 죽어가는 그를 구해준 사람들이 있었다. 바로 이교도들이라 천시받던 유온 족이었다.

파르가의 사정을 알게 된 그들은 따뜻하게 파르가를 받아주었고, 오랜 시간 겪어보지 못했던 사랑을 나누어주었다. 하지만 행복해지려던 그는 얼마 지나지 않아 또다시 불행에 빠지고 말았다.

그때도 성기사들은 유온 족 부락의 사람들을 한곳으로 모았었다. 겉으로는 자신들을 따르면 살려줄 것처럼 굴었지만 실상은 달랐다.

황색의 메마른 대지로 광활하게 펼쳐져 있는 땅. 대륙에서 가장 척박한 땅이라고 알려져 있는 이곳이 바로 유온 족 자치령이다.

파르가는 유온 족 자치령에서 유목 생활을 하고 있는 수백 개의 부족 중의 하나인 아비드 족과 같이 생활하고 있었다.

처음에는 낯선 공간이었지만 어느 정도 시간이 지나자 유온 족들의 생활에 익숙해졌고, 몇 명의 친구들도 사귈 수 있었다.

그날도 친구들과 함께 언덕에서 놀고 있던 파르가는 숨바꼭질 놀이를 하다 벌판에서 자욱하게 흙먼지가 일고 있는 것을 확인하고는 놀라 친구들을 불러 언덕의 바위 뒤로 몸을 숨겼다.

유목 생활을 하는 유온 족들에게는 말이 없었기에 흙먼지가 자욱하게 일 정도로 말을 몰아오는 자들은 도적들이거나 제국의 기사들일 확률이 높았기 때문이다. 둘 모두 좋은 부류들이 아니라는 것을 알고 있기 때문에 파르가는 아이들을 조용히 시키고는 언덕 뒤로 숨어 그들이 무슨 짓을 하는지 지켜보고 있었다.

그와 함께 숨어 있는 아이들 중 가장 어린 여섯 살의 소녀 뮤란은 무서운지 파르가에게 떨면서 다가왔다. 파르가는 무서워하는 뮤란을 나독여 주며 가슴에 안았다.

"파르가, 무서워……."

"괜찮을 거야. 조금만 참아."

뮤란을 안심시키기 위해 그렇게 말했지만, 사실 파르가도 불안하기는 마찬가지였다. 흙먼지가 일고 있는 모습을 살펴보면, 적어도 일백 기 이상의 기마 기사단이 이곳으로 오고 있는 것이 분명했기 때문이다.

마을 사람들은 갑작스럽게 나타난 기사단을 보며 놀라기는 했지만, 척박한 대지의 유온 족 자치령에선 가끔씩 있는 일이기 때문에 대처하는 방법은 어느 정도 알고 있었다. 이곳에서 큰 세력을 가지고 있는 사막의 도적 떼의 약탈도 겪어보았기 때문이다. 통례상 가진 것의 반을 내놓으면 사람을 상하게 하지 않고 부족민들을 보내주는 것이 보통이었기에, 족장은 기마 기사단이 보며 한숨을 쉬고는 마을 사람들에게 지시하여 기르던 가축들의 반을 모아오게 했다.

마을 사람들이 기사단에게 바칠 가축의 반을 모으고 있을 때, 멀리서 보이던 기사단들은 마을의 입구에 도착하여 도열했다.

족장은 그들의 백색 갑옷의 가슴에 보이는 태양의 문장으로 미루어보아 그들이 제국의 성기사들이라는 것을 알 수 있었다. 일단의 성기사들 중 대장인 듯한 자가 앞으로 나와 소리쳤다.

"우린 태양신 아리시아님의 믿음을 전파하는 성기사들이다! 이곳의 족장을 만나고 싶다!"

그 기사의 말에 족장은 고개를 숙이며 천천히 그의 앞으로 다가서며 말했다.

"태양신 아리시아님의 성기사님께 인사드립니다. 제가 이들을 이끌고 있는 족장 휴크라고 합니다."

"본인은 이 사교의 땅에 아리시아님의 교리를 전파하기 위해 왔다. 우리의 말만 따른다면 아무 일 없을 테니 사람들을 한곳에 모아오도록 하라."

"예."

족장은 아무 일도 없을 것이라는 신성 기사단 대장의 말을 믿고 서둘러 마을 사람들을 한곳으로 모이게 했다.

사막에서 선량하게 사는 마을 사람들로서는 100명이 넘는 기사들에게 대항할 힘이 없기 때문에 시키는 대로 행할 수밖에 없었다. 얼마 지나지 않아 마을 사람들이 다 모이자 족장은 기사대장에게 걸어가 말했다.

"성기사님께서 말씀대로 마을 사람들을 다 모아왔습니다."

족장은 그때까지도 마을 사람들을 모이라고 하는 이유가 아리시아를 믿으라는 포교를 하기 위해서인 줄 알고 있었다. 하지만 얼마 지나지 않아 그 예상이 틀렸다는 것을 알 수 있었다.

모여 있는 마을 사람들을 한번 훑어본 그는 크게 웃음을 터뜨렸다.

"하하하하! 수고하셨소. 우리가 할 일을 덜어줬으니 당신은 제일 마지막에 죽여주리다!"

"헉!"

마지막에 죽인다는 말을 들은 족장은 놀라 그의 얼굴을 쳐다보았다. 족장의 당황하는 얼굴을 보며 미소를 지은 기사대장은 뒤에 있는 기사들을 향해 손을 올렸다.

기사대장의 지시가 떨어지자 성기사들은 허리에 차고 있는 검을 뽑아 들었고, 마을 사람들은 그 사태를 아직도 이해하지 못하고 어리둥절해했다.

절대로 잊을 수 없는 순간, 기사단의 대장이 손을 내림과 동시에 성기사들은 마을 사람들을 향해 말을 몰아갔다.

"까악!"

"도망가라!!"

그제야 성기사들이 무슨 짓을 하려는지 알게 된 마을 사람들은 사방으로 흩어지며 도망가기 시작했고, 젊은 청년들은 숨겨두었던 단검을 꺼내어 들었다.

그것을 보며 성기사들의 대장은 미소를 지으며 소리쳤다.

"역시 사교들의 집단이었군! 감히 성스러운 아리시아님의 성기사들에게 검을 들이대다니! 사교의 검은 물을 뺄 수 없는 자들이다! 모두 죽여라!"

성기사들의 검에서 마을 사람들을 보호하기 위해 꺼내 든 단검을 보며 사교들의 집단이라고 몰아붙이며 그는 음침한 미소와 함께 기사들에게 학살령을 명했고, 사람들은 그 기사들의 무자비한 검날 아래 죽어가기 시작했다.

언덕 위에 숨어 있던 파르가는 성기사들이 사람들을 무자비하게 학살하는 것을 보며 할 말을 잃었다. 그때까지만 해도 파르가는 심하다고 해도 가축들을 모두 뺏거나 마을의 여자들이 끌려가는 것 정도로 생각했는데, 그들은 부족의 사람들을 한 명도 살려두지 않을 생각이었던 것이다.

반항도 하지 못하는 자들에게 검을 휘두르는 기사들을 보며 파르가는 아무런 행동도 취할 수 없었다.

"엄……!"

뮤란은 마을 사람들이 기사들에게 학살당하는 것을 보고는 놀라 소리치며 달려가려고 했지만, 파르가는 뮤란을 품에 안고는 소리치던 그녀의 입을 막았다. 그녀는 필사적으로 마을로 뛰쳐나가기 위해 발버둥쳤지만 파르가는 그녀를 놓아줄 수 없었다. 지금 나갔다간 마을 사람들처럼 기사들에게 죽임을 당할 것이 뻔했기 때문이다.

"참아… 참으란 말이야."

자신들이 아무런 힘도 될 수 없는 것을 알고 있는 아이들은 마을 사람들이 죽어가는 것을 보며 눈물을 흘릴 수밖에 없었다.

성기사대장의 악랄한 속임수로 인해 한곳으로 모인 후였기에 마을 사람들은 단 한 사람도 그들의 검에서 벗어날 수 없었다.

처음부터 그들은 이 마을 사람들을 몰살하려 작정하고 온 것이었다.

모든 것이 끝난 것은 성기사의 잔악한 학살이 시작된 지 3시간여 정도가 지난 후였다. 기사대장은 마을 사람들이 모두 검에 죽어간 후에도 확인 사살까지 지시하며 시체에 검을 꽂았고, 모두가 죽었다는 것을 확인하자 유온 족의 이동용 파오(유목민들의 이동용 집)에 불을 지르곤 가축들을 몰아 사라졌다.

그들이 모두 사라졌다는 것을 확인한 후에야 파르가는 뮤란을 놓아주었고, 그녀는 눈물을 흘리며 마을로 뛰어갔다.

역한 피 냄새와 함께 타오르는 파오들. 아이들의 눈에선 슬픔의 눈물이 흘러내렸다. 하지만 너무나 큰 슬픔 때문인지 어느 하나 큰 소리로 울지 못했다. 심한 격정에 숨이 막혔기 때문이다.

그날 파르가와 함께 살아남은 아이들은 모두 일곱 명이었다. 어머니의 시체를 발견하고 매달려 우는 뮤란을 제외하고는 모두 분노에 사로잡혀 있었다.

"더러운 자식들……!"

파르가는 아무 죄도 없는 마을 사람들을 학살하며 웃고 있던 성기사들의 모습을 생각하며 주먹을 쥐었다. 그리고 눈물을 흘렸다. 더러운 자들을 죽일 수 없는 자신의 약함을 욕하면서.

어린 그들에게는 마을 사람들을 묻을 힘도 없었다. 할 수 있는 것이라곤 시체를 한곳에 모아두는 것뿐. 파르가와 아이들은 그들의 시신 위로 타다 남은 파오의 잔재를 쌓아놓고 남아 있는 불씨를 이용하여 사람들의 시신을 화장했다.

부모들을 모두 잃어버린 아이들은 그 후 서로를 의지하며 떠돌아다녀야 했다. 하지만 냉혹한 대지는 어린아이들을 쉽게 받아주지 않았다.

이들 중 가장 나이가 어렸던 뮤란은 슬픔으로 인해 병을 얻어 쓰러졌고, 그 일이 있는 후 일주일도 안 돼 풀 한 포기 없는 벌판에서 싸늘한 시체로 변해갔다.

뮤란의 죽음을 시작으로 남아 있던 그의 친구들은 한 사람씩 죽어갔다. 어떤 때는 맹수의 먹이가 되어, 어떤 때는 배고픔에 굶주려 그렇게 친구들은 사라져 갔고, 시간이 흘러 파르가가 혼자서도 살아남을 수 있는 나이가 되었을 땐 단 한 사람의 친구도 남아 있지 않았다.

또다시 혼자가 됐다는 것을 알았을 때 그는 눈물을 참지 못했다.

하지만 지금이라면, 지금이라면 한 사람도 잃지 않을 자신이 있었다.

그때와 똑같은 상황… 그때와 같이 친구라 부를 수 있는 사람과 숨어 있었지만, 이제 파르가는 숨어 있지 않아도 되었다.

"꺄아악!"

"으악!"

마을 사람들의 학살이 시작되었다. 성기사들의 거짓말로 속아 아무런 무기도 들지 않은 채 한곳에 모여 있던 마을 사람들은 아무런 반항도 못하고 병장기를 든 병사들에게 허무하게 죽어가고 있었다.

"으악!!"

더 이상 참지 못한 파르가가 뛰어나가자 다른 동료들 역시 각자의 무기를 꺼내 들고 마을로 달려 내려갔다.

성기사들의 숫자는 백여 명 정도로 넷밖에 안 되는 일행에 비해 월등히 많은 숫자였지만, 일행들 한 사람 한 사람이 드래곤을 죽일 정도로 뛰어난 실력을 지니고 있기 때문에 충분히 성기사들을 상대할 수 있다고 파악한 시스는 뛰쳐나가는 파르가를 막지 않았다.

"으아앗!!"

언덕 위에서 소리를 지르며 뛰쳐나오는 시스 일행을 본 기사는 숨어 있던 마을 사람들이라 생각하고는 일부의 병사들에게 지시하여 그들을 공격하게 했다.

일행에게 몰려온 성기사단의 숫자는 스무 명에 가까운 숫자였다. 많은 수의 병사들을 상대하기엔 버거운 일행이지만 이 정도의 숫자라면 한번 해볼 만하다고 생각했다.

하지만 파르가는 남아 있는 다른 병사들이 마을 사람들을 학살하는 것을 멈추지 않자 분노가 치솟아올랐다.

더 이상 시간이 지체되었다가는 마을 사람들의 피해가 더 커질 것을 우려한 파르가는 빠르게 움직일 수밖에 없었다. 일단 학살을 멈추게 하려면 병사들을 멀찍이에서 지시하는 기사를 죽여야 한다고 판단한 파르가는 자신의 앞을 막아서는 병사들은 베어가며 기사를 향해 뛰어갔다.

"크악!"

마나가 뿜어내는 푸른빛을 지닌 드래곤 슬레이어는 쉴 새 없이 병사들을 베기 시작했고, 그제야 나타난 이들의 실력이 평범하지 않다는 것을 알아챈 성기사단의 지휘관은 마을 사람들의 학살을 멈추고 모든 병사들에게 공격을 지시했다.

그들의 머리 위로 궁병들이 쏘는 화살이 비 오듯 쏟아졌지만, 시안이 바람의 정령들을 사용하여 활의 방향을 비틀어 버렸기 때문에 일행은 아무런 상처 없이 병사들에게 달려들 수 있었다.

"하앗!!"

성기사단의 머리를 베어야 된다고 생각한 파르가는 지휘를 내리는 기사를 향해 쇄도해 들어갔다. 그리고 마침내 지휘관을 지키기 위해 줄지어 달려드는 병사들을 베며 쇄도하던 파르가는 드디어 병사들을 지휘하는 기사에게 가까이 다가갈 수 있었다.

이자만 베면 학살이 멈출 것이라 생각한 파르가는 고함을 치며 공중으로 뛰어올라 네 명의 기사 중 가장 앞에 있는 자를 말과 함께 수직으로 두 동강을 내버렸다.

"막아라!"

순식간에 부하 기사가 죽는 것을 보며 지휘관은 나머지 두 명에게 파르가를 상대하라 지시했다. 기사들은 말 위에서 파르가를 향해 검을 휘둘렀지만 그들의 검이 닿기도 전에 파르가의 검이 기사들 말의 다리를 잘라 버렸다.

말의 다리가 잘리자 검을 휘두르던 기사들은 중심을 잡지 못하고 말과 함께 땅으로 널브러졌고, 그 순간을 놓치지 않고 파르가의 검은 두 기사의 목을 잘라 버렸다.

자신을 호위하던 세 명의 기사가 순식간에 당해 버리자, 당황한 지휘관은 말을 돌려 도망가려 했지만 파르가는 몸을 날려 통한의 검을 휘둘러 그의 몸을 수평으로 베었다.

"끄악!"

그의 검에 허리가 베인 지휘관은 고통의 비명을 지르며 말 위에서 떨어졌고, 지휘관이 쓰러진 것을 알게 된 병사들은 우왕좌왕하기 시작했다.

그 뒤부터는 일행들의 일반적인 살육이 시작되었다. 이십여 분 간의 싸움… 모든 싸움이 끝났을 때 마을의 광장에는 로아냐드 제국 기사들의 시체가 덮여 있었고, 그 가운데는 아직도 분을 참지 못한 파르가가 드래곤 슬레이어를 들고 서 있었다.

주위를 살펴본 일행들은 자신들의 공격이 다소 늦었다는 것을 알 수 있었다.

거의 모든 주민들이 병사들의 손에 죽었고, 남은 사람들이라곤 몇몇의 아녀자들과 어린아이들뿐이었기 때문이다.

"젠장!"

크레이드는 잠시 지체했던 자신들의 실수를 탓했다. 한때는 자신의 동료이기도 했던 로아냐드 제국의 성기사단에 속한 자들이 사람들을 학살하지 않으리라는 믿음을 그래도 조금은 가지고 있었던 그였기에 이 현실의 잔혹함은 큰 충격이었다.

크레이드는 시체들 사이를 돌아다니며 죽은 자의 기도를 올렸다.

그레이드의 손에 닿아 죽은 사의 기도를 받은 이들은 눈부신 빛에 감싸였다. 병사들의 학살에 공포와 분노로 일그러진 얼굴은 조금씩 안식의 미소를 지은 얼굴로 변해갔다.

"엄마!"

"으엉……!"

하지만 남아 있는 자들에겐 그런 미소가 더욱 슬퍼지고 있었다. 여기저기 들려오는 아이들의 울음소리. 파르가는 과거의 일이 생각나 참을 수가 없었다. 시스는 그런 파르가를 이해하기에 어깨에 손을 얹고 위로해 줄 수밖에 없었다.

"가자……."

더 이상 자신들이 이곳에서 할 일은 없다고 생각한 시스는 격정에 몸을 떨고 있는 그에게 말했지만, 파르가는 고개를 저었다.

"난 이곳에 당분간 남아 있겠어."

파르가의 예상외의 결정에 일행들의 시선은 모두 파르가의 향했다.

"분명 병사들이 돌아오지 않는 것을 알고 다른 자들이 파견될 텐데, 여기 남아 있는 사람들은 그들의 검을 피하지 못할 것이 분명하다. 한 명은 남아 이들을 피신시켜야 되지 않겠나."

파르가의 말에 시스는 고개를 끄덕이며 말했다.

"파르가, 할 수 있겠나?"

"응."

"그렇다면 남아라. 선택은 네가 하는 것이니까."

"고맙다, 시스 대장."

파르가의 입에서 대장이란 말이 나오자 시스는 미소를 지으며 다른 일행들에게 소리쳤다.

"파르가는 이곳에 남는다. 가자."

시스의 말에 크레이드는 파르가에게 다가가더니 말했다.

"너의 선택은 옳은 것이다."

크레이드는 자신의 말에 미소 짓는 파르가와 악수를 나누고는 앞서 걸어가는 시스의 뒤를 따라갔다.

22장 성기사들의 회군

로아냐드 정벌군이 머무르고 있는 주둔 기지의 가운데에는 하얀색의 천막들이 자리 잡고 있었다. 이곳은 제국의 1차 정벌군을 따라온 사제들과 그들을 호위하는 패러딘들이 머무르는 천막이었다.

치료술을 행할 수 있는 사제들은 전쟁 시 가장 중요한 요소 중 하나이기 때문에 교단에서는 황제의 명을 받고 급히 100명의 사제단과 2,000명의 성기사단을 파견한 것이다.

아리시아 성교회의 상징인 황금 태양의 문장이 그려져 있는 천막은 교황의 명을 받고 이곳으로 파견된 성기사단의 단장이 머무는 숙소였다.

간단한 간이 침대와 의자 등이 덩그러니 놓여 있는 천막 안에는 30대 중반 정도로 보이는 성기사 한 명이 자리에 앉아 차를 마시고 있었다.

붉은 머리에 백색의 플레이트 아머를 입고 있는 그의 왼쪽 뺨에는 길다란 검상 자국이 그려져 있어 한눈에 봐도 강해 보일 것 같은 인상이었다.

험악한 인상과는 달리 조용히 차를 마시고 있는 이 사람은 로아냐드 제국의 제1의 성기사라고 일컬어지는 하덴 폰 세피리드 남작으로, 현재 1차 정벌군의 사제단과 패러딘을 통솔하고 있는 사람이었다.

"다녀왔습니다."

천막을 헤치고 갈색 머리의 젊은 패러딘 한 명이 들어왔다. 그는 남작의 조카인 라디에스 폰 그리드로 현재 삼촌인 그를 도와 부관의 직위를 가지고 있는 자였다.

라디에스는 나이에 걸맞지 않게 많은 지식과 노련함을 가지고 있었다. 그는 또 차대 패러딘들의 단장으로 내정되어 하덴 남작이 데리고 다니며 교육을 시키고 있었다.

"그래, 간 일은 어떻게 되었는가?"

남작의 물음에 그는 잠시 숨을 고르더니 정중한 자세를 취하며 말했다.

"저희가 갔을 땐 이미 마을 사람들의 화장을 끝내고 사라진 후였습니다. 발자국 등을 살펴본 결과 저희 측의 병사를 전멸시킨 자들의 수는 4사람으로, 그중 한 명은 여자인 것 같습니다."

"고위 사제를 넘어서는 신성력이 느껴졌다. 현재 제국에서는 파문 사제들을 제외하고는 아무도 발휘할 수 없는 신성력을 말이야."

어이없는 일이었다. 신성 제국이라고 일컬어지는 제국에서 교황은 물론 추기경이나 고위 사제들의 신성력은 견습 사제 수준에 머물거나 거의 사라졌다고 해도 과언이 아니었다.

제국의 모든 신전에 퍼지고 있는 전염병과 같은 이 사태는 성교회의 타락으로 인한 것이었다. 아직 타락에 물들지 않은 중급 사제까지는 수양에 따라 신성력이 높아졌지만, 타락에 눈을 뜨기 시작하는 고위 사제급에 오르면 조금씩 신성력이 사라지고 만다.

　이 때문에 많은 중급 사제들은 신전의 틀을 벗어나 대륙을 돌아다니고 있었는데, 놀랍게도 그들의 신성력은 시간이 지나면 지날수록 높아져 현재에 와서는 몇몇의 떠돌이 사제들의 신성력 수준은 과거의 고위 사제 수준에 버금갈 정도였다.

　일이 이렇게 되자 신전에서는 떠돌이 사제들을 신전으로 끌어들이거나 그 명령을 받아들이지 않는 경우에는 교단에서 파문시키기까지 하였다.

　하지만 신전의 타락을 알고 있는 거의 모든 떠돌이 사제들은 신전으로 가지 않았다. 현재의 신전은 신전이 아닌 욕망의 집합소와 같았기 때문이다.

　자신의 명령을 거부하는 것을 본 교황은 신전으로 돌아오지 않는 사제들을 보는 즉시 패러딘들로 하여금 이단의 죄로 주살하게 하였다.

　이 때문에 떠돌이 사제들의 대부분이 사제의 복장을 벗어버리고 여행자들의 모습을 하며 사라져 버린 정통 사제들의 역할을 하고 있었다. 대륙에서 파문 사제라 불리며 핍박받고 있는 그들을 백성들은 신전에 있는 사제들보다 더 칭송하고 있는 형편이었다.

　"패러딘들에게 지시를 내리겠습니까? 교황 성하께서는 파문 사제들의 척살을 제1강령으로 내리셨는데 말입니다."

　남작은 라디에스의 말을 듣더니 미소를 지으며 찻잔을 내려놓았다.

"라디에스, 너라면 어떡하겠느냐? 그 파문 사제를 찾아 죽이겠느냐?"

남작의 말에 라디에스는 고개를 저으며 말했다.

"전 교황께서 명령하신 파문 사제들의 추살령은 잘못됐다고 생각합니다. 비록 파문 사제들이 교단의 명령을 어기고 대륙을 떠돌아다닌다고는 하나 민중들에게는 타락한 고위 사제보다는 로아냐드 전역에서 활동하고 있는 파문 사제들이 더 귀중한 존재들이니까요. 차라리 제게 힘이 있다면 먼저 썩어 빠진 신전의 고위 사제들을 베겠습니다."

"옳은 말이다. 또한 현재 이곳에서 자행되는 학살 역시 잘못된 일. 휴, 언제까지 거짓된 신관들의 명령에 따라야 할지는 모르겠지만, 오늘 나타난 파문 사제는 놓아주는 것이 나을 것 같구나. 이 일이 파견 사제들의 귀에 들리지 않도록 해라."

"예."

하지만 남작의 지시는 헛되게 변해 버리는 듯 천막을 헤치며 티끌 하나 묻지 않은 흰 사제복을 입은 뚱뚱한 체구의 사제 한 명이 노한 얼굴로 들어왔다.

그 모습을 본 남작은 그가 무슨 이유로 노한 얼굴로 들어오는지 알 수 있었기 때문에 한숨을 쉴 수밖에 없었다.

천막 안으로 들어온 사람은 교황에게 총애를 받고 있는 사제로, 현재 정벌군 사제단의 단장 직위를 지니고 있는 페드로 사제였다.

교황의 옆에서 갖은 아부를 떨며 성교회 내에서 상당한 힘을 지니고 있는 그는 총책임자인 남작을 보며 인사조차 하지 않고 다짜고짜 그의 앞으로 다가가 책상을 치며 소리쳤다.

"파문 사제가 이곳에 있다는 소식을 들었습니다, 남작! 교황 성하께서 내리신 명령을 잊지는 않으셨겠죠?"

전형적인 부패한 성직자의 모습을 하고 있는 페드로 사제의 말에 남작은 역겨움에 토할 것 같은 기분이 들었다. 남작은 그를 보며 귀찮다는 표정을 역력히 들어내고는 말했다.

"물론입니다. 하지만 이곳은 전쟁터. 언제 쳐들어올지 모르는 적군이 있는 곳입니다. 그렇기 때문에 파문 사제 하나를 잡기 위해 병사들을 보낼 수는 없습니다."

"무슨 말씀이십니까! 파문 사제들의 이단 처형은 교황 성하의 제일 강령으로, 어느 것보다 우선시되어야 함을 잊었습니까!!"

사제는 남작의 말에 분노한 목소리를 터뜨렸지만 솔직히 남작은 파문 사제를 추살할 생각은 없었다. 아니, 그 반대의 생각을 가지고 있었다.

그는 자신의 앞에 있는 부패한 성직자를 보며 입맛을 다시다가 곧바로 자신의 마음을 결정할 수 있었다.

"소식을 듣고 바로 온 모양이시군요?"

"그게 무슨 상관입니까! 교단에 반하는 무리들을 빨리 처벌……!"

페드로 사제의 말은 길게 이어지지 못했다. 어느 순간 그의 가슴을 뚫고 나오는 검이 있었기 때문이다.

그 검의 주인은 뒤에서 사제를 지켜보고 있던 남작의 부관 라디에스로, 남작의 무언의 명령에 따라 단숨에 페드로 사제의 등을 꿰뚫어 버린 것이다.

남작은 검에 맞고 쓰러진 사제를 보며 안타깝다는 듯한 표정을 지으며 라디에스에게 말했다.

"아! 아깝게 됐군. 고위 사제 분께서 전쟁터에서 목숨을 잃으시다니 말이야."

그의 탄성 비슷한 소리를 들으며 라디에스는 검에 묻은 피를 쓰러져 버린 사제의 옷에 닦고는 말했다.

"아무래도 회군을 서둘러야 할 것 같습니다. 페드로 사제가 죽었다는 것이 알려진다면 본전에서 조사단이 파견될 테니까요."

"그래야겠지. 거참, 이 전쟁 아무리 생각해도 너무 얽힌 것 같아. 한 달의 시간만 있었어도 저희 측에서 계획하고 있던 개혁이 이루어졌을 텐데 말이야."

"그렇습니다. 하지만 현재 교단은 외부의 일에 신경 쓸 때가 아니라고 생각합니다. 교단 내부의 썩은 부분을 도려내는 것이 더 시급한 일이니까요."

라디에스의 말에 남작은 고개를 끄덕였다.

"이따위 전쟁에 우리의 피를 흘리고 싶진 않다. 내일 전 사제단과 패러딘들에게 본국으로 회군하라 지시해라."

"예."

"또 도움을 주겠다고 약속한 칠인회에게 앞으로 10일 정도 후에 아티드 성에서 만나겠다고 전해라. 아리시아 성교회의 진정한 성전을 시작하고 싶다고 말이야."

"네."

라디에스가 나가자 남작은 생각에 잠겼다. 자신이 하고 있는 이 일이 진정으로 교단을 위한 일인가 하는 생각을 말이다. 하지만 남작은 후회하지는 않았다. 썩어 빠진 교단, 그것을 도려내지 않는다면 진정으로 태양신 아리시아님을 믿는 더 많은 신도들이 피해를 입어야만

하기 때문이다.

　마령을 정벌하기 위해 파견되었던 신성기사단은 한 달 후 아리시아 성교회의 본단을 공격함으로써 훗날 진정한 성전이란 이름으로 역사에 남게 된다.

　타락한 교황은 성교회의 지하 감옥에 갇혀 20년 후 생을 마감하게 되며, 수많은 사제들은 타락 타제의 인장이 찍혀 성교회 내에서 영원히 추방당한다.

　이 일로 제국 내의 교권은 크게 약화되어 황권을 강화하는 결과를 낳게 했지만, 성교회의 역사에서는 오히려 이 사건을 성기사단의 가장 올바른 행동이었다고 말한다.

　하지만 이 결과는 후에 나타나게 되는 것이었다.

　다음날 사제단과 성기사단의 회군 소식을 들은 제1차 정벌군의 사령관인 로베르토 백작은 황당하지 않을 수 없었다.

　지금 막 전쟁이 시작되는 시기에 사제단과 성기사단이 회군한다는 것은 그만큼 전 장병들의 사기를 저하시키기 때문이다.

　전쟁터에서 사제단이라는 것은 부상자들을 치료하는 것도 있지만, 더 주된 이유는 신을 모시는 사제단이 곁에 있음으로써 거의 대부분 아리시아 성교회의 신도인 병사들에게 전쟁터에서 죽는다고 해도 신의 은총을 받아 천국으로 갈 수 있다는 마음을 심어주기 때문이다.

　하지만 성기사단의 회군을 두고 사람들의 반응은 두 부류로 나뉘어지고 있었는데, 중앙 귀족군인 로베르토 백작과 안토니오 백작은 당황하는 표정이 역력한 반면, 지방 호족군의 수장인 리미트 백작과 렌피트 남작은 차분하기 그지없었다. 아니, 중앙 귀족군 귀족들의 당황스러운 표정에 즐거워하는 듯 오히려 미소를 짓고 있었다.

리미트 백작은 어쩔 줄 모르는 두 사람을 보며 손을 내저으며 말했다.

"어쩔 수 없는 노릇이군요. 사제단과 성기사단이 회군한다면 더 이상 성전은 의미가 없는 것 아닙니까?"

리미트 백작의 말에 아픈 곳을 찔린 듯 로베르토 백작은 죽일 듯한 눈으로 그를 노려보며 말했다.

"무슨 말씀이십니까? 악마의 땅을 정벌하라는 황제 폐하의 명을 거부하겠단 말씀이십니까?"

"어허, 말이 지나치십니다. 어찌 폐하의 말씀을 신하인 제가 어길 수 있단 말씀입니까? 하지만 사제단의 도움 없이 더 이상의 마령 정벌은 불가능할 뿐더러, 사제들이 빠진다면 황제 폐하께서 말씀하신 어둠의 땅에 빛을 내리기 위한 성전의 의미는 퇴색되어 버립니다. 성직자들의 교리를 전파하지 않는 전쟁은 단순히 인간들의 아귀다툼에 지나지 않으니까요."

지방 호족 파의 일원인 리미트 백작은 로베르토 백작의 협박을 교묘하게 빠져나가고 있었다. 사실 이 전쟁은 지방 호족들에게 있어서 아무런 도움이 되지 않는 전쟁이었다.

아직 실권을 중앙 귀족에게서 뺏지 못한 이상 마령과의 전쟁에서 점령된 영토는 거의 대부분이 정벌군의 수뇌를 자처하는 중앙 귀족의 손으로 들어갈 것이 뻔했기 때문이다.

호족들의 입장으로선 전쟁에 승리한다고 해도 아까운 병사들만을 잃을 뿐, 아무런 이득이 없기 때문에 피할 수 있는 싸움이라면 피하려고 하는 것이다. 하지만 리미트 백작의 반대 편, 즉 중앙 귀족군인 로베르토 백작의 경우에는 상황이 달랐다.

그는 1차 정벌군의 수장으로서 이곳에서의 승리는 곧 황제에게 자신의 입지를 굳힐 수 있는 절호의 기회가 되기 때문이다.

현재까지의 상황은 정벌군에 유리하게 흘러가고 있었기에 중앙에서 굳혀질 자신의 입지를 생각하며 기뻐하고 있었는데, 갑작스런 교단의 회군은 다 들어온 떡을 놓치는 격이었다.

로베르토 백작은 리미트 백작의 말이 전혀 틀리지 않는지라 뭐라고 반박할 말을 찾지 못하고 있었는데, 갑자기 회의장으로 한 명의 전령이 허겁지겁 뛰어 들어왔다.

"무슨 일이냐!"

로베르토 백작은 가뜩이나 리미트 백작이 성질을 긁어놓았기 때문에 화를 전령에서 쏟으려고 생각했는지 노한 얼굴로 소리쳤지만, 진령을 그런 것을 아는지 모르는지 다급한 목소리로 말했다.

"마, 마령의 비병들입니다!!"

"비병?!"

비병이란 말에 회의실에 있는 모든 지휘관들은 놀라 자리에서 일어났다.

비병. 마령이 자랑하고 있는 군대 중 하나로, 하늘을 날 수 있는 마물들로 구성되어 있는 이 군대는 100년 전 루덴스가 마령을 세울 때 로아냐드 제국의 군대 반 이상을 전멸시킨 군대였다.

회의실에 있는 거의 모든 지휘관들이 놀란 얼굴을 감추지 못했는데, 이상하게도 한 사람만은 자신의 자리에서 편한 얼굴을 하고 있었다.

그는 방금 전까지 로베르토 백작과 설전을 펼친 리미트 백작이었는데, 그는 차분한 목소리로 전령을 보며 물었다.

"비병들의 숫자는 어느 정도인가?"

"예. 정탐을 나간 레인저들의 말을 들어보면 약 1만 정도의 숫자가 주둔지로 몰려오고 있다고 합니다."

"재밌군."

리미트 백작의 말에 다른 지휘관들은 놀란 얼굴을 하며 그를 쳐다볼 수밖에 없었다. 마령의 최강 부대 중 하나인 비병이 왔음에도 리미트 백작은 너무나 태연했기 때문이다.

"카이저!"

그때 리미트 백작이 소리치자 회의장 안으로 검은색의 플레이트 아머를 입은 한 명의 기사가 들어왔다. 그는 리미트 백작이 이끄는 흑조기사단의 부단장의 신분을 가진 이로 이번 정벌전에서 상당한 공을 세운 베란 카이저라는 맹장이었다.

"부르셨습니까."

"흑조 제3기사대가 활약할 때가 온 것 같군. 비병 1만 정도면 충분히 상대할 수 있겠지?"

리미트의 말에 기사는 당연하다는 듯이 고개를 숙이며 말했다.

"맡겨만 주신다면 좋은 소식을 전해드릴 수 있으리라 생각됩니다."

"좋다. 제3기사대의 전권을 너에게 맡기겠다. 마령의 비병들에게 흑조기사단의 무서움을 보여주도록."

"예."

흑조기사단. 후에 있을 일이지만 리미트 백작의 기사단인 흑조기사단은 이 전투 후 로아냐드 3대 기사단 중의 하나로 일컬어지며 리미트를 공작의 직위까지 올려놓게 되지만, 부패한 황제에 의해 20년 후 역적으로 몰리며 리미트 공작 일가는 모두 죽임을 당하고 해체된다.

"휴우……."

루드웨어 일행은 크샤스의 기사단의 추적을 간신히 따돌리고는 항구 주변의 뒷골목에서 몸을 숨기며 숨을 고르고 있었다.

"겨우 빠져나오긴 했는데 어떻게 대륙으로 건너간다지……."

루드웨어는 한참을 생각해 보았지만 도저히 방법이 떠오르지 않았다. 그의 백 년도 넘는 삶에서 북극의 땅은 처음 와보는 곳이기도 했지만, 더욱 중요한 것은 이곳은 세이렌의 노래로 거의 대부분의 사람들이 크샤스 우상주의에 세뇌당한 상태이기 때문에 돈으로 해결해 볼 수도 없는 형편이었다. 한 사람을 우상시하는 그들에게 뇌물이란 것은 헛된 것에 불과하기 때문이나.

"북극의 마법사 길드로 가보는 게 어때? 마법사 길드 정도 되면 세이렌의 세뇌에서 벗어났을 수도 있잖아?"

아이샤는 문득 생각이 났는지 루드웨어에게 마법사 길드로 가기를 권했는데, 그것 역시 한참 고민할 수밖에 없었다. 루드웨어는 이름만 길드에 올려져 있을 뿐 거의 몇십 년 동안을 길드에 가본 적이 없기 때문이다.

'어떡하지? 칠인회의 아그들이 길드에 이름을 약간 바꿔서 가입시켜 놓는다고는 했지만, 제대로 돼 있는지도 모르고 …에이, 일단 가보자.'

아이샤가 말한 방법 외에는 도저히 다른 방법이 생각나지 않아 마법사 길드로 가기로 결심한 루드웨어는 로노와르를 보며 말했다.

"명심할 것. 첫째, 마나 숨기고, 둘째, 아무거나 만지지 말고, 셋째,

뭐라고 해도 꾹 참고 있어. 안 그러면 드래곤이란 게 들통나서 실험 재료 되기 십상이니까."

대륙의 마법사 길드는 요즘 실험 재료난에 시달리고 있다고 들었기 때문에, 엄청난 마나를 가진 드래곤이 무턱대고 들어갔다가는 한순간에 재료 되기 십상이었다. 해서 루드웨어는 로노와르에게 몇 가지 지침 사항을 세뇌시켜 놓은 후 북극의 땅에 있는 마법사 길드로 향했다.

대륙 마법 길드는 초국가적 집단으로 국가에 상관하지 않고 거의 모든 도시에 길드 사무소를 가지고 있다.

이 북극의 땅도 예외는 아니었기에 이곳에 주민들이 살기 시작하면서부터 마법 길드는 존재했다(북극의 땅에 있는 마법 길드는 일종의 연구 기관으로 북극령에 살고 있는 마족들의 생태 연구에 종사하고 있는 경우가 대부분이다).

마법이란 자체가 일종의 고부가 가치 사업이었기 때문에 북극의 땅에서도 마법 길드의 영향은 적지 않았다.

길드 사무소는 항구 도시 광장 근처에 10층짜리 사각형의 탑 모양을 띠고 있었는데 도시 어디에서 보아도 마법 길드의 건물이 한눈에 드러나게 만들어졌다.

길드 건물 안으로 들어선 루드웨어는 한쪽에서 접수를 받고 있는 아가씨에게 갔다.

"네, 대륙 마법 길드 사이온 지부입니다. 무엇을 도와드릴까요?"

접수처 안에서 유창하게 말하는 금발 머리의 아가씨에게 루드웨어는 미소를 지어 보이며 머리카락 하나를 그녀에게 건네주며 말했다.

"루드웨어 헤긴드라고 합니다. 신원 확인을 해보십시오."

"잠시만 기다리세요."

금발의 접수처 아가씨는 자리를 옮겨 네모난 상자로 다가가 무엇인가를 치기 시작했는데 그것은 콤퓨러라는 기계로 대륙 마법 길드에서 만들어낸 전산 처리 기구였다.

수많은 마법사들의 신원을 확인할 방법이 없었기 때문에 콤퓨러라는 기구로 신원을 확인하는 것이다. 루드웨어가 준 머리카락은 일종의 지문 확인과 같은 역할을 하는 것으로 신원과 함께 기억된 마법사들의 DNA를 검색하는 것이다.

현재까지 나온 콤퓨러는 페리엄4라는 기종까지 있는데 너무 발전한 하드웨어 탓에 소프트웨어가 따라가지 못하는 형편이었다.

"아! 회원님, 7서클 익스퍼트의 마도사셨군요. 아직 골드 카드를 만드시지 않으셨는데 만드시겠습니까?"

"골드 카드요?"

"예. 골드 카드를 만드시면 포션이나 마법 재료가 10% D.C는 물론 대륙 마법 길드의 제휴 표시가 있는 모든 여관이나 휴양 시설 역시 10% 절감된 가격으로 이용하실 수 있습니다. 또 회원 점수가 10,000점을 넘으시면 미쓰릴 카드를, 50,000점이 넘으시면 오리하르콘 카드를 만드실 수 있으며, 각각 부가되는 서비스는 골드 카드와 마찬가지이지만 카드 종류에 따라 20, 30% 절감된 가격에 서비스를 즐기실 수 있으십니다."

새삼 루드웨어는 세월이 많이 변했다는 것을 느낄 수 있었다. 아무리 세상이 마법 온라인 시대를 열었다고는 하지만 이건 판타지 세계로는 조금 심하지 않는가.

"저, 이곳 길드 지부장을 만나뵐 수 있을까요?"

"아, 물론입니다. 대륙 마법 길드에서는 6서클 마스터의 마도사 이상급에게는 각 길드 지부의 지부장을 직접 만나 접수할 수 있는 특례가 있으니까요. 손님께서 접수하시는 문건은 마도사 우대 조항에 의해 제일 우선으로 처리하실 수 있으니 안심하시기 바랍니다."

"감사합니다. 그건 그렇고 골드 카드 만들려면 얼마나 걸리죠?"

"전산 처리 작업과 카드 작업만 하면 되니 지부장님을 만나고 오시면 바로 건네드릴 수 있습니다."

그 말에 우물쭈물하던 루드웨어는 큰마음 먹고 다음 대사를 읊었다.

"카드 만드는 데 얼마입니까?"

"아! 마법 길드에서는 골드 카드 이상의 회원 분들에게는 카드를 공짜로 만들어드리고 있으니 손님께선 신청만 하시면 됩니다."

"부탁합니다."

"예."

루드웨어는 접수처 아가씨의 물 흐르는 듯한 설명에 눈이 돌아갈 지경이었다. 구석진 곳의 길드 지부라고 하지만 역시 신용 으뜸의 대륙 마법 길드는 뭔가 다르다고 생각했다.

어쨌든 공짜로 골드 카드를 만들게 된 루드웨어의 입은 찢어질 듯이 벌어져 있었다.

일행은 루드웨어 덕에 마도사라는 높은 분의 일행이 되어 마법 길드 사이온 지부의 지부장을 만날 수 있게 된 것이다.

23장 마령과 제국의 전투

"쇠뇌 준비!!"

마령과 로아냐드 제국의 전쟁터. 마령은 불꽃의 용장이라 불리는 케이드 공작이 이끄는 비병 1만이, 로아냐드 측에서는 흑조기사단의 부단장인 베란 카이저 장군이 이끄는 3기사대 1만5천의 병력이었다.

병력 면에서는 흑조기사단이 앞선다고는 하지만 상대는 마령이 자랑하는 비병. 일반 병력의 수배의 기동성을 가지고 있는 마령이 자랑하는 초엘리트 부대였다. 하지만 베란 장군을 비롯한 흑조기사단 전원은 한 치의 두려움도 보이지 않고 있었다.

베란 장군이 명령을 내리자 후방에 위치한 3천의 쇠뇌병이 비병들을 향하여 쇠뇌를 겨누고 있었다.

하지만 보통의 쇠뇌로는 하늘에서 내려오는 비병들의 비늘을 뚫을 수 없다는 것을 알고 있는 케이드 공작은 하늘을 온통 검은색으로 뒤덮으며 흑조기사단을 향해 전군 공격을 지시했다.

"전 비병은 하강 공격하라!!"

공기를 찢을 듯한 소리가 대지를 뒤덮으며 드디어 마령이 자랑하는 비병의 하강 공격이 시작되었다.

"발사!"

어느 정도 비병이 사정 거리에 이르자 베란 장군은 회심의 미소를 지으며 쇠뇌병에게 일제히 발사 명령을 내렸고, 명령과 함께 수천 발의 쇠뇌가 하늘로 치솟아올랐다.

공중에서 와이번에 타고 있던 케이드 공작은 적들이 쇠뇌를 쏘는 것을 보고 웃음을 터뜨렸다.

"하하하! 어리석은 것들, 와이번이나 각종 비행 마물로 이루어진 우리 비병들의 단단한 비늘에 쇠뇌 정도가 통할 것이라 생각하는가?"

하지만 그의 웃음은 그리 오래가지 않았다.

쿵! 쿠궁! 쿵!

하늘로 치솟아오른 쇠뇌들은 갑자기 엄청난 폭음과 함께 터져 나갔고, 폭발의 여파에 휩쓸린 수백의 비병들이 땅으로 곤두박질치기 시작한 것이다.

"무슨 일이!!"

쇠뇌. 로아냐드 군이 쏘아 올린 쇠뇌들은 마법적 장치가 되어 있는지 공중에서 폭발을 일으키기 시작한 것이다.

한두 발 정도야 단단한 비늘로 폭발을 견디어내고는 있었지만, 공중에서 휘몰아치는 불꽃의 소용돌이에 휘말린 비병들은 견디지 못하고 땅으로 곤두박질치기 시작한 것이다.

"제1, 2, 3기병은 출격하라!!"

베란 장군의 명령이 터지자마자 진의 선두에서 대기하고 있던 3,000여 명의 기병들은 쇠뇌의 폭발로 떨어진 비병들이 있는 전쟁터로 랜스를 들고 밀려갔고, 그 뒤를 이어 5,000여 명의 중갑 보병이 진격하기 시작했다.

비병들은 하늘에서는 막강한 공격력을 자랑하지만 땅에서는 중급의 마물보다 약한 면을 가지고 있었다.

폭발에 휩쓸려 땅에 떨어진 비병들은 정신을 차릴 새도 없이 빠른 속도로 돌진하는 기병들의 밥이 되어야 했고, 기병들에게 다행히 살아남은 비병들도 이어서 진격해 오는 중장갑 보병들에 의해 고혼이 되어야 했다.

지상의 상황이 이렇게 돌아가고 있을 때에도 쇠뇌병들의 활은 쉬지 않고 공중에서 우왕좌왕하는 비병들에게 쏘아졌다.

"우군은 쇠뇌를 쏘는 쇠뇌병만을 공격하고, 좌군과 중군은 적의 본진을 공격한다. 후군은 지상으로 강하 공격하라."

케이드 공작은 폭발 쇠뇌로 전군이 어지러워지자 텔레파시를 사용하여 각 군에 명령을 전달했다. 케이드 공작의 지시를 받은 비병들은 각자가 맡은 임무에 따라 움직이기 시작했다. 마령이 자랑하는 비병인 만큼 처음 시작에서 진열이 어지러워지기는 했지만, 어느새 정신을 차리고 흑조기사단을 향해 공격을 시작했다. 하지만 그들의 무기는 너무 강력했다.

공작의 지시로 쇠뇌병을 공격하기 위해 들어간 우군 1,500의 비병은 쇠뇌병에게 도달하기도 전에 폭발에 휩쓸려 많은 수가 땅으로 떨어지기 시작했고, 큰 상처를 입은 와중에도 힘을 내어 쇠뇌병에게 도달했을 때에는 언제 기다렸는지 모르게 튀어나오는 경갑 보병의 창에

막혀 제대로 된 공격조차 못하고 있었다.

"후방 쇠뇌병은 본군으로 진격하는 적의 비병을 공격하라!"

베란 장군은 적이 나뉘어서 본군을 공격하려고 하자, 쇠뇌병을 두 개로 나누어 본군을 습격하기 위해 날아오는 비병의 군대에게 폭발 쇠뇌를 발사하기 시작했다.

적의 본군을 공격하기 위해 진격하던 좌군과 중군은 갑자기 쇠뇌병에 의해 후방에서 폭발 쇠뇌 공격을 받자 우왕좌왕하기 시작했고 진형이 무너져 가기 시작했다.

땅으로 추락하는 비병들이 많아지자 케이드 공작은 더 이상의 전투가 불가능하다고 생각하며 전군에 후퇴를 지시할 수밖에 없었다.

"전군 후퇴하라!"

케이드 공작에 명령에 정신을 차린 비병들은 쇠뇌들의 폭발을 헤치며 후방으로 후퇴하기 시작했다.

마령의 비병 1만과 흑조기사단 1만 5천의 병력이 벌인 첫 전투에선 모든 이의 예상을 뒤엎고 로아냐드 제국의 흑조기사단은 전투 시작 1시간여 만에 엄청난 전과를 거두었다. 마령의 비병들은 총 1만의 군사 중 3천여 명이 전사하고 수많은 비병이 전투 불능 상태에 빠진 데 반해, 흑조기사단은 기병 100여 명과 중장갑 병 70명이 중경상을 입은 데 그치는 엄청난 대승을 거둔 것이다.

이 전투에서 가장 큰 승리의 조건이 된 것은 흑조기사단의 쇠뇌병이 쏘아 올린 쇠뇌로, 이것은 연금술사 조합에서 만든 폭발성 물질과 간단한 플레임 주문을 각인시킨 은 활촉을 사용한 것이다. 이것은 일정한 시간에 공중에서 폭발해 화염 폭풍을 일으키게 제작된 화살이었다.

이제까지 공중으로 공격하는 마물들에 대항할 때 활이나 마법사들의 마법에만 의존한 제국 측으로서는 리미트 백작 측의 연구에 의해 광장한 신무기를 얻게 되었지만, 모든 전술의 기본을 지상이 아닌 공중 공격에 중점을 두었던 마령 측으로서는 전술의 급격한 변화를 가져올 수밖에 없었다.

한편 이 엄청난 신무기로 인해 제국 측의 사기는 엄청나게 상승됐지만, 모든 사람을 만족시킨 것은 아니었다. 지방 호족과 대치하고 있던 일련의 무리들, 바로 중앙 귀족들의 안색은 시퍼렇게 변해간 것이다.

실질적인 1차 정벌군의 수장은 중앙 귀족군의 로베르토 백작으로 그가 이번 침공에 의해 상당한 공을 세운 것은 분명하지만, 마령 침공의 가장 문세점으로 작용한 비병들을 패주시킨 리미트 백작의 공은 그의 것을 덮어버리고도 충분한 것이다.

그러나 그들도 알지 못하는 엄청난 사실이 있었다.

이후 리미트 백작가에 관하여 베란 장군이 쓴 비사에 실리는 이 이야기는 베란 장군이 얼마나 힘들게 싸워왔는가를 증명하는 증거가 된다.

전투가 끝난 후 리미트 백작은 아무도 모르는 곳에 베란을 데리고 가서는 떨리는 목소리로 말했다.

"…몇 발 쐈냐……."

리미트 백작의 말에 베란은 아무렇지도 않은 얼굴로 쉽게 말했다.

"3,000명의 쇠뇌병이 10발 이상은 쐈을 테니 한 30,000발이 넘지 않을까요?"

여기서 중요한 것은 보통 쇠뇌는 다시 뽑아서 쓸 수도 있지만 리미트가의 특제 폭발 쇠뇌는 그렇지 않다는 것이다.

일회용. 거기다가 한 발당 1골드 이상의 고가품임을 감안한다면 적어도 3만 골드 이상의 지출이 있었다는 뜻이기 때문이다(1골드는 보통 평민 가정의 한 달 생활비임을 강조합니다. 1골드는 백 실버, 1실버는 백 브론즈로 밀 빵 한 개의 가격은 10브론즈임).

베란의 말이 끝나자마자 리미트는 떨리는 몸을 참지 못하고 분노의 어퍼컷을 베란에게 날렸다.

"이 빌어먹을 자식아! 내가 1만 발 이상은 쓰지 말라고 했잖아!!"

분노의 어퍼컷에 다운되어 버린 베란은 쓰러진 와중에서도 변명은 빼놓지 않고 있었다.

"하지만 대승 아닙니까!"

"대승이 밥 먹여주냐! 어차피 화살 값도 안 나올 전쟁인데, 여기서 나가는 돈은 어떻게 할 거냐! 가문이 돈 때문에 망하면 네 녀석이 책임질 거냐!! 가신이란 자식이 집안을 말아먹으려고 작정을 한 것도 아니고!!"

더 이상 참지 못한 리미트 백작은 쓰러진 베란을 밟아대기 시작했고, 얼마 후 회의실에 나온 베란의 얼굴에는 정말 보기 힘들 만큼 시퍼렇게 퉁퉁 부은 얼굴이 되어 나타났다.

회의장에 있던 여러 지휘관들은 전투 중에 거의 상처가 없던 그가 회의장에 시퍼렇게 부어서 나타나자 이상할 뿐이었다.

한편 예상외로 로아냐드 제국군은 비병과의 전투에서 대승을 거두었음에도 진군하지 않았다. 아니, 진군하지 못했다는 것이 맞을 것이다.

로베르토 백작과 리미트 백작의 엇갈린 의견은 진군이냐 회군이냐의 갈림길에서 아무것도 선택하지 못하게 한 것이다. 다시 설명하면 로베르토 백작으로선 마령 깊숙이 군을 전진시켜 자신의 전부라고 할 수 있는 육상 병력으로 적의 방어군을 쳐야만 리미트 백작의 전공을 앞지를 수 있었다. 어차피 이 전쟁에 이겨도 이득이 없는 리미트로서는 성기사단의 회군으로 명분이 사라진 전쟁을 여기서 끝내려고 하기 때문이다.

이 두 개의 집단의 싸움으로 인해서 이득을 얻을 수 있었던 것은 오히려 전투에서 패한 마령이었다. 예상대로의 진로라면 파이드 강 서쪽에서 방어전을 펼쳐야 할 제국의 정벌군이 멈춰 있었기 때문에, 제시간에 전선에 투입되지 못할 것이라고 예상되었던 시드니안 공이 이끄는 마령 제5군단 10만의 병력이 파이드 강을 건너 진영을 성비할 수 있었다.

어느 정도 두 집단 간의 의견 차이는 있을 것이라 예상되긴 했었지만, 가장 중요한 시점에서 대립해 지체됨으로써 지금까지 로아냐드 정벌군이 이룩해 놓은 모든 이점은 한순간에 사라지게 되었다.

또 엎친 데 덮친 격으로 제국 또한 2차 정벌군의 파견이 불가능하게 되어버렸다. 제국의 남쪽 레이드 산맥이 거점인 남방 오크들이 10만이라는 거대한 숫자로 로아냐드 국경을 압박하고 들어왔기 때문이다.

이에 따라 제국에서는 마령으로 출진할 2차 정벌군을 남방으로 돌릴 수밖에 없었고, 지원군이 오지 않는 1차 정벌군은 파이드 강 서부의 10만 병력과 계속 이어질 마령의 군대를 생각하며 리미트 백작의 의견에 따라 본국으로 회군할 수밖에 없었다.

이때 시드니안 공은 로아냐드 제국군이 회군한다는 소식을 듣자마자 총공격을 감행했고, 하글 산맥을 넘어 제국의 서부 영토를 점령하는 쾌거를 이룩하게 된다.

아무튼 이 일은 전쟁 시작 네 달 후의 이야기고 현재의 상황은 그리 평탄하지만은 않았다.

마령의 지배자 루덴스는 케이드 공작의 패배 소식을 듣자 분노를 참지 못했다. 마령은 건국 전쟁 이후로 이 정도의 패배를 당해본 적이 없었기 때문이다.

"뭐? 첫 번째 전투에서 비병이 3,000이나 몰살당하고, 거기다가 4,000이 전투 불능 상태?!"

사라덴의 보고를 들은 루덴스는 반실성의 경지까지 도달해 있었던 것이다.

사실 루덴스로서는 승리는 못한다고 쳐도 기껏해야 비병 500 정도의 손실만을 예상하고 있었는데, 피해는 그의 예상을 엎고도 한참을 넘어서고 있었기 때문이다.

패배한다 해도 500 정도 손실만을 예상할 정도로 그만큼 비병의 능력은 루덴스조차 인정하고 있는 것이었는데, 순식간에 3,000이나 당했다는 말을 듣게 되자 믿을 수가 없었던 것이다.

"리미트 백작이 이끄는 흑조기사단의 신무기에 의한 것으로 첩자에 의하면 로아냐드의 연금술사 연합에서 만든 폭발성 시약과 마법이 새겨진 은 쇠뇌에 의한 작용으로 공중에서 폭발을 일으키는 신무기라고 합니다."

"…신무기… 신무기… 아무리 신무기라고 해도 비병의 삼 분의 일이 몰살당하고 반이 넘는 숫자가 전투 불능이 된다는 게 말이 되는가?!"

루덴스의 말에 시립해 있던 장군들은 고개를 숙이며 아무 말도 못했다.

"하지만 다행히 승전한 로아냐드 제국군은 현재 분열 상태에 있어 진군을 하지 못하고 있다고 합니다."

"진군을 못해? 그나마 다행이군 그래. 원인이 뭔가?"

"비병 전투 이전에 사제단과 패러딘들이 본국으로 회군한 것이 그 원인이라고 합니다. 그 때문에 명분이 사라지자 내전으로 대립해 가고 있던 중앙 귀족 로베르토 백작과 지방 호족 리미트 백작 사이에 진군을 둘러싸고 엇갈린 의견을 보이고 있다고 합니다."

사라덴의 두 번째 보고에 루덴스의 안색이 조금 편해지기는 했지만, 아직까지 노기가 풀린 것은 아니기 때문에 내당은 조용하기 그지 없었다.

"오크 로드가 로아냐드 제국의 남부 국경을 압박한다면 제국의 2차 정벌군은 오크들을 상대하기 위해 남쪽으로 향할 것이 분명할 터, 보급을 받지 못하는 1차 정벌군은 회군할 것이 분명하겠군. 사라덴."

"예."

"시드니안에게 연락해서 제국군이 회군하면 전군을 몰아 총공격을 하라고 지시해라."

"예."

루덴스는 전장이 마령에 유리하게 돌아가자 조금 마음이 놓이기는 했지만 문제는 그것에 있지 않았다. 제국과 전쟁을 야기시켰던 북극령의 크샤스 왕을 생각하자 열이 받아 참을 수 없었고, 마계에 있는 암흑 신관 유리마에게 온 연락으로는 궁극의 마신 크레이져의 부활이 얼마 남지 않았기 때문이다.

전쟁이야 밀려봤자 영토를 조금 잃는 것에 그치겠지만, 봉인된 마신 크레이져가 부활한다면 세계 자체가 붕괴할 수 있기 때문에 마음이 놓이지 않는 것이다.

"빌어먹을! 올해는 뭐가 일이 이렇게 꼬이는 거야! 그래, 루드웨어에게 들어온 소식은 없는가?"

"아직까지는 연락이 없는 것으로 알고 있습니다. 하지만 칠인회 쪽에서는 이미 예정돼 있었는지 이쪽으로 일단의 마법 병단을 보내왔습니다."

"본격적으로 북극의 영지를 압박해야 할 시기라는 건가? 그래, 마법 병단의 위치는?"

"마법 병단의 본군은 전에 폐하께서 지시하신 대로 통과시켜 마령의 영토를 지나 북방 항구 도시인 야센시티로 이미 향했고, 내일 정도쯤엔 마성에 칠인회 측의 사신이 도착하리라 예상됩니다."

루덴스는 사라덴의 보고를 듣고 한참을 생각하다가 결정을 했는지 자리에서 일어나 신하들에게 말했다.

"마령의 전 함대는 물론 이용할 수 있는 배를 모두 야센시티의 항구로 집결시켜라! 또한 크렌 장군은 인간으로만 이루어진 군대 5만 기를 준비시켜 본격적인 북극령과의 전쟁을 준비하라!"

"예!"

24장 사이야와의 만남

대륙 마법 길드의 북극령 사이온 지부의 지부장 레디가르드는 오늘 매우 기분이 좋았다.

중앙 지부에서 한참 잘 나가고 있던 그가 실험의 실수로 탑의 한 층을 날려먹고 북극령 지부로 좌천됐을 때는 정말 그에게는 생애 최악의 일이 터진 것처럼 느껴졌었다.

거기다 사랑하는 아내는 쓰러지고…….

하지만 그는 열심히 살았다.

북극령이 한적한 곳이라고는 하지만 아직 사랑하는 아내를 위해서 자신마저 쓰러질 수는 없었기 때문이다. 그리고 오늘 북극령 지부의 지부장으로 좌천된 지 일 년째. 처음으로 지부에 일이 들어왔다.

그동안 너무 힘들었던 레디가르드였다. 이곳 지부에서 가장 팔팔한 건 접수처 아가씨뿐, 다른 모든 이들은 거의 시체나 다름없었다.

북극령 지부는 마령의 이상 마물과 기후를 연구하는 곳이기 때문에 의뢰는 별로 받지 않는 곳이긴 했지만, 이상하게 이곳의 사람들은 마법 길드에 평범한 청탁조차 하지 않았다.

중앙 지부에 일 년 동안의 실적을 올려야 하는데, 단 한 부의 청탁도 없었다고 한다면 누가 믿어주겠는가? 중간에 청탁받은 대금을 삼켜 버렸다고밖에 생각하지 않을 것이 분명했기에 실적 보고일이 다가오는 게 불안해질 뿐이었다.

하지만 그런 고민은 이제 사라진 것이다. 타 지부에도 일 년에 한 번 있을까 말까 한 마도사급의 청탁이 부임 후 첫 개시 청탁으로 들어온 것이다.

보통 마도사급 정도 되면 자기 일은 자기가 알아서 처리하기 때문에 길드에 청탁 같은 것을 맡기기 위해 오는 일은 별로 없는 편이었다. 하지만 한번 청탁을 하면 그들이 처리할 수 없는 일을 맡기기 때문에 거의 100골드 이상의 큰 청탁을 했다.

본부에 올리는 50%를 제외한 금액으로 앓고 있는 아내에게 약과 음식을 사다 줄 수 있다는 생각에 하늘로 떠오를 같은 기분을 가눌 수가 없었다.

"룰룰룰… 아! 미스 리, 손님들 들여보내세요."

"예."

접수처 아가씨 리 인드라시아는 비서의 역할도 겸하고 있었다. 물론 미스 리는 접수처와 서무처, 자료처, 관리처 등등 거의 모든 것을 담당하고 있다. 왜냐고? 지부에서 가장 팔팔하니까! 사실은 여기저기 다른 아가씨들 이름 붙이는 게 너무 힘들어서라는 작가의 말도 있다.

하지만 그가 한참 꾸던 즐거운 꿈은 곧 사라지고 말았다. 미스 리의 안내로 들어온 마법사 일행은 한마디로… 상거지 꼴이었기 때문이다.

잠시 그들의 몰골을 설명하자면, 아이샤는 신관으로서 매일 깨끗한 옷을 갈아입었지만 이때만은 크샤스의 군대에게 쫓기느라 지저분한 옷을 갈아입지 못하고 있었고, 그것은 루드웨어와 로노와르 역시 마찬가지였다. 일행들은 씻을 엄두는 물론 옷 갈아입을 시간도 없었다.

레디가르드는 그들이 차라리 자신에게 돈을 우려내면 우려냈지 청탁 비용을 낼 만한 인물들은 아니게 보였다.

눈물을 삼키며 포기할 것인가, 아니면 믿어볼 것인가…….

레디가르드는 믿어보기로 결심했다.

"하하하하, 저의 지부에 오신 것을 환영합니다. 자, 이리로 앉으시지요."

레디가르드는 루드웨어 일행을 지부장실의 소파로 안내한 후 미스 리에게 차를 내오라는 무언의 지시를 남겼다. 물론 눈썰미 좋은 미스 리는 첫 번째 손짓임에도 차를 내오라는 손짓을 정확하게 알아들었다.

"커피 떨어졌는데요, 지부장님."

"……"

첫 손님에게 지부의 약점을 들키자 레디가르드는 조금 당황됐다. 현재 지부의 재정 사정은 거의 알거지 수준이었다. 북극령의 마물과 지형 연구를 하는 마법사들이 거의 대부분의 예산을 쓸어갔기 때문이다.

하지만 레디가르드는 이내 중앙 지부에서 얻은 노하우로 평정심을 되찾을 수 있었다.

"하하하……."

웃음으로 대충 때운 그는 루드웨어 일행이 앉은 맞은편 소파에 앉았다.

앞에 보이는 것은 더러운 로브의 젊은 청년. 레디가르드는 그가 미스 리가 말한 골드 카드의 주인 7서클 익스퍼트의 마도사란 것을 직감적으로 알 수 있었다.

물론 아이샤는 신관 차림, 로노와르는 평범한 여행복 차림이니 그 와중에 루드웨어가 마법사라는 것은 누가 못 알아맞추겠는가.

격세지감이다. 동방에 전해지는 말로는 장강의 앞 물결은 겁도 없는 뒷 물결이 쓸어버린다라고 했는데 정말 옛사람 말 치고 틀린 것은 없다고 생각되는 레디가르드였다.

올해 쉰다섯에 근접한 노인이 되어가는 레디가르드는 6서클 러너에 지나지 않는데 어디서 굴러먹은지도 모르는 새파란 젊은것이 7서클 익스퍼트였기 때문이다.

괜히 젊은것이 미워지는 레디가르드였지만 어떡하랴, 아내가 아픈데.

"저의 지부에 오신 것을 환영합니다. 무엇을 도와드릴까요?"

손님은 왕! 띠껍지만 서비스 정신에 충실한 그는 얼굴에 미소를 띠며 이야기했고 지부장의 느끼한 미소에 잠시 혹한 지역을 지나왔던 루드웨어는 간신히 정신을 추스르고 말을 할 수 있었다.

"북극의 마물들을 연구할 겸 한 달 전에 이곳으로 왔는데, 그사이 대륙에서 전쟁이 터졌다고 하더군요."

"아! 마령과 로아냐드 제국과의 전쟁을 말씀하시는군요."

"예. 그 덕분에 배가 끊겨 버려 이곳에 발이 묶여 있는 처지입니다. 일주일 후에 야센시티에서 만나려는 사람이 있는데 이렇게 묶여 있으니 답답할 노릇이지요."

루드웨어의 말에 그는 고개를 끄덕이며 생각했다. 분명 대륙으로 가는 배를 구하기 위해 온 손님인데, 사실 능력없는 레디가르드로서는 이곳에서 배를 구하기는 상당히 힘들었다.

맨 처음 그가 이곳으로 부임해 왔을 때는 몰랐지만, 요즘 들어서는 북극령의 사람들이 조금 야박하게 변해 웬만해서 비밀스러운 이야기는 거부하고 있었다.

하지만 그가 누구인가. 아내를 위해 자신을 위해 이 척박한 대지에서도 꿋꿋이 살아가는 위대한 가장이 아니던가.

"사실 저의 능력으로도 이곳에서 배를 구하기는 어렵습니다만, 단지 소식을 전하는 것이라면 한 가지 다른 방법을 가르쳐 드릴 수 있습니다."

"다른 방법이시라면……?"

떡밥에 현혹된 루드웨어. 레디가르드는 이제 미끼를 조금씩 드리워야 할 때라는 것을 느낄 수 있었다.

"예, 바로 신의 장벽을 통과해서 이미지 트랜스포트(화상 전달 마법)를 가능하게 하는 것입니다. 길드의 특급 비밀에 속하는 안건이지만, 손님께서 골드 카드 회원인 것을 감안한다면 적당한 가격에 넘겨드릴 수 있습니다."

드디어 얼빠진 루드웨어에게 미끼를 던진 레디가르드, 과연 루드웨어는 그 미끼를 물 것인가? 물론 길드의 특급 비밀이란 말은 순 뻥이다.

북극령 연구 기관에서 10년 간의 연구 끝에 삼 일 전에 도착한 보고서에 들어 있는 방법으로, 얼마 안 있어 마법 길드의 연구 발표회에서 발표될 논문에 지나지 않기 때문이다.

물론 발표회 전까지 비밀이기는 하지만 특급 비밀 축에는 끼지 못하는 것은 사실이었다.

루드웨어는 지부장의 말에 솔깃하지 않을 수 없었다. 사실 그가 대륙으로 가려고 하는 것은 북극령에서는 대륙에 있는 사람에게 연락이 되지 않기 때문인데, 이미지 트랜스포트를 가능하게 한다면 굳이 대륙으로 넘어가지 않고 이곳에서 일을 처리할 수도 있기 때문이다.

"좋습니다. 얼마 정도를 원하십니까?"

'물었다!!'

레디가르드는 얼굴에 피어나는 웃음을 간신히 자제한 다음 말을 이었다.

"골드 카드의 회원인 것을 감안한다면 10% 청탁 비용이 깎이기 때문에 300골드에서 30골드를 제한 270골드만 주시면 저희가 서류를 넘겨드리도록 하겠습니다."

"음……."

270골드, 이건 엄청 비쌌다. 아! 어찌할 것인가. 로노와르와의 결혼 자금을 열심히 모아온 루드웨어에게 이 지출은 너무나 엄청났다. 물론 루드웨어의 이런 생각에 어떤 이들은 루덴스의 보물 창고에서 텔레포트 게이트에 처넣은 2억 골드는 뭐란 말인가란 생각을 하기도 하겠지만, 루드웨어는 알뜰 주부인 것이다.

"100골드 어떻습니까?"

황당했다. 270골드짜리를 100골드에 넘기라니… 레디가르드는 잠시 긴장하지 않을 수 없었다.

일단 어느 정도 깎일 것을 예상해서 엄청 많이 부른 액수이기는 하지만, 자신 앞에서 정면으로 도전해 온 젊은 마도사에게 지고 싶은 생각은 없었다. 그는 마음을 가다듬고 흥정에 들어갔다.

하지만 어떡하랴. 자신의 앞에 있는 마법사, 그는 알뜰 주부 루드웨어, 에누리의 황제인 것이다.

"250골드 밑으로 안 됩니다."

철저하게 자르자고 생각한 레디가르드는 단호한 음성으로 말했지만 루드웨어에게 그것은 깎을 수 있는 여지가 있는 것으로 들렸다.

"지부가 좀 허름한 것 같다. 아, 손님에게 내줄 커피도 없는 지부라니… 정말 끔찍해."

루드웨어의 동조자는 가까이에 있었다. 옆에서 당사자가 듣는 줄 뻔히 알면서 약점을 꼬집는 아이샤. 루드웨어는 역시 자신에 버금갈 정도의 인물이라고 생각하고는 비소를 지었다.

"120골드는 어떻습니까?"

"손님이 사정이 어렵다면 200골드까지는 가능하지만 그 이하는……."

지부장이 더 이상 깎아주려고 하지 않자 루드웨어는 주변을 훑어보았다. 보아하니 미스 리라고 하는 비서와 지부장 단둘밖에 없는 것 같았기에, 그는 어쩔 수 없이 로노와르를 이용한 협박전으로 나가기로 결심했다.

"로노와르."

"왜?"

"얼음성에서 드래곤이 나왔다는데, 들어본 적 있니?"

"무슨 헛소리야. 그거 나잖아!"

루드웨어의 뜬금없는 한마디에 로노와르는 역시나 생각없는 대답을 했지만, 사실 이것이 바로 루드웨어가 노리고 있던 것이었다.

"그래? 지부장, 150골드는 어떻습니까? 아참, 로노와르, 니 브레스로 여기서 가장 높은 건물을 쏘면 어떻게 될까?"

"놀리는 거야? 아무리 내가 약하다고 해도 이런 길드 건물쯤은 단숨에 날려 버릴 수 있다고!!"

루드웨어의 말에 로노와르가 화를 내며 자리에서 일어서자 레디가르드는 자신의 패배를 인정하지 않을 수 없었다.

"…150골드에 드리지요……."

이 지부마저 날리면 레디가르드는 제국의 I.M.F실업자처럼 길바닥에 눌러앉을 형편이었기에 눈물을 머금고 150골드에 결정을 내릴 수밖에 없었다.

아! 약한 자 그대 이름은 남편인가……. 아내를 위해 오늘도 직장 전선에서 투쟁하는 레디가르드는 냉혹한 사회에 무릎을 꿇으며 오늘도 하루 해를 접어가고 있었다.

"룰루랄라!!"

극비 문서라는 것을 반값에 산 루드웨어는 왠지 기분이 좋았다. 역시 에누리는 루드웨어의 마음을 기쁘게 하는 청량제 중 하나인가 보다.

숲 한편에 앉아서 문서를 펼쳐 보던 루드웨어는 재밌는 부분을 발견했다.

"오호, 마나의 기운을 막는 것이 아니라 왜곡시킨단 말이지?"

그렇다. 신의 장벽은 공간을 막는 개폐식 둑과 같은 것. 마나 자체를 유통시키지 않는다면 마나 팽창을 견딜 수 없기 때문에 인위적으로 움직인 마나를 왜곡시켜 통과시킨다는 것이다.

여기서 북극령의 연구자는 신의 장벽의 왜곡 패턴의 변화를 알아낼 수 있었다.

왜곡 패턴을 역으로 하여 신의 장벽으로 보낸다면 장벽 너머에서는 제대로 된 마법을 실행할 수 있다는 연구 결과를 본 루드웨어는 바로 작업에 들어갔다.

하지만 마법의 마나 회로를 역으로 돌린다는 것은 그리 쉬운 일이 아니었다. 그렇기 때문에 루드웨어는 새로운 주문을 만드는 것에 버금갈 정도의 집중력을 투자할 수밖에 없었는데—이 고난도의 작업은 보통 마법사들의 지하실에서 혼자 며칠 동안 작업하는 것이 보통이지만 집중력이 뛰어나다면 어디에서 해도 상관은 없었다—루드웨어는 자신의 실력으로 충분히 해낼 수 있다고 생각했다. 하지만 예상외로 주변의 시끄러움보다 더 문제되는 존재가 있었다. 그는 철저하게 루드웨어의 집중력을 분쇄시키고 있었으니…….

"루드웨어, 뭐 하는건데? 힘들어? 재밌어?"

한두 번은 참을 수 있었지만 시간이 지나면서 점점 열이 뻗쳐 오르는 그였다.

어찌 이 빌어먹을 해츨링은 500살이 다 되어가는 나이에도 이렇게 철이 없단 말인가(물론 드래곤 입장에서는 500살 나이면 아직 애다)!

"로노와르……."

"왜?"

"이 주문 들어본 적 있니? 중얼중얼중얼……."

어디선가 많이 들어본 주문. 로노와르는 갑자기 생각나지는 않았지만, 주문이 진행될수록 무의식적으로 등에 식은땀이 났다.

세상에서 로노와르가 가장 싫어하는 주문… 최악의 좌표 설정을 자랑하며 제대로 된 착지 자세를 가질 수 없게 만드는 이동 주문, 디멘전 패스였던 것이다.

"루드웨어!!"

"디멘전 패스 아더!"

검은색의 안개는 급속하게 로노와르를 감싸더니 처참한 비명과 함께 어디론가 사라지기 시작했다.

수정궁의 생활은 너무 단순하다.

시녀가 주는 대로, 시녀가 하라는 대로 따라하기만 하면 되기 때문이다.

언제나 같은 시간에 언제나 같은 일을 한다는 것은 어쩌면 인간에게 상당한 거부감을 안겨주는 행동일 것이다.

인간은 기계가 아니기 때문이다.

여기 이런 상황에 빠진 비련의 소녀가 있었으니, 우리가 가끔씩 이름을 듣는 어여쁜 보라색 머리의 앳된 소녀로, 이름하여 사이야라 한다. 그녀는 대륙의 혼란을 야기시킨 최대 악당으로 등장하는 크샤스의 하나뿐인 여동생이었다.

사이야는 점심이 끝난 시간을 틈타 시녀들의 손길에서 도망칠 수 있었다.

물론 슬립 스크롤이라든지 홀드 스크롤 같은 몇 가지 치밀한 준비가 있어야 했지만, 어려웠던 준비 과정은 사이야에게 꿀과 같은 자유를 안겨준 것이다.

"아! 시원해라!!"

귀찮은 시녀들을 따돌려서 시원한 건지 바람이 시원한 건지는 모르겠지만 사이야는 수정궁 밖의 화원에서 모처럼만의 자유 시간을 보내고 있었다. 하지만 그 안식의 시간에 어둠의 그림자가 드리워지고 있었으니.

"어둠의 그림자?"

말 그대로 정말 어둠의 그림자였다. 어디서 생겼는지 모르는 짙은 어둠이 하늘을 가리우더니 사이야가 있는 곳에 드리우고 있었다. 공중에서 갑작스럽게 출현한 검은 안개를 보며 두려움을 느낄 수밖에 없었으나 그 두려움은 잠시 후 황당함으로 이어졌다.

"꾸엑!"

상당히 볼품없는 외마디 비명과 함께 한 명의 인간, 아니, 한 마리의 해츨링이 땅으로 떨어졌으니, 그는 루드웨어의 디멘전 패스에 날려온 우리들의 마스코트 로노와르였다.

로노와르는 땅에 처박히자 회전하는 별들을 머리에 이고 헤롱헤롱거리고 있었다.

사이야는 쓰러져 있는 자가 일어날 생각을 하지 않자 꽃의 덩굴이 타고 오를 수 있게 꽂아둔 나무 막대를 하나 뽑아 로노와르의 몸을 건드려 보았다.

"여보세요… 여보세요……."

사이야는 조금 무섭기는 했지만 용기를 내어 계속 나무 막대기로 찔러보았는데, 그 순간 갑자기 그자는 벌떡 일어서더니 하늘을 보며 크게 소리치기 시작했다.

"루드웨어! 이 ××새끼야!!"

갑작스런 욕의 난무에 어벙벙해진 사이야는 멍하니 그의 얼굴을 쳐다볼 수밖에 없었다. 로노와르는 그제야 자신의 곁에 누군가 있다는 것을 발견할 수 있었다.

"어라? 누구지?"

로노와르는 그 특유의 멍청한 표정을 지으며 물었다. 열받아 소리치던 얼굴에서 갑자기 어벙한 얼굴로 바뀌자 무섭기도 했지만 재밌기도 한지라 사이야는 웃음을 떠뜨릴 수밖에 없었다.

"호호호, 아저씨, 표정이 참 재밌어요."

"응? 그런가? 근데 넌 누구냐? 아! 그래, 인간들은 먼저 자기소개를 한다고 했지. 난 로노와르라고 한다. 넌?"

사이야는 인간들이란 말이 조금 이상하기는 했지만, 표정을 보아하니 제정신 가진 사람은 아닌 듯해 넘어가기로 했다.

"전 사이야라고 해요."

"사이야. 예쁜 이름이네. 근데 여기가 어디지?"

"여기가 어딘지도 모르고 떨어지셨어요?"

물론 보통 사람들에게는 어딘지 모르고 오셨냐고 물어보겠지만 사이야가 보기에 로노와르에겐 오셨다는 표현보다 떨어졌다는 표현이 더 어울릴 것 같았기에 그렇게 말했고, 그 말을 들은 로노와르는 빨개진 얼굴로 말했다.

"어떤 빌어먹을 ××새끼가 날 여기다 떨어뜨리는 바람에 어딘지도 모르고 왔다고."

"어머! 숙녀 앞에서 그렇게 상스러운 욕을 하면 안 돼요."

"그래? 그럼 참고하지. 아무튼 여기가 어디야? 좀 말해 달라고."

로노와르가 자신의 충고에 단순히 참고만 한다고 하자 사이야는 기분이 나빠졌는지 뽀로통한 얼굴로 말했다.

"숙녀의 충고를 참고만 한다니… 휴~ 어쩔 수 없군요."

역시 사이야의 눈에는 그가 정상적인 사람으로 보이지 않았기 때문에 그녀는 자신이 희생하고 이곳이 어딘지를 가르쳐 주기로 했다.

"여긴 수정궁이라고 해요. 북극령의 왕성인 얼음성에 있는 10개의 궁전 중 하나죠."

"얼음성……."

로노와르는 다시 한 번 루드웨어에게 욕을 하고 싶었지만, 앞에 있는 소녀가 자신이 욕하는 것을 싫어하는 표정이 역력했기에 속으로만 욕을 할 수밖에 없었다. 물론 그 대신으로 정말 보통 사람이 듣기 거북한 욕은 다 했다.

조금 이상한 사람 같긴 하지만 좀처럼 만나보기 힘든 외부의 사람이었다.

사이야는 그에게 바깥 세상의 이야기에 대해서 들어보기로 결심하곤 물어보려고 했는데, 멀리서 자신을 찾는 목소리들이 들려왔다.

사이야가 고난도의 준비 작업을 통해 마법으로 처리한 시녀들이 그제야 자신을 찾기 시작하고 있다는 것을 알고는 로노와르를 숨기기로 했다.

"앗! 여긴 외부인이 오면 안 되는 곳인데! 로노와르라고 했죠? 빨리 숨어요. 좀 있음 사람들이 온단 말이에요."

로노와르 역시 이곳에서 병사들에게 들킨다면 좋은 꼴은 못 당한다는 것을 알기 때문인지 고개를 끄덕였다. 물론 중요한 한마디는 잊지 않았다.

"가는 거야? 일단 시키는 대로 숨긴 숨는데, 지금 엄청 배고프거든. 이따 올 때 먹을 것 좀 갖고 와."

"알았어요. 하지만 먹을 거 가져다 주면 제게 바깥 이야기 좀 해줘요."

"바깥 얘기? 그러지 뭐."

아무 생각 없이 밥 준다는 말에 고개를 끄덕인 로노와르는 천천히 꽃밭 뒤로 몸을 숨겼고, 사이야는 자신을 찾는 시녀들이 있는 곳으로 걸음을 옮겼다.

로노와르는 가만히 숨어 있는 것은 체질상 맞지 않아 수정궁의 주변을 돌아다니며 여기저기를 살펴보았다. 한데 생각보다 이곳의 경비가 두텁다는 것을 알게 되었다.

'아까 그 꼬마가 이 궁의 주인인 것 같진 않고… 경비들의 숫자들로 미루어보면 상당히 중요한 인물 같은데. 누굴까?'

거침없는 행동이나 시녀들이 바쁘게 찾아다니는 것으로 보아 그렇게 짐작한 로노와르였지만 물어보지 않은 이상 사이야가 크샤스의 여동생이란 것은 알지 못했다.

다만 막연히 짐작해 보건대 꼬마애가 크샤스와 꽤 친분을 가지고 있다는 것을 어느 정도 유추해 볼 수 있었다. 드래곤의 무지막지한 시력—물론 이것은 폴리모프했을 때의 시력이다—좌우 100.0으로 살펴본 결과, 멀리 보이는 다른 궁들보다 이곳 경비의 숫자가 세 배 이상 더 많기 때문이다.

하지만 이런 생각들은 금세 잊혀지고 말았는데, 현재 로노와르의 상황에선 정말 분에 넘치는 생각들이었기 때문이다.

"아, 배고프다……."

제대로 밥도 먹지 못하고 이곳으로 날려온 로노와르였기 때문에, 주인공이 위험한 곳에 갇혔을 때 나오는 적절한 상황 판단은 사라져 버린 것이다.

그는 배를 움켜쥐며 소녀가 먹을 것을 가져다 주기를 기다렸다. 다른 때 같으면 그 유명한 해츨링 꼬장을 부려봤겠지만, 유명한 명산 금강산도 밥 안 먹고 가면 굶어 죽기 십상이다라는 속담처럼 꼬장도 배가 불러야 부릴 만하기 때문에 이내 정원에 처박혀 자빠져 있었다.

수정궁의 주방에서 음식이라도 훔쳐 먹고 싶었지만, 전에 싸워본 결과 크샤스와 그의 부하들의 실력은 정말 장난이 아니었기 때문에 참기로 했다. 가련하고 여린 해츨링이 무슨 힘이 있겠는가.

사실 드래곤이란 놈들은 몇 달, 아니, 몇 년을 굶어도 '아! 나 엄청 굶었다' 하는 소리를 할 정도로 둔감하고, 먹지 않고도 잘 살 수 있는 놈들이었다. 이는 자연의 마나를 통해 생명을 유지시킬 수 있는 능력이 있기 때문이다. 하지만 폴리모프한 상태에서는 보통 인간과 다를 바가 없기 때문에 로노와르는 이제 힘도 나지 않아 서서히 가장 비참한 죽음이라는 아사의 직전으로 천천히 걸어가고 있었다.

폴리모프라도 해제한다면 좋겠다라는 생각을 하며 아귀가 되기 일보 직전의 모습으로 눈앞에서 잘 요리된 오크가 걸어가는 환각에 빠져 쓰러져 있는데, 역시 이 이야기는 주인공을 굶길 만한 배짱은 없었는지 어디선가 로노와르를 찾는 소리가 들렸다.

"로노와르 아저씨, 로노와르 아저씨."

흥! 날 아저씨라고 부르다니. 아저씨란 말에 대답을 안 해주려고 했지만, 자신을 부르는 사람에게서 아귀 드래곤 신세에서 벗어나게 해줄 수 있는 음식 냄새가 흘러나오자 참을 수 없었다. 드래곤의 후각은 냄새 잘 맡는다고 소문난 개보다 10배 정도 뛰어난 후각을 가지고 있었기 때문이다.

"여기요!!"

배고픔과 처절함이 섞여 있는 그의 목소리는 처량함과 불쌍함을 안겨주었기에 음식을 들고 그를 찾는 사이야의 귀에 정확히 쑤셔 들어갔다.

"아!"

보따리에 음식을 가시고 온 사이야는 로노와르의 목소리가 꽃밭에서 들려오자 누가 볼까 두리번거리며 꽃밭으로 걸어갔다.

그곳에서는 그녀가 찾고 있던 로노와르란 녀석이 파김치가 된 듯 자빠져 있었다. 손가락 하나도 제대로 움직이지 못하며, 낑낑거리는 강아지의 처량한 눈매를 그대로 흉내 내고 있는 그를 보며 사이야는 뭐라고 할 말이 없었다.

"뭐 해요?"

비루먹은 강아지 흉내 내기 놀이라도 하는 듯한 그의 모습을 보며 사이야는 궁금한 듯 물었다.

이 사태는 고대 프라스의 한 왕비가 배고프다고 떠드는 백성이 빵을 달라고 하니 영문을 몰라 하던 것과 마찬가지의 현상으로, 부잣집 것들이 굶어 죽으려는 거지의 고통을 알 순 없는 노릇이다. 그래서 그녀에게는 배고파서 꿈틀거리는 로노와르가 이상하게만 보였다.

'혹시 변태?'

하지만 다음에 이어지는 로노와르의 처량한 목소리에 사이야는 안심할 수 있었다.

"배고파……."

로노와르의 처참한, 아니, 비참한 모습에 잠시 묵념을 드린 사이야는 아무 말도 하지 않고 보따리를 풀어 로노와르의 머리 위에 가져다 놓고는 재빨리 뒤로 물러섰다.

굶어 죽을 것 같은 로노와르 곁에 있다가는 자신도 먹혀 버릴 것 같았기 때문이다.

"우와!"

로노와르에겐 이제 희망이 생겼는지 표류 소설 로빈슨 꾸르소가 케이크를 먹는 것처럼 보따리에 머리를 박고 음식을 입에 처넣기 시작했다. 그것을 보고 있던 사이야는 인간이 음식을 먹는 게 저렇게 추할 수도 있구나라는 생각을 하며 한숨을 쉬었다.

정말! 정말! 사이야는 로노와르를 구차하게 사는 녀석이라 생각했다.

하지만 어떡하랴, 당당하게 사는 드래곤일지라도 루드웨어와 일주일만 생활하면 정말 구차하게 변해가는 것을.

허겁지겁 음식을 입에 쑤셔 넣은 로노와르는 어느 정도 배가 부르자 꺼억— 하는 트림과 함께 툭 튀어나온 배를 잡고 앉았다. 사이야는 그런 로노와르를 보며 인상을 찌푸리고는 한 발자국 더 물러서며 말했다.

"지저분한 아저씨."

"음……."

반박의 여지가 없는지라 로노와르는 그냥 참아주기로 했다. 뭐, 먹을 것도 줬는데 로노와르 주제에 어떡하겠는가?

"아무튼 힘들여 먹을 것도 가져다 주었으니 약속을 지켜야죠?"

"약속? 아, 바깥 세상 이야기! 좋아. 이 몸이 그리 오래 여행을 한 것은 아니지만, 네가 듣고 싶어하는 바깥 세상의 그 끔찍한 이야기를 해주도록 하지."

"끔찍한 이야기요?"

"정말 끔찍하지."

로노와르는 루드웨어와 여행에서 있었던 몇 가지 사건들을 생각하며 몸서리치고 있었고, 그를 보며 사이야의 안색은 조금씩 변해가고 있었다. 자신이 나가고 싶어하던 바깥 세상이란 것이 그렇게도 끔찍한 곳이란 말인가라는 생각을 하며 두려움에 떨 수밖에 없었다.

"저… 얼마나 끔찍한데요……?"

사이야의 말에 로노와르는 잠시 생각하는 표정을 짓더니 말을 이었다.

"먼저 바깥 세상에 나가면 인간들을 조심해야 돼. 인간들은 참 간악하지. 한때는 동료로 믿었는데 어느새 귀찮다며 버리고(로노와르는 디멘전 패스로 버려졌다), 예쁜 여자들만 보면 강제로 끌고 다니고(로노와르는 루드웨어에게 결혼이란 명목으로 끌려 다니고 있다), 틈만 있으면 누구의 돈이라도 가리지 않고 훔치고(누가 루덴스의 성에서 2억 골드나 훔치겠는가!), 아! 또, 하나의 생명을 앗아갔음에도 그것을 자랑이라고 죽은 녀석의 뼈를 자랑인 양 들고 다니지(파르가는 아크라시마를 죽인 후 그의 드래곤 본을 가공한 검을 들고 다닌다). 얼마나 끔찍하니. 너같이 정말 예쁘장한 여자애가 세상을 돌아다닌다면 아마 일주일, 아니, 하루도 되지 않아 노예로 잡혀가겠지. 그리고 돈은 다 뺏기고 ××당한 후 어디론가 팔려 가겠지. 그리고 아! 더 이상은 말해 줄 수 없어… 이 얼마나 처참한 세상이란 말인가!'

애기하다 보니 격해졌는지 어느새 그의 눈에선 눈물이 흐르고 있었고, 그것을 보고 있던 사이야는 로노와르가 얼마나 많은 고생을 했는지가 느껴졌기에 마음이 동정심으로 가득 찼다.

불쌍한 사이야는 정말 물어봐서는 안 되는 녀석에게 물어본 결과로 세상을 정말 끔찍한 곳으로 인식해 가고 있는 중이었다.

시스 일행은 전장을 벗어난 지 일주일 만에 야센시티에 도착할 수 있었다.

보통의 여행자들이면 족히 한 달은 걸리는 시간이었지만, 워낙 특출난 전사들로 이루어진 그들인지라 여행의 시간이 사 분의 일로 단축된 것이다.

"엄청난데?"

야센시티에는 마령의 배 백여 척이 항구 밖의 바다에 대기하고 있었고, 시의 외곽에서는 수만 명의 병사들이 원정 준비를 하고 있었다.

시안은 도시 안에도 넘쳐 나는 병사들을 보며 탄성을 질렀다.

"마령에서 드디어 북극령으로 본격적으로 진군하는가 보군."

항구의 전함과 병사들을 보며 시스는 때가 되었음을 알 수 있었다.

"하지만 이 정도로 될까?"

시안은 병사들의 모습을 보며 의문을 가졌다.

"뭐가 부족한 거야?"

크레이드가 묻자 시안은 고개를 끄덕이며 말했다.

"북극령은 마물들의 천지라고 들었어. 마물 병사와 인간 병사의 비는 3:1 정도로 마물의 숫자가 세 배가 넘는데, 왜 루덴스는 인간 병사만으로 북극령 침공을 준비하는 거지?"

그 말에 파르가가 주위를 돌아보니 시안의 말이 맞다는 것을 알 수 있었다. 인간들의 공포의 대상이 되는 것은 마령의 군대가 마물로 이루어졌다는 데 있었다.

이는 마계의 마족들이 이룩해 놓은 국가이므로 이곳의 인간들은 일종의 이방인들일 수도 있기 때문이다. 뭐, 지금에 와서야 마령의 백성으로 굳어져 있다고는 하지만 아직 병사들의 비율에서 인간의 병사의 수는 마물 병사의 십 분의 일도 되지 않는다.

현재 야센시티에서 대기하고 있는 병사는 미루어본다면 마령에 있는 모든 인간 병사의 대부분이 몰려왔다는 것을 알 수 있었다.

"루덴스가 이끄는 마물로 이루어진 병사는 보통 인간 병사에 비한다면 적어도 두세 배 정도 전투 능력이 더 높다고 볼 수 있지. 무슨 이유일까? 루덴스가 그 정도도 모르고 있다는 것은 말이 안 된단 말이야."

크레이드는 궁금하다는 듯이 머리를 갸우뚱거리며 말했고 다른 사람들 역시 이상하다고 생각하고 있었다.

이때 일행의 이런 궁금증을 해소시켜 주려는 듯한 사람의 목소리가 들려왔다.

"북극령에서의 마물의 죽음은 어둠의 기운을 마계로 환원시키지 못하고 봉인돼 있는 마신에게 돌아가게 되니까요. 그렇기 때문에 인간으로 이루어진 군대를 출병시키는 거예요."

친근한 목소리. 시스 일행은 목소리의 주인공을 쳐다보았고, 그 순간 시안은 깜짝 놀라며 그에게 뛰어들었다.

"라디안!!"

시안은 오랜만에 라디안을 봐서인지 그를 두 손으로 번쩍 들어 올리더니 뺑뺑 돌기 시작했다.

"으윽! 시안 누나, 이제 그만 해요. 어지러워 죽겠어요."

라디안은 시안이 자신을 들고 도는 덕에 머리가 어지러운지 헤롱헤롱거렸고, 그제야 시안은 라디안을 내려놓고 가슴에 폭 안았다.

"헤어진 지도 얼마 안 됐는데 한 일 년 헤어진 것 같다."

라디안이 시안의 가슴에 안기자 질투가 난 크레이드가 잽싸게 달려와 시안과 라디안 사이를 떼어놓자 시스는 큰 소리로 웃어대기 시작했다.

"하하하하! 크레이드, 라디안을 질투하는 거야? 아직 어린애라고, 어린애!"

"무슨 소리야! 남자 나이 열다섯이면 다 컸지!"

시스의 말에 말도 안 된다는 듯이 크레이드가 소리치자 시안의 발길질이 정확히 그의 뒤통수를 가격해 왔다.

"까불지 마! 성기사 주제에 질투하기는."

"질투라니……."

크레이드는 억울하다는 듯이 시안을 쳐다보았지만 시안은 들을 건덕지도 없다는 듯이 라디안에게 물었다.

"칠인회 물이 좋긴 좋은가 보다. 더 늠름해진 것 같네?"

"누나도 참. 좋은 스승님을 만났으니까요."

"좋은 스승님?"

"예. 칠인회의 2회주이신 헤른드 라비에타님이 저의 스승님이거든요."

라디안의 말에 시안은 놀란 표정을 지었다. 라디안이 천재 마법사인 건 알고 있었지만 칠인회에 가입한 지 얼마 되지도 않아 핵심 인물 중의 하나인, 그것도 2회주의 제자로 들어갔다는 것은 놀라운 일이기 때문이다.

"잘됐구나. 그런데 말야, 마물들이 죽는다면 어둠의 기운이 마신에게 돌아간다는 것은 무슨 소리지?"

시스는 먼저 라디안에게 축하의 말을 전하며 자신이 궁금한 것을 물었다.

"예. 북극령은 천신전쟁 때 궁극의 마신 크레이져가 봉인당한 곳이거든요. 그렇기 때문에 마령 다음으로 마물들의 힘이 강성한 곳이 된 거죠. 천신 레이뮤님에게 봉인당하긴 했지만 미신이 있는 곳이기 때문이죠. 다른 곳에서 마물들이 죽으면 어둠의 힘은 다시 마계로 환원되어 새롭게 태어나는 마물들에게 이어지지만, 그곳만큼은 마신의 힘이 마계로 환원되지 않고 마신의 봉인지로 흘러 들어갑니다. 마물들이 가지고 있는 어둠의 기운, 즉 공포, 절망, 복수심 같은 것들은 마신에게로 모여, 그곳에서 죽는 마물의 숫자만큼 봉인을 깰 수 있는 힘이 늘어난다는 거죠. 그러니 마령에서는 주력군인 마물의 군대를 북극령으로 보낼 수 없는 거예요."

"음, 그래서 크샤스는 자신의 영토 안에서 전쟁이 일어나는 것을 묵과하는 것인가?"

"그렇게 보는 것이 정확하죠. 이런 사정을 잘 아는 루덴스님은 어쩔 수 없이 인간들로만 이루어진 군대를 북극령으로 보내는 것이고요."

라디안의 설명에 다른 이들은 고개를 끄덕였는데 시안만은 뭔가 이상하다는 표정을 지으며 다시 물었다.

"어차피 인간들로만 이루어진 군대가 북극령으로 간다고 해도 마물이 죽는 것은 마찬가지잖아? 차라리 북극의 마물을 이곳으로 끌어들여 싸우거나 하는 식으로 해서 인간으로만 이루어진 군대를 보내지 않는 것이 더 현명한 게 아닐까?"

"예, 시안 누나의 말이 옳긴 해요. 하지만 시간이 없어요. 일단은 이미 봉인 해제 의식이 진행 중이니 그것을 막기 위해서 마령에선 반드시 군대를 보내야 하고요. 마령에서 마물 병사들을 내세운다면 그쪽에선 세뇌당한 마물 전체를 전면에 내세울 것이 뻔한 거라서요. 그렇기 때문에 이 전쟁은 몇 개의 전제가 붙어요. 여러 가지 이유로 최선의 방책이라 생각해서 시행한 것이 마령에서 인간으로 이루어진 군대를 보내는 것이 된 거죠."

"어쨌든 봉인 해제 의식을 막기 위해선 군대를 보내는 수밖에 없다는 거군."

"예. 그래서 마령의 병사들로는 부족할 것이 뻔하기 때문에 총회주의 명령에 따라 칠인회의 마법 병단도 마령의 병사들과 함께 북극령으로 가게 돼요. 전 이번 마법 병단의 단장이신 6회주 로우나님의 부관으로 가게 됐고요."

시스는 그 말을 듣고 고개를 끄덕이다가 말했다.

"너도 알다시피 우리도 마령에 가야 하는데 너의 신세 좀 지고 싶구나."

"그럼요. 로우나 단장님도 시스 형을 만나고 싶어하시더라고요."

"나를?"

"예. 제가 시스 형 얘기를 조금 했거든요."

"음… 만나도 나쁠 것은 없겠지."

시스는 단순히 비밀 마법 조직인 칠인회의 회주를 알아두는 것도 나쁘지 않다고 생각하여 고개를 숙인 것인데, 라디안은 그의 생각과는 조금 다른 생각을 하고 있었다. 시스에게 가까이 가서 귓속말로 이야기했다.

"시스 형 스타일이에요."

"응?"

"금발의 삼십 대 초반, 얼굴도 미인이고요. 키는 167 정도? 거기다가 칠인회 간부이니 돈은 또 얼마나 많겠어요. 물론 과부라는 것도 잊지 않았어요."

시스가 과거에 좋아했던 여자가 금발의 여인이었기에 라디안에게 금발의 여인, 거기다가 삼십 대 초반에 과부 아니면 흥미가 안 생긴다고 말했던 적이 있었다.

그것을 기억하고 있는지 라디안은 시스에게 로우나 단장을 소개하려는 것이다.

일종의 중매쟁이라고나 할까?

물론 라디안은 뺨 석 대 맞고 엉엉 울 수도 있다. 좋은 일 했다고 생각하는 사람들도 있겠지만, 시스의 생각으로는 라디안이 칠인회 출셋길을 위해 자신과 로우나 회주를 이용하려 하는 건 아닐까라는 한 발짝 앞의 생각을 잠시 해봤다.

"너, 혹시 출세에 나를 이용하려는 것은 아니겠지?"

"…싫으면 말고요."

"싫기까지야."

사실 라디안은 시스의 말에 조금 찔리긴 했다. 그가 말하는 생각이 전혀 없지는 않았기 때문이다. 하지만 어차피 로우나 회주가 시스 형의 이상형인 것만은 틀림이 없기에 넘어가기로 했다. 잘되면 누이 좋고 매부 좋은 것이 아니겠는가?

'죽어도 삼 년을 허비하고 싶지는 않아.'

라디안이 이렇게 중매에 매달리는 이유는 사실 칠인회 사무처 때문이었다. 칠인회에 가입한 마법사들은 반드시 3년 간을 거쳐야 한다는 공포의 사무처. 하지만 그것을 빠져나갈 방법은 있었으니, 칠인회의 일곱 회주 중 3명의 동의만 있으면, 이른바 면책 특권이라는 것을 받을 수 있었기 때문이다. 라디안의 스승인 헤른드 라비에타는 말만 잘하면 되고, 친구이신 웨더리우스 역시 스승의 얼굴을 봐서 찬성해 줄 것이 뻔했기 때문에, 한 사람만 더 구하면 되는 라디안은 처음 자신을 보며 마음에 들어했던 로우나 회주를 찍어 드디어 공략전을 시작한 것이다.

세 명의 회주에게 면책권을 받는다면 칠인회에서 이른바 신의 아들이라 불리는, 의무에서 벗어날 수 있는 꿈의 존재가 되니 시스는 라디안의 밥이 될 수밖에 없었다.

이런저런 생각을 하며 미소 짓던 라디안은 주위를 둘러보다가 한 사람이 보이지 않는 것을 확인하고는 말했다.

"그런데 파르가 형이 안 보이네요?"

라디안의 말에 크레이드는 미소를 띠며 말했다.

"파르가는 자신이 해야 할 일을 찾곤 그 일을 하고 있지."

"음… 섭섭하긴 하지만 다행이네요. 파르가 형이 자신의 일을 찾았다니 말이에요."

"그렇지."

"무슨 일인지는 모르지만 파르가 형이라면 잘 해내리라 믿어요."

"그래, 나도 파르가를 믿는단다."

크레이드는 파르가가 모든 일을 안전하게 끝내고 만족하게 웃는 것을 상상하며 그도 미소를 지었다.

한편 수정궁의 상황.

사이야는 자신의 꿈이 얼마나 허황되었던 것인가를 알게 되었다. 물론 그것을 말해 준 당사자가 로노와르라는 것이 조금 신빙성이 없긴 하지만 말이다.

'얘기가 달라… 시녀들에게 들은 말로는 이런 게 아니었는데……'

시녀들에게서 들은 것은 멋진 백마 탄 왕자님과 멋진 기사들이 사악한 마족과 싸워 승리하는 아름다운 세상의 이야기였다. 그런 것만을 들은 사이야는 정말로 사람 살기 힘들 것 같은 로노와르의 세상 이야기와 비교하면서 조금씩 꿈이 깨지는 것을 느꼈다.

하지만 다시 생각해 보니 이렇게 자신의 꿈이 깨지는 것은 너무나 억울했다.

어디서 굴러 들어온(?) 놈인지는 모르겠지만 자신의 꿈을 이렇게 짓밟다니… 사이야는 로노와르에 대한 증오심이 소록소록 솟아나고 있었다.

'그래, 처음 멍한 모습 때부터 알아봤어야 했어. 저 녀석은 내가 밖으로 나가고 싶어한다는 것을 알고 있는 오빠가 보낸 스파이가 분명할 거야.'

단숨에 로노와르를 크샤스의 부하로 만들어 버린 사이야는 조금씩 안정을 되찾아가기 시작했다.

스파이에게 당할 수는 없다는 굳은 의지를 초롱초롱한 눈에 새기며 사이야는 그를 보며 소리쳤다.

"솔직히 말해요, 로노와르 씨! 당신은 우리 오빠의 스파이죠!"

"엥?"

갑자기 사이야가 벌떡 일어서며 자기에게 소리치자 로노와르는 영문을 모르고 그녀를 멍하니 쳐다볼 수밖에 없었다.

"흥! 그런 멍한 모습으로 위장을 해도 소용없어요! 비열한 녀석! 이렇게 어여쁘고 꿈 많은 소녀를 농락하고도 포커페이스를 잃지 않다니! 역시 오빠가 보낸 사람답게 프로시군요!"

멍한 얼굴이라도 계속 유지하면 포커페이스가 될 수 있다는 것을 증명하고 있는 로노와르였지만 어떡하랴. 멍멍함은 그 자체인 것을.

사이야의 오해? 사실 그 딴 것은 로노와르에게 별로 중요할 것은 없었다. 배고픔이 사라진 이상 이제 여기에 있을 이유도 없지 않은가? 로노와르는 사이야를 보며 어쩔 수 없다는 듯이 손을 내저으면서 말했다.

"이미 생각을 굳힌 듯하니 더 이상 얘기해 봤자 소용없겠지. 하지만 정말 세상은 끔찍한 곳이야."

"흥! 끝까지 날 능멸하려 하는군!"

그러나 얼마 안 있어 사이야는 로노와르가 했던 말을 믿게 되었다.

어느 순간 로노와르의 머리 위에서 검은색 운무가 생겨나기 시작했는데, 사이야는 그것이 로노와르가 나타났을 때 생겼던 검은 구름과 똑같다는 것을 알 수 있었다.

"아!"

사이야가 손가락을 자신의 머리 위로 가리키자 로노와르는 멍한 얼굴로 위를 쳐다보았는데 그 순간 두 개의 물체가 로노와르의 머리를 향해 급강하하며 멋진 하강 어택을 먹여왔다.

"꾸엑!"

정체 모를 물체에 깔려 버린 로노와르는 맨 처음 이곳에 떨어질 때와 비슷한 의미 모를 비명과 함께 쓰러지고 말았다.

"여기가 맞는데? 벌써 다른 데로 잡혀갔나?"

루드웨어였다. 루드웨어는 길드에서 얻어낸 방법으로 대륙에 대충 연락을 한 후 아이샤와 함께 로노와르를 보낸 곳으로 온 것이다.

이리저리 둘러보다가 자신의 앞에 핑크 색의 드레스를 입은 귀여운 계집아이를 발견한 루드웨어는 미소를 지으며 정중하게 인사를 했다.

어리지만 조금 거만한 기운과 이 상황에서도 품위를 지키려고 노력하는 모습이 귀족 집안의 아이로 보였기 때문이다.

"어여쁜 아가씨, 반갑습니다. 전 로아냐드의 궁정 마법사 루드웨어라고 합니다."

"아! 전 사이야 드 페루나 에드리론… 하르베이드라고 합니다."

루드웨어는 제국의 왕족 이후로 이렇게 긴 풀네임을 듣기는 오랜만이었기에 흔들리는 골을 잠시 진정시킨 후 간신히 말을 이을 수 있었다.

"아, 그렇습니까? 그럼 간단히 사이야님이라고 불러도 되겠습니까?"

"예, 루드웨어님."

"감사합니다. 그런데 혹시 이곳에서 초록색 머리를 가진, 조금은 어벙한 젊은이를 보지 못했습니까?"

"로노와르란 사람을 말씀하시나 보군요."

사이야의 말에 루드웨어는 기뻐하는 얼굴로 말했다.

"예! 맞습니다. 조금 얼빠진 녀석이긴 해도 동료라서 찾으러 왔는데, 도대체 어디로 사라졌는지… 녀석이 지금 어디에 있습니까?"

루드웨어의 말이 끝남과 동시에 사이야는 그의 발 밑으로 손가락을 가리켰고, 그 손가락 끝을 따라 눈을 돌린 루드웨어는 자신의 밑에 처참하게 깔려 있는 로노와르를 발견할 수 있었다.

이미 그것을 알고 있던 아이샤는 루드웨어의 발에 밟혀 있는 그를 보며 한숨을 쉬고는 뒤쪽에 서 있었고, 루드웨어는 놀란 얼굴을 하며 소리쳤다.

"로노와르! 네가 아무리 밑바닥 인생이라고 해도 이렇게 노골적으로 깔리다니!!"

루드웨어는 로노와르를 인생 포기자로 만들어 버리고는 녀석을 들어 올려 흔들기 시작했고, 사이야는 그런 그의 모습을 보며 등에서 식은땀이 흐르기 시작했다.

둘의 엽기적인 행동을 보고 있던 신관 아이샤는 신성 마법으로 로노와르에게 신성력을 주입했고, 그제야 그는 정신을 차리기 시작했다.

"메… 메……."

"메?"

로노와르가 갑자기 메메거리자 루드웨어는 이상한 얼굴로 물었는데 얼마 안 있어 로노와르는 정확한 대사를 읊을 수 있었다.

"메테오다!!"

메테오. 마법학회에서 50년 간의 조사 끝에 만들어냈다는 대륙 마법 길드 출판 대륙 마법사전 3권 27페이지 셋째 줄에 나오는 마법으로, 9서클 궁극 주문 중의 하나인 그것은 우주의 운석을 소환하여 지상계로 떨어뜨리는 고도의 전체 마법이다.

아직까지 개인으로 이 마법을 실현했다는 사람은 없지만, 마법 종족인 드래곤들은 몇 번 메테오를 통해 인간의 도시를 공격한 적이 있다는 것이 제국 역사서에 나와 있다.

비공식적으로 늙은 드래곤들 사이에서 퍼지고 있는 건강 스포츠인 게이트볼을 즐기기 위해 한동안 줄기차게 떨어졌다는 이야기도 있다.

지금의 상황을 보자면 로노와르의 눈에는 진짜 메테오가 떨어지는 것이 보였던 것일까? 물론 아니었다.

"……?"

갑자기 메테오란 말에 루드웨어와 사이야, 아이샤는 하늘을 쳐다보았지만 메테오는커녕 별똥별도 보이지 않았기에 평상시처럼 헛소리하는 것으로 넘겨 버렸다.

하지만 왜 로노와르는 메테오라고 소리친 것일까? 전혀 상황에 맞지 않는 이 외침에 대해서 궁금증을 가지는 사람이 있는, 고로 이 상황을 로노와르의 눈으로 소개하자면 이렇다.

사이야의 손짓에 위를 쳐다보던 로노와르는 갑자기 떨어지는 일단의 무리에 깔려 정신을 잃고 만다.

어느 정도 시간이 지나 환한 빛과 함께 정신이 차리려고 했는데, 갑자기 대지가 흔들리며(루드웨어가 로노와르의 몸을 잡고 뒤흔들던 장면) 간신히 뜬 눈에는 엄청난 숫자의 별이 머리 위를 맴돌고 있었던 것이다(머리의 충격으로 별이…).

지축을 흔드는 굉음(루드웨어가 로노와르를 부르는 소리), 난무하는 별들—머리 위를 돌던 별이 루드웨어가 흔드는 바람에 난무로 바뀌었다—이 모든 상황을 정리한 결과! 로노와르는 이것이 9서클 궁극 마법의 하나인 메테오라는 것을 짐작했고 소리쳤다.

"메… 메… 메테오다!!"

여전히 한심스러운 로노와르였다.

26장 북극령 상륙 작전(1)

야센시티의 시청, 마령에서의 해상 무역은 국가 단위로 이루어지고 있었기에 야센시티의 청사실은 언제나 부산스럽기 그지없었지만, 요즘 들어서는 마령과 제국의 전쟁으로 인해 조금 한산해졌다. 한적한 청사실 안에는 조금 안색이 좋지 않은 노인 한 명이 자리에 앉아 있었는데, 그가 바로 야센시티의 시장 파울로 남작이었다.

파울로 남작은 원래 로아냐드 제국의 사람이었으나 그곳에서 모함을 받아 도망 다니던 중 루덴스의 눈에 띈 사람이다.

마령으로 도망쳐 온 후 의외로 상업 부분에는 인재가 없어 취약하다는 것을 안 그는 국가를 상대로 엄청난 거금의 사기를 치다 걸렸었다. 본래대로라면 국가를 상대로 사기 친 죄로 사형을 당해야 했지만, 인재가 부족했던 루덴스가 그의 뛰어난 솜씨를 높이 사 스카웃한 것이다. 마령이 마족들이 세운 국가라고는 하지만, 인간들 역시 꽤 많은 수가 살고 있었기 때문에 타국과의 무역을 통해 타국의 문물을 접해야 한다는 생각이 들어 그 적임자를 찾고 있었는데, 그때 파울로 남작이 눈에 띈 것이다.

제국에서도 쫓겨난 자신을 받아준 것에 감격한 파울로 남작은 야센시티를 마령 제일의 무역항으로 만드는 데 성공하여 현재는 마령 중앙 정계에서도 상당한 능력을 발휘하고 있는 인물이었다.

그 정도의 능력을 가진 사람이 안 좋은 안색으로 이곳에 앉아 있는 이유는 바로 그들의 앞에 있는 몇 사람, 아니, 한 사람 때문이었다.

시장 앞에 앉아 있는 사람은 바로 자신을 이곳의 시장으로 임명한 암흑의 황태자 루덴스였다. 시장으로서는 싫어하는 것이 아닌 오히려 존경하고 있는 사람이었지만, 루덴스에게서 풍겨 나오는 카리스마는 그를 주눅 들게 하기에 충분했다.

루덴스 외에 시청 청사실 안에는 몇 명의 사람들이 더 있었는데, 루덴스의 부관이자 하프 뱀파이어인 사라덴, 이번 북극 원정의 사령관을 맡은 크렌 장군과 대륙 마법 길드와 쌍벽을 이룬다는 마법 조직 칠인회의 6회주 로우나 같은 쟁쟁한 인물들이었다.

루덴스는 둘째 치고라도 이 정도의 인물들이 앞에 앉아 있으니 평소에 당당하던 파울로 남작으로서도 긴장하지 않을 수 없었던 것이다.

좌중에 있는 사람들의 모습을 보며 파울로 남작은 입을 열었다.

"폐하가 명하신 대로 마령에서 동원할 수 있는 모든 함선을 모아보았지만 226척뿐이었습니다. 50,000의 군대와 물품을 북극으로 움직이기에는 적어도 네 번 이상 왕복해야 하지만 최대한 노력해 본다면 세 번 정도로 줄일 수 있을 것이라 생각됩니다."

파울로 남작은 지금까지의 준비를 빠짐없이 루덴스에게 보고했다. 쩔쩔매며 보고를 마친 그의 모습에 루덴스는 잘했다는 듯이 미소를 짓고는 말했다.

"수고했다. 해상 운송 수단을 쓰지 않는 마령에서 226척이나 되는 함선을 동원할 수 있다는 것이 놀라울 따름이다. 과연 파울로 남작이오."

"과찬의 말씀이십니다."

솔직히 상황이 급박하다는 것을 눈치 채고 있는 파울로 남작으로선 이 정도의 함선밖에 동원하지 못했다는 것이 상당히 불안했다. 로아냐드 제국이라면 이런 것으로도 충분히 경질을 받고도 남을 상황이기 때문이다. 하지만 준비가 미흡하여 좋지 않은 형국으로 변한 현재의 상황에도 화를 내지 않고 그간 노력해 준 신하에게 칭찬의 날을 하는 루덴스를 보며 파울로 남작은 자신이 주군 하나는 정말 잘 만났다는 것을 느낄 수 있었다.

제국에서라면 어찌 충분한 준비를 끝내지 못한 신하에게 황제가 칭찬을 했겠는가? 자국의 상황도 잘 알지 못하는 황제는 도리어 벌을 내렸을 것이란 생각에 남작은 모락모락 충성심이 피어 오르고 있었다.

루덴스가 일단은 힘써 준 파울로 남작에게 격려의 말을 하기는 했지만 상황은 좋은 것이 아니었다. 칠인회 6회주 로우나는 그들의 이야기를 듣고는 조금 찡그린 얼굴을 보이며 말했다.

"생각보다 안 좋은 상황이군요. 네 번 정도라… 첫 번째 도착할 병력이 최소한의 군량과 함께 도착한다면 1만 5천 정도로 예상할 수 있겠군요."

로우나의 말에 크렌은 고개를 저으며 말했다.

"마병이 전투에 참여할 수는 없지만 운송은 가능합니다. 군수 물자들을 마령의 비병단으로 하여금 운송시킨다면 3만 정도의 병력을 1차로 보낼 수 있지 않을까요?"

"하지만 북극에서 군수 물자를 운송할 비병들을 공격할 경우에는 상당한 문제가 생기지 않을까요? 잘못하다가는 1차 병력에게 향할 보급품이 중간에 모두 끊어질 수 있을 텐데요?"

로우나는 크렌의 의견을 들으며 문제점을 짚고 나왔다.

"비병의 핵심인 와이번 라이더들은 수송 비병을 호위해야 하겠군요. 1차로 가는 정벌대가 3만의 경우라면 군수 물자의 조달이 상당히 힘들겠고, 적어도 일주일 이상 버틸 수 있는 물자가 도착해야 한다는 것은… 아무래도 1차 병력의 수가 2만 이상은 힘들 것 같군요."

루덴스가 아끼는 사람답게 사라덴은 현재 마령의 상황과 북극령의 군대에 관해서 정확하게 파악하고 그것을 바탕으로 1차 정벌군의 수를 짚어내고 있었다.

똑똑한 그를 보며 칭찬이라도 해줄 만도 하련만 현재 사라덴의 보고는 그렇게 좋은 소식이 아니기 때문에 좌중의 안색은 그리 좋지만은 않았다.

"크샤스는 해안에서부터 이미 수중 마물들과 함대를 대기시키고 있습니다. 북극령의 함대는 남방의 해적들이기 때문에 해상 병력이 취약한 저희보다 능숙하리라 생각합니다. 그런 이유로 이들을 모두 처리하고 함대가 해안에 도착한다 해도 그 피해는 엄청날 것입니다."

루덴스는 함대의 접근이 쉽지 않을 것이란 것은 알고 있었지만, 초반부터 이렇게 벽에 부딪치자 답답함에 한숨밖에 나오지 않았다.

하지만 두드리면 열릴 것이라는 어느 성인의 말씀이 있었듯 루덴스에게 하나의 희망이 다가왔다.

"북극령 해안가 정리만이라면 우리가 도와줄 수도 있네."

좌중에 있던 사람들이 소리가 난 쪽으로 고개를 돌리자 그곳에는 초록색의 머리칼을 지닌 묘령의 아가씨가 서 있었다. 루덴스는 그녀를 보자 정중하게 인사를 하고는 말했다.

"드래곤 일족의 원로이신 프로란스님을 뵙게 돼서 영광입니다."

"프로란스!!"

루덴스의 말에 사람들은 놀라지 않을 수 없었다. 대륙에 하나밖에 없는 에이션트 드래곤 중 가장 나이가 많다고 알려져 있는 에이션트 그린 드래곤 프로란스가 자신들을 도와주기 위해 왔기 때문이다.

"귀찮긴 하지만 우리 일족의 해츨링을 데리고 있는 루드웨어란 녀석의 부탁 때문에 어쩔 수 없었고, 또 일족의 심장으로 징난질 치는 녀석을 가만히 내버려 두기도 뭐해서 겸사겸사 오게 됐네. 어떤가, 우리들의 힘이 도움이 되겠는가?"

루드웨어가 북극령에서 150골드나 되는 비싼 정보를 살 수밖에 없었던 이유가 여기에서 드러났다. 일단은 마령과 칠인회의 마법 병단이 북극령으로 침공할 것이라는 것을 알고 있던 루드웨어는 분명 크샤스가 해안가에 상당한 마물들과 병사를 배치할 것이라 생각하고는 로노와르를 빌미로 드래곤들을 협박한 것이다.

잠시 그 당시에 있던 루드웨어와 프로란스 간의 통신을 살펴보도록 하겠다.

레어에서 숙면을 취하고 있던 프로란스는 난데없이 울리는 화상 전달기의 벨소리에 짜증을 내면서 수화기를 잡았다.

"누구요."

"흐흐흐흐흐."

원래 전화기를 들자마자 음흉한 웃음소리를 내는 부류의 인간들은 장난 전화이거나 변태일 공산이 컸기 때문에 프로란스는 바로 끊어버리려고 했지만, 그 목소리를 어디서 많이 들어본지라 곰곰이 생각해보지 않을 수 없었다.

"흐흐흐흐, 프로란스님, 저 루드웨어입니다."

"……."

변태의 정체를 파악한 프로란스는 바로 전화를 끊어버리고 싶었지만, 다음에 이어지는 루드웨어의 말에 수화기를 내려놓을 수 없었다.

"그린 일족의 해츨링이 사라진 이유가 궁금하지 않습니까?"

"로노와르 말인가? 자네가 데리고 가지 않았는가?"

"그렇지요. 뭐, 처음에는 적적하기도 해서 같이 놀아줄 사람을 찾다가 데리고 나오긴 했지만 이제 마음이 바뀌었습니다."

"무슨 소린가?"

"남성체인 줄 알고 있었던 로노와르가 사실 여성체 해츨링이더군요."

그 순간 프로란스는 덜컥 심장이 떨어지는 듯한 충격을 받았다. 루드웨어의 바람기를 잘 알고 있던 프로란스는 지금까지 로노와르를 남성체를 지닌 해츨링이라고 속이고 있었기 때문이다.

"자, 자네, 무슨 짓을 하려고!"

"뭐, 별거 아닙니다. 로노와르를 데리고 다니면서 성체가 되어 여자로 변하면 마누라로 삼을까 생각했는데, 요즘 들어 저의 애를 보고 싶은 마음이 생기더군요."

"자네, 설마……."

"흐흐흐흐, 이제야 저의 이 음흉한 웃음의 정체를 아셨습니까?"

"안 되네, 이 사람아! 아무리 500살에 가까운 해츨링이라고 해도 드래곤 나이로는 아직 애야, 애!"

"흐흐흐, 전 인간입니다."

"자네……."

프로란스로서는 뭐라 해볼 도리가 없었다. 급하게 칸 국 통신에서 장난 전화를 예방하기 위해 요즘에 들여온 발신지 추적 장치를 켜 녀석의 장소를 알아보곤 텔레포트하려 했지만, 이상하게 녀석에게 오는 전파를 추적하지 못하고 있어 불안감은 더욱 커지고 있었다.

"뭐, 저의 부탁을 한 가지 들어주신다면 그것을 조금 미룰 수도 있는데 말입니다."

"부탁?"

루드웨어가 무엇을 부탁하려 하는지 조금 불안해지는 프로란스였지만, 드래곤 역사상 단 한 번도 해츨링이 애를 낳는다는 불미스러운 일은 없었고, 그것이 그런 일족에게서 나오게 할 수는 없는지라 부탁을 들어줄 수밖에 없었다.

"그래, 자네가 하려는 부탁이 뭔가?"

"헤헤헤헤, 뭐, 심한 걸 부탁하는 건 아니고요."

프로란스가 절대 거짓을 말하지 않는 것을 잘 알고 있는 루드웨어는 평상시와 같이 비굴한 웃음을 흘리기 시작했다. 하지만 루드웨어의 비굴한 웃음소리는 음흉한 웃음보다 더 불안하게 했다.

어쨌든 그렇게 해서 프로란스는 인간에게 농락당했다는 치욕감을 참으면서도 눈물을 흘리며 드래곤들을 데리고 이곳으로 오게 된 것이다.

"위대한 종족이신 드래곤의 힘이라면 큰 도움이 되지요. 자, 여기에 앉으시지요."

루덴스의 말에 프로란스는 고개를 저으며 말했다.

"사양하겠네. 드래곤이란 놈들이 워낙 귀찮을 것을 싫어해서 냅두면 도망가는 놈들이 속출해서 말이야. 내가 잠깐만 자리를 비워도 안 될 것 같네."

"그러십니까? 그럼 필요하신 것이 있으면 말씀하십시오."

"그러지. 그럼 출발할 때 연락하게나."

"예."

걱정으로 눈물을 삼키며 온 프로란스가 나가자 사라덴은 미소를 지으며 말했다.

"다행입니다. 드래곤 일족이 도움을 준다면 아무런 문제 없이 병력이 북극령의 해안에 도착할 수 있으리라고 봅니다."

"밖에서 느껴지는 수론 드래곤 일족들이 백 이상. 충분하다. 사라덴, 크렌 장군."

"예."

"출발은 내일 오전이다. 지시해 두도록."

"예."

뜻밖에 드래곤들의 도움으로 원만하게 회의를 마칠 수 있었던 이들은 루덴스의 지시에 따라 움직이기 시작했다.

칠인회의 로우나가 생각보다 일이 잘 풀리자 개운한 마음으로 청사실을 나가자 일단의 사람들이 그녀를 기다리고 있었다.

"로우나님."

"라디안이구나. 그래, 잘 놀다 왔니?"

라디안은 얼마 전에 2회주인 헤른드 라비에타의 제자가 된 소년이었는데, 귀엽게 생긴지라 그녀가 상당히 예뻐하고 있었다.

"예. 아! 소개해 줄 사람이 있어요."

"이분들 말이냐?"

"예. 제가 칠인회에 오기 전에 같이 여행하던 사람들이에요."

"아! 네 녀석이 매일 지겹게 이야기하던 사람들 말이냐?"

"예."

라디안의 말에 로우나는 그들에게 다가갔는데 할버드를 든 30대의 전사가 그녀의 앞으로 다가와 말했다.

"미흡하세나마 일행의 리더로 있는 시스 안티아노라고 합니다."

"칠인회의 로우나 크리스티앙이라고 합니다."

아! 이게 어찌 하늘의 운명이 아니라고 할 수 있단 말인가! 시스는 라디안의 말에 별로 기대하고 있지 않았었는데, 자신의 앞에 있는 여자는 그가 이상형으로 삼고 있는 모든 조건이 충족되어 있는 여자였다.

'이쁘당…… 흐흐흐흐.'

지금까지 시스는 정말 건실한 중년 남자로 나왔지만, 새삼 그의 본성이 드러나고 있었다. 시스같이 강한 결단력과 놀라운 무력을 지닌 이가 용병으로 머물러 있는 이유를 잘 모르던 분들은 이제야 그 면모를 알게 된 것이다.

사실 시스는 과거 로아냐드의 삼대 기사단 중 하나인 황실 기사단 소속이었다. 십대의 나이로 뛰어난 검술과 함께 한때는 차기 기사단장의 후보로까지 불리우던 그였지만, 어느 날 공작가의 미망인을 보고 한눈에 반하고 말았다.

당시 열아홉 살의 젊은 청년인 시스에 비해 상대 미망인은 젊을 때 남편을 잃어 십 년 간을 홀로 살고 있는 삼십이 세의 중년에 들어서는 미망인이었다.

금발의 아름다운 미모에 부드러운 미소를 가지고 있는 미망인을 보며 시스는 한눈에 반하고 말았지만, 그녀는 시스를 안중에도 두지 않고 있었다. 어린 시스를 단순히 남동생처럼 여기고 있었기에 그녀와 시스의 사이는 가까웠지만 결코 연인이 될 수 없었다.

자신의 고민을 밝힐 수 없었던 시스는 벙어리 냉가슴 앓듯이 고민해 오다 어느 날 술김에 일을 벌이고 말았으니… 하지만 시스가 사랑하여 실수를 한 그 미망인은 황실 기사단장의 딸이었기에 시스는 뒤도 돌아보지 않고 황실 기사단을 떠나 도망 나온 것이다. 그 후로 대륙을 돌아다니며 헤매다가 용병의 신세가 되기는 했지만 그는 후회하지 않았다. 이미 모든 일은 끝났기 때문이다.

뭐, 그 일이 있은 후 미망인은 시스를 용서했다는 후문도 있긴 하지만 도저히 돌아갈 자신이 생기지 않은 시스는 모든 것을 집어치우고 마령으로 도망 와 용병질을 하며 잘 살고 있었다.

그 일이 있은 후 마음속에 그녀의 환상을 가슴에 담고 평생 독신으로 살겠다는 그에게 가슴에 불을 질러놓는 여자가 지금 다시 나타난 것이다. 예로부터 처녀가 시집 안 간다는 말은 두 가지 다른 예와 함께 삼대 거짓말로 통한다곤 하지만, 사실 총각도 장가 안 가겠다는 말을 합쳐야 할 것이다.

'호호호홍!!'

앗! 이 기분 나쁜 웃음소리는? 물론 들리지 않는다. 보면 모르는가? 홑따옴표가 되어 있는 것을? 이 독백의 주인공은 로우나.

끼리끼리 모인다는 말인가. 당당함과 멋진 체격, 드래곤의 목을 벨 정도의 뛰어난 무력을 지닌 남자, 거기다가 멋지게 생겼으니 이는 금상첨화가 아니겠는가! 라는 로우나의 생각은 독백 안에서 활개를 치고 있었다.

어쩌면 이 둘의 만남은 심심지 않게 등장하는 시스에 대한 작은 선물이라고 할 수 있겠다만, 성격마저 이렇게 어울리는 것을 보니 인연은 인연이었던 모양이다.

혹자들은 웃음소리 하나로 때운 이런 말없는 독백의 시간이 그리 긴 시간은 아닐 것이라 생각하는 이가 태반일 테지만, 놀랍게도 이들의 이런 모습은 10분을 넘어서고 있는 상태였다.

서로의 얼굴을 보며 아무 말도 안 하기를 10분여. 라디안은 하품을 하며 지켜보고 있었고, 다른 이들도 이 사태에 대해서 뭐라 할 말이 없는지 멍하니 쳐다보고만 있었지만, 언제 끝날지 모르기에 지쳐 포기하고 라디안을 따라 사라졌다.

들리는 소문에 의하면 그 둘은 서로 간에 아무 말도 없이 상대의 얼굴만을 쳐다보는 상태로 한 시간 가량을 더 있었다고 한다.

시스와 로우나를 내버려 두고 온 일행은 두 사람에 대해서 이야기하고 있었다.

"설마 했는데……."

라디안은 고개를 절레절레 흔들며 숙소로 걸어갔다.

"천생연분인가 보지. 하긴, 시스도 이제 가정을 꾸릴 때가 됐잖아."

시안의 말에 다른 사람들은 고개를 끄덕였지만, 크레이드의 가슴은 깊이 들어가고도 남아 드릴로 파는 것 같았다. 애석하게도 자신도 시스와 같은 외로운 남자였기 때문이다.

더 이상의 외로움을 참지 못하겠다고 생각한 크레이드는 하소연할 겸 시안에게 얘기해 보기로 결심하고 조심히 입을 열었다.

"시안, 나도 외로운……."

괜히 사서 한 대 맞은 크레이드였다. 라디안은 쓰러진 크레이드를 보며 잠시 묵념한 후 앞서 걸어가는 시안에게로 뛰어갔다.

'시스 형, 나의 출셋길을 열어줘.'

어찌 이 어린것이 벌써부터 이런 안 좋은 계략에 눈을 떴단 말인가? 눈물이 나올 지경이었지만 애석하게도 헤른드의 제자로 예정되었을 때부터 라디안의 변화는 예정되어 있었다. 그냥 귀여운 미소년으로 남았으면 좋으련만.

모두가 사라지고 한 시간의 무언의 만남이 끝나자, 시스는 로우나 회주와 함께 조용한 밤의 항구를 걸었다.

"밤 바다… 오랜만이군요."

"예."

시스는 잠시 로우나 회주를 보았다. 아름다운 여인, 바닷바람에 휘날리는 금발은 눈이 돌아갈 지경이었다.

그녀의 모습을 멍하니 바라보고 있던 시스는 그녀의 몸이 조금 떨리는 것을 보고는 망토를 벗어 로우나의 몸에 걸쳐 주었다.

"바닷바람이 싸늘합니다."

시스의 행동에 로우나 회주는 얼굴이 시뻘게져 버렸다. 그녀의 나이를 라디안은 삼십 대라고는 했지만, 원래 칠인회 회주들의 나이는 겉보기와 다르다는 것을 감안하면 적어도……—여자의 나이를 묻는 것은 비밀이기에 감춰두기로 한다—아무튼 좀 먹은 나이가 된 로우나는 너무나 외로웠다. 밤마다 바늘로 허벅지를 꼭꼭 찌르며 참아왔던 수많은 시간들. 쓸 만한 남자를 찾아 얼마나 많은 시간을 헤매었던가. 한때는 모든 것을 포기하고 칠인회 미사모(미소년을 사랑하는 마법사의 모임)에 가입하기도 했지만, 이제 그녀의 앞에 이렇게 멋진 남자가 서 있으니 미사모는 멀리 사라져 갔다.

듬직한 그의 모습을 보며 로우나는 조용히 시스의 팔에 팔짱을 끼고는 가까이 붙었다.

'아싸!'

속으로 환호성을 지른 시스는 한마디로 미칠 것 같은 기분이었다. 하지만 드러낼 수는 없는 일. 그는 그녀의 행동을 받아주며 밤 바다를 거닐었다.

둘의 사랑의 영원하기를 바란다.

"납치할까?"

"아서라! 크샤스 폭주한다."

위대한 드래곤 일족인 주제에 비열하게 사이야를 납치하자고 말한 로노와르를 보며 루드웨어는 고개를 저으며 한탄할 수밖에 없었다.

'타락했다. 이 모든 것이 나의 탓이란 말인가…….'

어느 정도 책임을 숙지하는 루드웨어였다.

잠시 앞의 내용을 보충하자면 로노와르는 메테오 모드에서 깨어났고, 루드웨어에게 통한의 한 방을 먹인 다음 몇 가지 이야기를 나눴는데, 루드웨어가 앞에 보이는 귀여운 아이인 사이야가 못된 악당 크샤스의 동생이라고 말하자 이렇게 제안한 것이다.

"왜! 동생의 목숨이 아깝다면 크샤스도 멈출 게 분명하잖아!"

"노노, 크레이져의 힘을 얻는다면 창조주가 내리신 제1클래스의 신의 능력을 얻게 된다. 즉, 어쩜 부활의 힘을 얻게 될 수도 있어. 다시 말하면 동생이 죽는다고 해도 다시 살릴 수 있다는 말이야."

"정말?"

"그래. 마신의 힘을 우습게 보지 말라고. 크레이져의 힘을 크샤스가 얻는다면 정말로 크샤스의 바램대로 그는 아무도 넘볼 수 없는 최강의 힘을 얻게 되는 거지. 천신 레이뮤가 없는 지금 모든 천계와 마계의 힘보다 더 큰 힘을 말이야."

그 말에 로노와르는 조금 실감이 난다는 듯이 혀를 내둘렀다.

하지만 그렇게 강한 존재가 패배하게 만든 원인에서 조금 이해가 안 되는 부분이 있었기 때문에 루드웨어를 보며 되물을 수밖에 없었다.

"옛날에 천신 레이뮤와 궁극의 마신 크레이져가 싸울 때 고오크 한 마리 땜에 크레이져가 패했다고 했잖아. 근데 어떻게 오크 한 마리의 힘으로 역전시킬 수 있었지? 거대한 힘들의 충돌에 약한 힘이 하나 끼어들었다고 해도 차이가 나는 것은 아니잖아?"

"천신 밑의 태양신이나 대지모신, 정의의 여신 같은 제2클래스 신, 아니, 현재는 제1클래스인 신들이 끼어들어 승리할 수 있었다면 조금 이해가 갈 테지만 오크는 아니다라는 거지?"

"응."

루드웨어는 로노와르가 좋은 질문을 했다는 듯이 고개를 끄덕이며 말했다.

"물론 보통 오크라면 부족하지. 하지만 알아야 될 것은 고오크와 그냥 오크는 다르다는 거야."

"다 같은 오크 아니야?"

"아니지. 오크는 인간과 같은 지성이 있기는 하지만 지능이 떨어지는 족속들이니까. 고오크는 멸종된 오크의 한 종족으로 보통 오크들보다는 뛰어난 지능과 힘을 지녔다고 알려져 있지. 천신전쟁 때 도움이 된 고오크는 그런 고오크들 중에서도 최고의 능력을 가지고 있다는 오크 로드였으니 보통 오크와 비교하는 건 안 되는 거라고. 내가 듣기로 그는 그랜드 소드 마스터라는 말도 있었어."

"하지만 그랜드 소드 마스터라고 해도 제1클래스 신에게는 미약한 힘에 지나지 않잖아!"

"그렇긴 하지. 하지만 그에게는 창조주의 검이 있었거든."

"창조주의 검!"

창조주의 검이란 소리를 듣자 로노와르는 벌어진 입을 다물지 못했다.

창조주의 검. 이것은 창조주가 아직 지상 세계에서의 일이 남아 있었을 때 모든 이종족들을 다스리고자 사용한 검이다.

중요한 것은 보통의 창세기에는 이것이 창조주가 만든 엄청난 힘을 지닌 검으로 나와 있을지 모르지만 실상은 전혀 다르다는 것이다.

드래곤 종족들만이 알고 있는 사실, 드래곤 사상 최고의 연령을 자랑하기에 에이션트라는 이름 자체를 붙이지 않은 한 마리의 드래곤이 있었으니, 그는 바로 실버 드래곤 실레이드였다.

추정 연령은 45억 년. 도저히 가능하지 않은 시간을 살아온 그는 이 세계가 만들어지던 당시부터 살고 있던 존재다.

보통의 드래곤들이 다른 종족이나 동물들로 폴리모프하여 유희를 즐기는 데 반해 그는 바로 단 하나의 물건으로만 생의 전부를 폴리모프하며 살았는데, 그것이 바로 검이다.

검으로 폴리모프하여 유희를 즐기던 그는 한 번 폴리모프하면 보통 1만 년 이상을 지내기 때문에 드래곤의 세대가 한 번 바뀌어야만 볼 수가 있었다.

오죽하면 드래곤 사회에서 실레이드를 생애 두 번 볼 수 있다면 오래 살았다는 말이 나돌았겠는가. 아무튼 이 괴짜 드래곤의 힘으로 크레이져가 당했다는 것을 듣자 로노와르는 더 이상의 의문점이 생기지 않았다. 그만큼 실레이드가 폴리모프한 검은 엄청난 힘을 지닌 신검으로 변하기 때문이다.

여기서 잠시 말하면, 크레이져를 쓰러뜨리는 데 일조한 고오크 콜리드와 실버 드래곤 실레이드는 이곳에서 나오지 않는다. 2부에 출현하는 캐릭터이지만 기대하라는 입장에서 잠시 맛보기로 설명한 것이다. 서로 대단한 앙숙 관계이자 절친한 친구로 나오게 된다.

이쯤에서 읽고 계신던 분은 하나의 의문점을 느끼게 될 것이다.

로노와르와 루드웨어가 이야기하는 것까진 좋은데 다른 출연자들 아이샤와 사이야는 어디로 갔느냐 하는 것이다.

대답하자면 둘은 정말 사이좋게 놀고 있었다.

수정궁의 꽃밭에서 서로 꽃 왕관을 만들어주며 놀고 있는 두 사람은 누가 보더라도 자매로 볼 만큼 친근해져 있었다.

이를 위하여 한 명은 사이야, 한 명은 아이샤라는 이름을 지었는지도 모른다.

로노와르가 자신을 납치하자는 말을 했는지도 모르는 사이야. 어떻게 보면 불쌍한 소녀였다.

여기서 궁금한 것은 왜 사이야를 찾는 시녀들이 안 나타나는가인데, 물론 나타났다. 다만 루드웨어의 일루션에 걸려 빗자루를 사이야로 알고 그것을 들고 사라졌을 뿐이다.

루드웨어는 더 이상 이곳에 지체하는 것이 힘들다는 것을 알고 있기에 사이야와 아이샤가 놀고 있는 꽃밭으로 갔다.

마령의 군대가 몰려온다면 이곳은 전시 체제로 바뀔 것이기 때문이다.

"아이샤, 떠날 시간이다."

"알았어."

아이샤는 만들어놓은 꽃 왕관을 루드웨어의 말을 듣고 아쉬워하는 사이야의 머리에 씌워주면서 말했다.

"지금은 조금 심심하지만 언젠가는 사이야가 다 커서 이 언니를 만나러 올 수 있을 거야. 이 언니는 사이야가 커서 더 예쁘게 변한 모습을 보고 싶으니까. 참을 수 있지, 사이야?"

아이샤의 부드러운 말에 사이야는 고개를 끄덕이며 말했다.

"나, 아름다운 레이디가 돼서 언니를 만날 거야."

"착한 사이야, 그럼 언니는 갈게."

"응. 언니, 잘 가."

사이야는 루드웨어에게 가는 아이샤를 보며 손을 흔들었고, 아이샤는 그런 사이야를 보며 아쉬운 듯한 표정을 지었다.

후일담이기는 하지만 성안으로 들어간 사이야는 자신으로 변해 있는 빗자루와 일대 격투를 벌였다. 가까스로 승리를 쟁취하기는 했지만 가장 아끼는 외출복은 복구 불능이 되어버렸기에, 사이야는 일루선만 씌울 것이지 쓸데없이 이지까지 부여한 루드웨어를 생각하며 이빨을 갈았다고 한다.

"너무 친해지면 안 된다고 했잖아."

아이샤는 루드웨어가 하는 말이 무슨 뜻인지 알고 있었지만, 이런 말을 하는 그에게 화가 날 수밖에 없었다.

아이샤가 인상을 찌푸리자 루드웨어는 한숨을 쉴 수밖에 없었다.

"어차피 적이 될 사람이다."

'그리고 어쩌면 죽여야 될 사람일 수도 있고……'

루드웨어는 알 수 없는 독백을 이으며 고개를 돌려 디멘전 패스의 주문을 외웠다. 본격적인 북극령 전쟁의 시작지가 될 사이온 항구 쪽으로…….

27장 북극령 상륙 작전(2)

이름하여 북극령 상륙 작전. 그것은 일대의 장관이라고 말하기에도 부족한 느낌이 있을 정도의 장면이었다.

천신전쟁 이후 단 한 차례도, 신계나 마계는 물론 인간들의 전쟁에 참여하지 않은 드래곤 일족들. 그들이 마령의 북극령 전쟁에 공식적으로 67마리에 이르는 수의 드래곤을 파병한 것이다. 물론 비공식적으로 드래곤이 인간으로 폴리모프하여 전쟁에 참여한 적은 있었지만.

마령의 함선이 상륙하게 될 레이트 해안은 혼잡하기 그지없었다. 일 년이 열 마리 가량만 다니면 많이 다닌다고 할 수 있을 물에서 사는 북극의 마물들이 대거 레이트 해안으로 모여들었기 때문이다.

이런 마물들과 함께 서부 무역로를 따라 올라온 남방 해적들의 함선의 수는 300여 척. 이 정도면 마령 측의 200척이 간신히 넘는 함선으로는 도저히 상륙에 불가능했고, 거기다가 마령 측의 병사들은 해군이 아니었기에 더욱 불가능한 상황이었다.

하지만 루드웨어의 협박에 의해 만들어진 결과 때문에 이들의 적은 마령의 군대에서, 지상에서 가장 강한 종족으로 변하게 되었다.

마령 측에게 도움을 주기 위해 온 드래곤들은 67마리. 북극령의 수중 마물들의 수는 몇만에 이른다고는 하지만 지상 최강의 종족인 드래곤에게는 상대도 되지 않는 전력이었다.

비행 중대장 프로란스는 자신을 합쳐 모두 67마리의 드래곤을 모두 8개의 편대로 나눈 후, 제트 기류를 타며 서서히 레이트 해안으로 접근하고 있었다.

구름으로 가려진 해안의 상황을 마법으로 확인한 그녀는 자신의 편대를 제외한 7개의 편대장에게 작전을 지시했다.

[프로란스 비행 중대장이 각 편대장에게 말한다. 작전 시행 시간은 지금부터 10분 후, 각자의 배꼽시계를 맞추기 바란다.]

[라져.]

드래곤의 배꼽시계는 정확하기로 소문이 난 세계 표준 시간을 일족의 장인 로드의 배꼽시계로 맞춘다는 말도 있었다.

[레이트 해안의 적의 포메이션은 북극령의 함선만을 염두에 두고 있기에 반원진 형태를 하고 있다. 골드 편대는 하강 후 브레스를 사용하여 적 함선의 진행 방향을 변화시켜 진열을 흐트러뜨리기 바란다. 블루 편대는 지금부터 수중으로 잠시 정해진 시간에 상승 공격하라. 레드 편대는 공중 공격을 할 수 있는 마물들을 집중 공격, 빠른 시간 안에 적의 대공 능력을 파괴하도록 하라. 중얼중얼중얼…….]

프로란스는 골드, 실버, 레드, 블루, 화이트, 그린, 블랙 편대에게 지시를 전달한 후 자신이 거느린 그린 편대와 함께 하강, 수면의 가까이에서 북극령의 마물들을 향해 날아갔다.

"우오옥!"

"드래곤이다!!"

남방 해적들과 마물들은 언제 나타날지 모르는 마령의 함선을 기다리며 긴장을 늦추지 않고 있었는데, 엉뚱하게 마령의 함선이 아닌 초록색의 그린 드래곤 9마리가 빠른 속도로 접근하자 놀라지 않을 수 없었다.

"뭐 하는가!! 해상 마물들에게 드래곤들을 막게 하라!!"

크샤스의 명을 받고 남방 해적과 해상 마물의 통솔권을 맡은 슐피드 남작은 난데없이 날아오는 드래곤들을 보며 환장할 지경이었다.

급히 부하들을 시켜 마물들을 전면으로 내세우게 했지만, 과연 이런 마물들이 최강의 종족인 드래곤을 제대로 막을 수 있을까 걱정이었다.

[전 그린 편대는 브레스를 발사한 후 상승하라!]

프로란스의 명령이 떨어지자 해안으로 빠르게 저공 비행을 하고 있던 그린 드래곤 편대들은 액시드 브레스를 전면으로 덤벼들고 있는 일단의 수중 마물을 향해 발사하고는 빠르게 몸을 상승시켰다.

단 한 번의 공격에 의해 전면에 횡진을 구성하며 드래곤들을 막아서던 마물들이 전멸하자 슐피드 남작으로서는 황당하지 않을 수 없었다.

드래곤 같은 개인주의적인 종족이 자신의 부하들을 상대하기 위해 집단 공격 방식을 취하고 있었기 때문이다. 그것도 상당한 포메이션을 짠 공격이었기에 도저히 믿을 수 없을 정도였다.

마물들의 시선은 하늘로 상승한 드래곤들에게 향했다. 슐피드는 계속적인 저공 브레스 공격에 대비하기 위해 바다에서 서식하며 하늘을 날 수 있는 마물들로 하여금 대공 능력을 강화시킬 수밖에 없었는데, 느닷없이 본진의 한편에서 엄청난 물기둥이 솟아오르기 시작했다.

"제길, 이번엔 또 뭐야!"

"사령관 큰일 났습니다! 물속에서 블루 드래곤들이……!!"

"헉!"

일단의 그린 드래곤들에 이어 물속에서 기습 공격을 감행하는 블루 드래곤들의 공격. 하지만 일은 여기서 끝나지 않았다. 블루 드래곤의 공격으로 바다로 온 신경이 쏠리고 있을 때 엄청난 불길과 함께 대공 능력을 강화하기 위해 상공에 배치시켰던 비행 마물들이 시꺼멍이가 되어 땅으로 추락하기 시작한 것이다.

"헉……!"

슐피드로서는 미칠 지경이었다. 잠시 눈을 돌린 사이에 레드 드래곤들이 나타나 브레스로 상공의 공중 병력을 싸그리 추락시켜 버린 것이다.

슐피드는 드래곤은 지극히 개인적인 생명체라고 말하던 로망스 소설을 생각하며 눈물을 흘릴 수밖에 없었다. 완전한 패배. 이제 대공 병력이 없는 이상 드래곤들의 공격을 방어할 수단은 단 하나도 존재하지 않는 것이다.

각 속성의 드래곤들이 뿜어대는 브레스와 마법으로 북극령 일대의 바다는 천차만별의 표정으로 변해갔고, 그때마다 수많은 마물들은 흔적도 제대로 남기지 못한 채 소멸돼야 했다.

어느 사이에 드래곤들의 대공세가 끝났을 때 남은 것은 몇 척의 해적선과 수십 마리의 바다 마물뿐이었다. 유령선이 다 되어버린 해적선 위에서 슐피드는 눈물을 흘리며 자신의 마지막을 장식할 수백 척의 마령의 함선을 맞이할 수밖에 없었다.

"오! 신이시여!"

슐피드는 멀리 사라지는 드래곤들의 꽁지를 보며 신을 부르짖다가 격분에 피를 토하고 죽었다고 한다.

상륙 작전은 성공을 눈앞에 두고 있었다. 본격적으로 모습을 드러낸 함선 위로 날아오르는 북극령의 수만 기의 비병은 백야로 6개월 간 밤이 없을 시간의 북극령에 밤을 선사할 정도였다. 이것은 정말 말로 하기 벅찰 정도의 모습이었기에, 후에 북극령의 주민으로 있었던 사가들은 대륙의 역사상 두 번 다시 있을 수 없는 전투라는 말을 남길 성노였다.

약 1시간에 이르는 레이트 해안 전투는 엄청난 폭음과 화염 등, 수많은 마물들의 포효를 동반했고, 이곳에 가장 근접한 사이온 항구의 북극령 주민들은 이때의 시간이 세계가 종말을 맞이하는 시간인 줄 알았다고 말한다.

해안에 상륙하여 사이온 항구에 제일 먼저 도착한 칠인회의 마법 병단은 도시 전체에 슬립 마법을 걸어 한순간에 침묵의 도시로 변화시켰고, 그 뒤를 이어 2만 명에 이르는 제1차 북극령 원정 군대가 사이온 항구로 하선, 도시 밖의 벌판에 진을 치기 시작했다.

물론 이 과정에서 사이온 항구의 주민들에게는 아무런 피해도 입히지 않았는데, 이는 루덴스의 명령에 의한 것으로 북극령의 마물이나 크샤스의 군대를 제외한 어떠한 종족들에게도 피해를 주지 말라고 지시한 것이다.

제1차 원정군과 함께 도착한 주요 인물들은 암흑의 황태자 루덴스와 정벌군의 사령관 크렌 장군, 라스타의 부관인 암흑 신관 유리마와 칠인회의 6회주 로우나 회주, 그리고 시스 일행이다.

루덴스의 부관인 사라덴은 제2차 원정군인 나머지 3만 명의 군대와 함께 일주일 후에 도착할 예정이었다.

"할머니!"

로노와르는 자신의 할머니인 프로란스가 드래곤 편대의 작전을 마치고 돌아와 루덴스들과 함께 서 있는 것을 보자 큰 소리로 부르며 뛰어가 프로란스에게 안겼다. 프로란스는 그런 로노와르의 머리를 쓰다듬어 주며 말했다.

"그래, 우리 귀여운 로노와르. 쯧쯧, 볼이 쑥 들어간 게 고생을 많이 한 모양이구나."

프로란스는 그 말과 함께 뒤에 서 있던 루드웨어를 노려보았다. 생각 같아선 브레스라도 뿜어주고 싶었지만 꾹 참고 있었는데, 그런 생각을 아는지 모르는지 루드웨어는 비굴한 미소를 멈추지 않으며 프로란스에게 다가와 인사를 했다.

"오셨습니까."

"왔네. 한 해에 네 차례나 드래곤들을 소집하게 만드는 네놈에게 당장이라도 브레스를 뿜고 싶지만, 이 녀석의 얼굴을 봐서 잠시 참도록 하지."

"헤헤헤! 감사할 따름입니다."

"어쩔 텐가. 이 녀석을 계속 데리고 있을 텐가?"

"그럴 수밖에요. 프로란스님도 잘 아시지 않습니까?"

루드웨어의 말에 프로란스는 잠시 침묵을 지킨 뒤 뒤에 서 있던 루덴스를 보며 말했다.

"이 정도 도움을 줬으니 별문제는 없을 것이라 생각되네. 우리들은 이만 물러가도록 하지."

"드래곤 일족의 도움에 라스타님께서도 감사의 말씀을 전하라고 하셨습니다. 저의 마령 측에 무슨 일이라도 요청만 하신다면 최대한의 도움을 약속드립니다."

"흥. 마계의 도움 따위는 바라지 않네. 그럼 이만 가보도록 하지."

루덴스의 호의 어린 말에 차갑게 대답한 프로란스는 로노와르의 머리를 쓰다듬어 주며 말했다.

"이 일이 어느 정도의 중요성이 있는지 알고 있기 때문에 널 데려가지는 못하겠구나. 몸조심하고 잘 갔다 오도록 해라."

"예, 할머니."

"그럼 할머니는 이만 가보겠다. 루드웨어!"

"예."

"우리 일족 해츨링의 안전이 최우선되어야 함을 잊지 말게나."

"예, 명심하도록 하겠습니다."

물론 맘에도 없는 소리다. 루드웨어 같은 놈이 해츨링의 안전 같은 거 신경이나 쓰겠는가. 아무튼 루드웨어의 대답을 반쯤 믿은 프로란스는 수많은 드래곤들과 함께 레비테이션으로 하늘로 올라가며 수직 이착륙기 헤리어 흉내를 잠시 내더니 폴리모프를 풀고는 바다로 날아가기 시작했다.

8개의 편대로 나뉘어지며 멋진 곡예 비행으로 사라져 가는 드래곤들의 모습을 한참 바라보고 있던 루드웨어는 루덴스의 옆에서 검은색 로브의 후드를 꼭 눌러쓰고 모른 척하고 있는 새침데기 유리마를 보고는 소리치며 뛰어갔다.

"유리마!"

갑자기 날아온 루드웨어에게 안겨 버린 유리마의 후드 뒤로는 큼지막한 땀방울이 한 방울 흘러내렸다.

"갑자기 웬 아양이냐!"

"로노와르가 프로란스 할멈에게 안기는 게 부러워서 흉내 한번 내 보려고."

"……."

잠시 유리마가 침묵을 지키자 루드웨어는 로노와르와 아이샤를 보며 소리쳤다.

"로노와르, 아이샤! 이리 와보라고! 내가 좋은 사람 소개시켜 줄 테니까!"

두 사람이 오자 루드웨어는 유리마를 가리키며 말했다.

"암흑 신관 유리마라고 한다. 세상에서 나랑 가장 친한 친구야. 바보 스승 때문에 마계로 떨어졌다가 만난 친구지. 잠시 소개를 하면 마계에서 자란 인간으로 현재 암흑계 신성 마법은 전 인간 중 최고를 자랑하지. 가장 중요한 건 이놈이 마계의 위대하고 위대하신 마신 라스타님이 총애하는 신하라는 거야. 어때, 내 친구 거물이지?"

루드웨어의 소개에 로노와르는 그렇구나 하는 정도로 넘겼지만 아이샤는 그렇지 못했다. 아이샤는 천신계의 신을 모시는 신관인데 비해 유리마는 마계의 신을 모시는 신관이기 때문이다. 즉, 둘의 존재는 서로 완전히 상반된 존재라는 것이다.

또 단순한 하급 신관이라면 모를까, 마신 옆에서 보좌한다니 아이샤로서는 절대 가까이 할 수 없는 존재였고, 그만큼 긴장하지 않을 수 없었다.

"걱정 말라고. 이 녀석, 마신을 모시는 암흑 신관이긴 하지만 사실은 무신론자야."

"……."

이놈의 대륙은 좀처럼 종교에 대해서 이해가 안 가는 곳이었다. 제국의 아리시아 성교는 돈만 밝히는 타락한 종교이고, 아이네스 신전의 신관은 사람 패고 돈을 뺏지 않나, 암흑 신교의 최고위에 속하는 신관은 알고 보니 무신론자. 아직 나오진 않았지만 대지 모신 안트라네의 사제는 사제복을 입고 농사를 짓는 집단으로 거의 대부분이 농부 출신이다. 전쟁의 여신 히루안의 신전은 몽크들의 격투 시합을 통해 내기 도박으로 신전 운영 자금을 버는 곳이며, 계절의 여신 프라이도스의 신전은 4계절 휴양지를 조성하여 계절마다 휴양지에서 관광객을 받아 그 돈으로 신전을 운영하고 있었다.

아무튼 루드웨어의 한마디에 할 말이 없어진 아이샤는 대답해 주지 않고 무시하는 것이 그의 마수에서 벗어날 수 있다 생각하며 조용히 있는데, 옆에 서 있는 로노와르가 일단의 사람들을 보며 눈을 부라리고 있었다.

"루드웨어, 저 자식은 왜 온 거지?!"

로노와르의 말에 사람들이 돌아본 곳에는 시스 일행이 서 있었다. 루드웨어는 그런 로노와르의 모습을 보며 웃음을 짓고는 말했다.

"바보 로노와르, 우린 지금 한 사람의 실력자라도 필요한 때라고. 그런데 드래곤을 잡을 정도의 실력자를 내가 가만히 내버려 둘 것 같았어?"

"하지만 저 녀석들은 크샤스의 부하잖아!"

"어허! 엄밀히 말하면 아니지. 왜냐구? 저 녀석들은 용병이잖아."

루드웨어는 시스 일행에게 다가가더니 한 사람씩 손으로 가리키며 말했다.

"자, 여기 할버드를 들고 있는 중년의 멋진 전사 분. 본명은 시스리온 드 알라카드로. 전 로아냐드 제국 황실 기사단의 멤버로 십칠 세의 나이에 입단하여 차기 기사단장 후보까지 지명될 정도로 뛰어난 실력을 지닌 기사였지만, 이루어질 수 없는 사랑으로 모든 것을 잃고 마령의 용병 길드에 가입한 남자지. 다음은 멋있는 파라딘 양반. 본명 크레이드 아르한. 전 로아냐드 제국의 고위 사제. 그 역시 18세의 나이에 고위 사제에 오른 천재로 교단에서 상당한 위치를 차지하고 있었던 사제지만, 로아냐드 제4차 유온 족 토벌에서 무의미하게 학살을 자행하는 교단에 회의를 느끼고 파문 사제가 됐지. 후에 모험가 페블 하이드가 아리시온 던전에서 상처를 입고 죽어가는 것을 신성 마법으로 고쳐 준 보답으로 검술을 배워 파라딘으로 용병 길드에 가입했지. 다음 이 멋진 엘프 아가씨. 본명 시아나 헤르안디아. 서엘프의 족장 프로인 헤르안디아의 외동딸이지만, 피의 역류로 다크 엘프의 모습을 가지게 된 비운의 엘프지. 엘프 마을에서의 박해를 참다못해 인간 세상으로 나온 이 아가씨의 연세는 자그만치 123세. 이젠 세상 살 만큼 다 산지라 노련하기 짝이 없는, 즉 세상에서 찾아보기 힘든 엘프지. 다음은 파르가… 어? 이 양반이 어디로 갔나? 아무튼 이 정도면 뛰어난 실력가들이라고 할 수 있겠지?"

루드웨어는 이들의 자세한 소개를 로노와르에게 해주었지만, 정작 놀란 것은 시스 일행이었다. 그가 칠인회의 창시자라는 것은 알고 있었지만, 동료들조차 제대로 알지 못하는 자신들의 과거를 속속들이 말하는데 어찌 놀라지 않을 수 있겠는가?

"나도 실력이 뛰어나다는 것은 알아! 하지만……!"

로노와르가 말끝을 못 맺으며 억울한 얼굴을 하고 있자 아이샤가 다가와서 차분한 목소리로 말했다.

"로노와르, 저도 당신의 마음은 잘 알고 있어요. 하지만 어떻게 하겠어요. 저희가 하려는 일은 세상을 살리는 일인걸요. 이건 로노와르 씨의 일족인 드래곤들의 생사와도 관련되어 있잖아요."

사실 아이샤도 암흑 신관인 유리마 때문에 기분이 안 좋았다. 빛의 계통의 신관이 암흑 계통의 신관과 같이 일한다는데 누가 좋아하겠는가? 하지만 자신은 교황의 명을 받고 왔기 때문에 꾹 참고 있는 것이다.

로노와르의 마음을 어느 성도 짐작을 하는지 시스가 와서 말했다.

"로노와르님께서 저희를 싫어하시는 것은 당연한 일입니다. 하지만 이번 일은 공적인 일. 이 일이 끝난 후 로노와르님과 처음 만났을 때 약속했던 대로 결투를 해서 저희를 죽이셔도 저희로선 할 말이 없습니다."

"흥!"

콧방귀를 뀌기는 했지만 드래곤 슬레이어라는 인간들에게 높은 칭호를 가지고 있는 시스가 자신을 낮추어 말하자 어느 정도 화가 풀렸다.

이때 눈이 먼 로우나의 반응은 다른 이들과 조금 달랐다. 죽음마저 세계의 평화를 위해 벗어던지려 하는 그를 보며 더욱더 사랑하지 않을 수 없게 된 것이다.

"시스 씨, 너무 멋있어요."

"로우나, 미안하오. 당신에게 나의 과거를 이야기해 주지 않았구려."

루드웨어에 의해 밝혀진 자신의 과거를 로우나가 들었다고 생각한 시스는 미안한 얼굴로 말했다. 사실 로우나는 시스에게 자신의 나이와 함께 사랑했던 사람의 이야기를 했었는데, 그는 다시 그 미망인을 생각하면 로우나에 대한 사랑이 식을까 봐 감추고 있었던 것이다.

로우나는 시스의 말을 듣고는 고개를 저으며 말했다.

"지금 당신이 사랑하는 사람이 저이기만 하다면 그깟 과거는 상관없답니다."

"로우나……."

얼빠지게 웃는 시스였다. 로우나와 시스의 모습을 본 루드웨어는 좀 황당하다는 얼굴로 보다가 라디안의 곁으로 다가가 물었다.

"저들 무슨 썸씽이라도 있는 거냐?"

"예, 한마디로 푹 빠졌죠."

"음……."

칠인회의 미망인 한 명이 사라지는 광경을 본 루드웨어는 조금 시원섭섭했다. 들리는 소문에 의하면 로우나가 비교적 다른 사람에 비해 어린 나이로 회주 직에 오른 것은 바람둥이 루드웨어와 썸씽이 있었기 때문이라는 소문이 있기는 했다.

"자자, 그럼 작전을 짜야 되겠지. 안 그런가, 루덴스?"

루드웨어의 말에 루덴스는 고개를 끄덕이며 수긍했다. 한시가 급한데 지금 일행들의 잡다한 사정으로 시간을 끄는 것은 이득이 없는 행위라 생각했기 때문이다.

"그럼 작전실로 드십시오."

크렌 장군은 이곳에 모인 인물들에게 정중하게 말하며 안내를 했고, 사람들은 그의 안내로 급하게 지어진 주둔 기지의 회의실 천막 안으로 들어갔다.

평원에 주둔하고 있는 1차 정벌군의 회의실은 일반 병사들이 쓰는 천막과 같았다. 이는 청렴한 생활을 하고 있는 루덴스의 지시로 이루어진 것으로 한 나라의 황제가 사용하기에는 매우 초라하다고 말할 수 있었다. 하지만 지금 회의장 안에 있는 이들은 이런 것에 신경 쓸 사람들이 아니었다.

대륙 전체에 내로라하는 인물들… 어디 하나 한 나라를 이끌어가도 부족함이 없는 인물들이 모여 있는 것이다.

크렌 장군은 회의장에 있는 사람들을 한번 둘러본 후, 마령과 칠인회에서 북극에 밀파한 수많은 첩자들이 보내온 정보를 모아온 보고서를 읽었다.

"북극령은 생각보다 거대한 군사 조직을 가지고 있습니다. 일단의 마물들을 제외한다고 해도 5개 기사단 3만 명의 군사와 각 영주들의 사병 7만으로 정규병으로 부를 수 있는 군대는 총 10만 명. 그 외에 세이렌의 노래에 세뇌당한 용병과 싸울 수 있는 주민들을 합치면 대략 40만을 넘어서며, 앞서 제외한 마물들을 합치면 백만을 넘어설 수 있기 때문에 숫자적으로 마령의 5만의 병사와는 큰 차이를 보이고 있습니다."

"그 정도까지 차이가 났던가… 음……."

어느 정도 예상은 했지만 북극령의 군대의 숫자에 루덴스는 탄식하고 말았다. 하지만 칠인회의 로우나는 이미 그런 것 따위는 예상하고 있었는지 바로 대책을 얘기하기 시작했다.

"큰 차이가 나긴 하지만 그 숫자는 어느 정도 줄일 수 있습니다. 저회 칠인회에서는 그간 북극령의 세뇌 도구로 이용되고 있는 세이렌의 노래에 대해서 연구한 결과 하나의 대책을 마련할 수 있었습니다."

"하나의 대책이라면?"

"예, 대마법 봉쇄라는 거죠. 세이렌의 노래가 강력한 세뇌 방법이기는 하지만 마법 서클로 분류하면 그 위력은 낮다고 할 수 있습니다. 2서클 정도의 마법 봉쇄면 충분히 지역적으로 분리되어 있는 도시들에서 행해지는 세이렌의 노래의 현혹 마법을 잠시 막을 수 있습니다. 그렇게 된다면 맹목적인 주민이나 용병들의 참전을 어느 정도 막을 수가 있지요."

"하지만 그렇게 되면 핵심 세력이라 할 수 있는 마법 병단의 수는 반으로 줄어들겠군요."

크렌 장군의 말에 로우나는 고개를 끄덕였다.

"백만에 이르는 적을 상대하는 것보단 나을 것이라 생각됩니다."

"일단 세이렌의 노래를 막을 수 있다면 40만의 병력을 묶어둘 수 있겠군."

"예. 로우나 회주께서 말씀하신 대로 세뇌된 용병과 주민을 제외하면 10만의 정규병과 60만 가량의 마물 병사들을 합쳐 약 70만 정도의 병력이 남게 됩니다."

"아직도 턱없이 많은 숫자이긴 하지만 북극령의 마법사 조직인 오호사가 봉인 해제 의식에 투입되어 있는 지금, 저희 측에는 강력한 힘이 될 마법 병단이 아직 반 정도의 숫자가 남아 있을 테니 싸워볼 만하다고 생각합니다. 현재의 대전에서 마법사들의 위치는 전술상 상당한 도움이 되니까요. 잘만한다면 봉인 해제 의식을 막을 수 있는 시간까지는 견딜 수 있으리라 생각합니다."

이 전쟁의 목표는 크레이져의 봉인 해제 의식을 막는다는 것을 그 주목적으로 하기 때문에 전쟁의 승패 따위는 상관하지 않아도 되었다. 하지만 그러한 과정에서 수많은 병사들이 죽어가리라.

이제부터 본격적인 두 싸움이 벌어지려 하는 것이다. 마령의 크렌과 칠인회의 로우나, 라디안 등이 활약하는 북극령 70만 대군과의 싸움이 첫 번째가 될 것이며, 루드웨어와 루덴스의 결사대와 크샤스가 싸우는 봉인지에서의 전투가 두 번째가 될 것이다.

어디 하나 만만히 볼 수 없는 전투. 과연 이 전투의 승리는 누구에게 돌아갈 것인가.

28장 용사들의 출발

　루드웨어는 본격적인 싸움이 시작되기 전에 마령의 장수인 크렌 장군을 불렀다.

　"무슨 일이십니까?"

　크렌 장군은 루드웨어가 칠인회의 공식적인 총회주이자 자신의 주군이기도 한 루덴스와 동급의 인물이라는 것을 알고 있기 때문에 정중하게 경어를 사용하여 물었다.

　"로아냐드 제국과의 싸움에서 마령의 비병들이 흑조기사단의 신무기에 대패했다는 소문을 들은 적이 있는데 말입니다."

　그 말을 듣자 크렌 장군은 얼굴이 시뻘게졌다. 아무리 주군과 동급의 인물이라고는 하지만 자신의 국가가 전투에서 패배한 소식을 그렇게 대놓고 말할 줄은 몰랐기 때문이다.

　"아… 예… 연금술사들이 만든 폭발 성질을 가진 시약과 마법의 조합으로 만들어진 쇠뇌에 속수무책으로 당했다고 들었습니다."

"아, 그렇군요."

한참을 생각하던 루드웨어는 크렌 장군을 보며 미소를 지으며 말했다.

"궁병들의 화살을 한곳에 모아주실 수 있겠습니까?"

"예?"

크렌 장군은 루드웨어의 부탁이 무엇을 의미하는지 이해할 수 없었기 때문에 되물을 수밖에 없었다.

"방금 전의 이야기를 듣고 재밌는 생각이 들어서요."

어쨌든 높으신 양반의 부탁인지라 크렌은 부관을 시켜 궁병들의 활을 한곳에 모으도록 지시했다.

아직 원정군이 모두 모이지 않아 궁병의 숫자는 그렇게 많은 것은 아니었지만, 반 이상의 군수 물자가 도착한지라 화살의 수는 엄청났다.

루드웨어는 눈앞에 보이는 거대한 화살의 밭을 잠시 응시하더니 눈을 감고 무엇인가 주문을 외우기 시작했다. 10서클에 달하는 클래스를 지닌 루드웨어가 주문을 20분 정도 외울 정도였기에 그의 주위에 일어나는 마나 폭풍은 엄청났다.

크렌 장군은 폭풍으로 인하여 날아드는 모래 먼지 덕에 제대로 눈을 뜰 수조차 없었는데, 그 순간 루드웨어는 양손을 앞으로 내밀어 시동어를 내뱉었다.

"인첸터 파이어 브래스트!"

루드웨어의 시동어가 끝남과 동시에 엄청난 마법 기운이 화살의 산을 둘러싸더니 빛을 내뿜었고 얼마 지나지 않아 사그라들었다.

루드웨어는 한꺼번에 많은 마나를 소비했는지 지쳐서 쓰러질 지경이 되었다. 그때 언제 나타났는지 모르게 6회주 로우나가 달려와서 그에게 풀마나 포션을 건네주었고, 루드웨어는 다섯 병에 이르는 마나 포션을 마셔 버리고는 어느 정도의 힘을 찾는 듯했다.

"…총회주의 마나량은 도대체 측정이 불가능하군요."

보통의 마법사, 아니, 로우나라도 지나치게 마법을 과다하게 사용하여 마나 고갈 현상이 왔을 때는 풀마나 포션 하나면 마나 고갈 현상에서 충분히 벗어날 수 있었다. 물론 풀마나 포션이라고 마나를 다 채워주는 것은 아니다. 체내의 마나를 어느 정도 이상 유지시켜 줄 뿐, 완전히 마나를 채워주지는 않는데, 그래도 보통 마법사들이 마신다면 대략 30% 정도의 마나를 채워주어 마나 고갈 현상을 막을 수 있었다. 그런데 지금 루드웨어는 다섯 병이나 마시고 간신히 마나 고갈 현상에서 벗어난 것이다.

"하하하, 저도 모르는 마나량을 누가 알겠습니까."

"……."

루드웨어가 허리에 손을 얹고 껄껄 웃으면 잘난 척을 하자, 괜히 칭찬했다고 생각하는 로우나였다. 하지만 루드웨어가 방금 한 것은 충분히 자랑하고도 남는 일이었다. 본래 마법의 무기라는 것은 질 좋은 금속에 특수 시약 처리를 한 후에야 인첸터 마법을 실행할 수 있다. 그렇지 않으면 이질적 마나의 반발 작용에 의해 금속에 투입되는 마나는 거의 대부분이 흩어지게 되는데, 루드웨어는 시약 처리도 하지 않은 수많은 화살에 화염계 속성, 그것도 파이어 브래스트를 인첸터한 것이다. 로우나가 보는 루드웨어의 실력은 거의 3급 신에 버금갈 정도의 마력이었다.

"방금 그것은……?"

크렌 장군이 다가와서 묻자 루드웨어는 미소를 지으며 말했다.

"화살에 마법력을 부여했습니다. 이제 궁병이 적을 향해 활을 쏘면 로아냐드 제국군이 비병에게 사용한 신무기 같은 효험을 볼 것입니다. 다만 화살촉 같은 것이 별로 좋지 않은 질을 가진 쇠인지라 제가 부여한 총마력의 30% 정도 위력에 그치겠지요. 흑조기사단이 사용한 신무기에 비하면 상당히 약한 기운일 겁니다만, 어느 정도 도움은 되리라 생각합니다. 한번 시험해 보도록 할까요?"

루드웨어는 병사에게 활을 하나 건네받은 뒤 벌판을 향해 화살을 채우고 당겼다.

"명심해야 할 것은 주문을 외우고 쏴야 된다는 것입니다. 파이어 브래스트!"

루드웨어가 시동어와 함께 활을 쏘자 화살에서 강한 불꽃이 피어 올랐다.

불꽃이 일어남과 동시에 화살이 날아올라 벌판에 떨어지자 엄청난 폭발음과 함께 불꽃이 피어 올랐다. 그것은 전체적으로 봤을 때 그렇게 큰 기운은 아니었다. 파이어 볼트와 파이어 볼의 중간 정도의 폭발로 보이지만 생각 외로 폭발성은 강해서 직경 1미터 정도의 얕은 구덩이를 만들어낼 정도의 화력이었다.

활을 다시 병사에게 건넨 루드웨어는 크렌 장군을 보며 말을 이었다.

"보통 화살에 비한다면 명중시 상당한 대인 살상력을 지녔기 때문에 적의 사기를 떨어뜨리는 데는 충분하리라 생각합니다. 마법력은 아마 한 달 정도까지 지속될 테니, 보통 화살과 병행해서 사용하십시오.”

“아, 예. 많은 도움이 되리라 생각됩니다.”

크렌 장군은 생각지도 못한 힘을 얻게 되자 루드웨어에게 감사의 인사를 한 후 병사들에게 지시해서 마법이 부여된 화살을 표시하도록 했다.

다음날 소모한 마나의 반 정도를 회복한 루드웨어는 로노와르, 아이샤, 루덴스, 시스 일행들과 함께 최후의 결전지라고 생각되는 마신의 봉인 지역인 레허드 분지로 향했다.

크샤스가 거느린 오호사의 마법사들이 모두 그곳에 있기 때문에 레허드 분지로 향하는 길에서 마법으로 이동한다는 것은 자신들이 간다는 것을 알리는 것과 같아 일행들은 말을 타고 이동해야 했다.

떠나는 루드웨어 일행을 보고 있던 로우나는 크렌 장군을 보면서 말했다.

“적어도 일주일 이상은 북극의 군대를 교란시켜야겠군요.”

“예. 루덴스님의 일행을 북극의 군대가 방해하게 해서는 안 되니까요.”

크샤스의 음모를 막기 위해 선출된 정예 멤버들. 루드웨어를 포함한 정예 멤버 8인은 크레이져의 봉인지가 있는 레허드 분지를 향해 말을 몰아갔다.

마을 주변을 제외하고는 각지에 상당수의 마물들이 살고 있는 북극령의 땅이었지만, 당연히 그들의 앞을 막아서며 습격하는 마물들은 하나도 존재하지 않았다.

빠른 시간 안에 분지에 도착해야 하는 일행들로서는 다행한 일이기는 했지만, 또 한편으로 크샤스가 북극령 전역에 있는 마물들을 세뇌하여 자신의 병사로 만들었다는 것을 말해 주는 것이기도 해 루드웨어로서는 난감하지 않을 수 없었다.

마령을 제외하고는 가장 많은 수의 마물들이 사는 곳이 바로 북극령이기 때문이다.

"크렌 장군과 로우나 회주가 잘 버틸 수 있을지 걱정이군."

루드웨어의 걱정 어린 말을 들으며 루덴스 역시 동감하지 않을 수 없었다. 이번 북극령 원정에 총사령관을 맡게 된 크렌 장군은 마령이 자랑하는 다섯 명의 명장 중 한 명이라고는 하지만, 2만의 병사들을 가지고 북극령의 모든 마물들을 상대한다는 것은 조금 무리였다. 아마 역사상 대륙 최고의 명장이라 불리던 하니발이 온다고 해도 이 상태에선 혀를 내두르며 후퇴를 명령했을 것이다.

하지만 지금의 상황으로는 크렌을 믿을 수밖에 없는 루덴스는 생전 처음으로 마신 라스타의 이름을 부르며 간청하는 불유쾌한 일을 할 수밖에 없었다. 대리자라곤 해도 그 역시 유리마와 같은 무신론자였기 때문이다.

이런저런 걱정을 하며 말을 몰아가는 일행들이 삼 일 만에 도착한 곳은 멜라드 시였다.

멜라드 시의 위치를 잠시 설명하자면, 동서로 길게 늘어져 있는 북극령의 대지에는 두 개의 산맥이 존재한다. 서부 쪽에 위치한 로빈 산맥으로, 그 산맥의 긴 계곡으로 이루어진 대로를 넘으면 북극령의 수도인 얼음의 성으로 가는 대로가 나오게 된다. 멜라드 시는 바로 동쪽에 있는 나머지 하나의 산맥인 프리아드 산맥의 입구에 존재하는 도시로 산맥 너머의 벌판을 가로 질러가면 궁극의 마신 크레이져가 봉인되어 있는 레허드 분지가 나온다.

북극령에서 사람들이 살고 있는 땅은 바로 프리아드 산맥의 서부에서 로빈 산맥 너머 수도인 얼음의 성 사이의 광활한 대지로, 그 외의 땅은 불모지로 존재하고 있다.

일행들이 프리아드 산맥을 넘어 레허드 분지로 가기 위해서는 반드시 지나야 하는 곳이 바로 이곳 멜라드 시라고 할 수 있었다.

일행들은 마지막 사람 구경도 할 겸 시내로 들어섰다. 척박한 북극령의 도시인만큼 멜라드 시도 별로 볼 것은 없었다. 하지만 활기 넘치는 도시가 아니라고 해도 이상할 정도로 조용한 도시였다.

장사를 하는 사람, 술을 마시는 사람, 거적을 깔아놓고 동냥하는 사람 등 사람들의 행동은 달라지지 않았지만, 도시 자체에는 알 수 없는 기운이 깔려 있어 일행들은 마치 사람들이 존재하지 않는 것처럼 느껴질 정도였다.

"뭔가 이상하군요."

아이샤는 이 적막함이 불안했다. 도대체 이 도시에 무슨 일이 일어났을까?

뭐, 원래부터 적막함이나 불안감 같은 것에 익숙하지 않은 로노와르는 도시의 사람들이 모두 벙어리는 아닐까 생각하고 있다가 근처에 있는 사람을 불러봤다.

"여보세요……."

로노와르가 자신을 부르자 그는 멍하니 고개를 돌리며 그의 얼굴을 쳐다보았다.

하지만 거기서 끝이었다. 그는 자신을 부른 로노와르를 멍하게 쳐다만 볼 뿐 아무 말도 하지 않고 있었다.

"아무래도 세이렌의 노래로 인한 세뇌가 극한에 달해 있는 것 같군. 빨리 막지 않으면 마령의 군대는 이들과 싸워야 할 것 같아."

루드웨어가 로노와르가 붙잡은 남자의 머리에 손을 대고는 가볍게 마나를 주입하자, 푸른색의 빛에 휩싸인 남자는 경련을 일으키다 거품을 물고 그 자리에서 쓰러져 버렸다.

"죽었나?"

로노와르가 발로 쓰러진 남자를 찔러보자 루드웨어는 고개를 저으며 말했다.

"아니, 마법으로 세뇌 상태를 해소시켰을 뿐이다. 세이렌의 노래로 인한 마나가 나의 마나와 충돌했기 때문에 그 충격으로 기절한 것이지."

"음……."

일단은 한 사람을 세뇌에서 구하기는 했지만 모든 이들을 구하기에는 시간이 부족한지라 일행은 후에 올 칠인회의 마법사들에게 뒷일을 맡기고 길을 재촉하기로 했다.

산맥을 넘을 수 있는 관문은 멜리드 서쪽에 있었다. 프리아드 산맥을 넘는 길은 마물의 길이라 하여 일반 백성들의 통행을 금지시키고 있었지만, 칠인회에 들어온 정보에 의하면 근 이십 년 사이에 크샤스의 명에 의해 불모의 대지로 향하는 대로가 만들어졌다고 해 일행들은 대로를 이용하여 불모의 대지로 향하기로 결정했다.

하지만 대로로 들어서는 관문엔 북극령의 병사 백여 명이 철통같이 경비를 서고 있었다. 그들은 도시에 있는 다른 사람과는 달리 세뇌의 마법에 걸려 있지 않은 듯 평범한 눈동자를 가지고 있었는데, 짐작컨대 병사들까지 세뇌를 통해 수동적으로 부린다는 것은 크샤스로서도 조금 무리가 있는 일이기에 세뇌의 마법을 걸지 않은 듯했다.

불모의 대지로 가는 관문을 지키는 병사들치고는 꽤 많은 수가 지키고 있어 일행들은 크샤스가 자신들을 견제하기 위해 지시를 했다는 것을 알 수 있었다.

"아무래도 우리가 산맥의 대로로 들어설 것이라는 걸 알고 있는 것 같군요. 꽤 실력있는 기사들도 십여 명 있는 것 같습니다."

대로의 관문을 살펴보고 온 시스의 말에 루드웨어는 고개를 끄덕였다.

"그럴 테지요. 하지만 십여 명의 기사들론 우리를 막지 못한다는 것은 크샤스로서도 알고 있을 터, 아마 우리가 이곳으로 들어서려 할 때 대로를 봉쇄하라는 지시가 있었을 겁니다."

"그렇겠군요. 산맥을 넘는 대로에 들어서기 위해선 관문을 지나야 하는데, 산을 뚫어 만든 터널이 관문인만큼 입구만 파괴한다면 대로로 진입할 길은 사라지니까요."

만약 병사들에 의해 입구가 막힌다면 루드웨어 일행으로선 먼 거리를 돌아가야 하기 때문에 무슨 수를 써서라도 병사들이 입구를 파괴하는 것은 막아야 했다.

"무슨 수가 없나?"

루드웨어는 이들 사이를 조용히 빠져나갈 방법을 고심할 수밖에 없었다.

"음… 아름다운 여신관의 미인계는 어때?"

아이샤였다. 루드웨어와 같이 다니면서 아이샤의 정신 상태는 이제 붕괴되어 가고 있는 것이다. 괜히 사람들을 오염시키는 것 같아 눈물이 나오는 루드웨어였지만 말은 바로해야 한다고, 조금은 아프겠지만 진실을 이야기해 주었다.

"아서라, 병사들 구역질 나겠다."

"……."

이상하지 않은가? 초반에 나온 아이샤 소개에 미루어보면 십대 후반의 미녀 신관이라고 나와 있는데 말이다. 구역질 난다는 그의 말에 어느 사이엔가 그의 눈이 터무니없이 높아져 있는 것은 아닌가 걱정이 되는 로노와르였다.

"아하!"

루드웨어, 그는 한참을 무엇인가 생각하더니 하나의 계략을 드디어 만들어내고 만 것이다.

멜라드 시의 대로 관문을 지키고 있는 젊은 기사 란테드는 따분하기 그지없었다. 들리는 소문에 의하면, 과거 자신의 민족을 풍요로운 땅에서 몰아낸 마령의 군대가 북극령에 쳐들어온다는 소문이 있는데, 자신은 이런 한적한 도시의 관문이나 지키고 있었기 때문이다.

"아, 싸우고 싶다."

젊은 혈기의 란테드는 마령의 병사들을 하나라도 베어 조상의 원수를 갚고 싶었다. 그렇게 못하는 것이 분할 따름이었지만, 이 관문을 지키는 것은 크샤스 폐하의 어명인지라 빠져나가지도 못했다.

"누구냐!"

한참을 따분하게 앉아 있던 란테드는 관문의 대기소에 앉아 있다가 관문의 경비병이 외치는 소리를 듣고 놀라 밖으로 뛰어나왔다.

소리가 들린 곳을 쳐다본 란테드는 그 순간 크게 놀라지 않을 수 없었는데, 자신의 영원한 주군인 크샤스 폐하가 심한 부상을 입고 몇 명의 사람들에게 부축되어 걸어오고 있는 것이 아닌가?!

말단 병사들은 크샤스 폐하의 얼굴을 알지 못하지만, 그는 친위 기사단의 한 명이었기에 크샤스 왕의 얼굴을 알고 있었다.

"폐하!!"

란테드는 휘하의 기사들과 함께 놀란 얼굴을 하며 부상을 당한 크샤스 폐하를 향해 뛰어갔다.

한 명의 여신관과 전사에게 부축받으며 간신히 걸어오고 있는 크샤스는 자신의 앞으로 달려오는 기사를 보며 간신히 말했다.

"자, 자네는 누군가……."

"친위 기사단 소속의 기사 란테드라 하옵니다."

"짐의 친위 기사단이라고… 윽……."

"폐하!"

크샤스는 아픈 몸을 간신히 버티며 란테드의 어깨에 손을 얹고는 떨리는 목소리로 말했다.

"라, 란테드 경… 짐이… 이곳을 향하던 중 기습을 받아… 경에게 못 볼 것을 보여주는군……."

"폐하!!"

크게 부상당한 몸으로도 그런 말을 하는 왕의 모습을 보며 란테드는 눈물이 앞을 가리고 있었다.

크샤스는 란테드를 보며 다시 무슨 말인가를 하려 했지만 더 이상 말을 잇지 못하고 기절하고 말았다. 그것을 보며 옆에 서 있던 여신관이 다급하게 말했다.

"란테드 경이라 하셨습니까?"

"예. 신관께서는……?"

란테드는 크샤스의 옆에 신관이 있는 것을 본 적이 없는지라 이름을 물어보려고 하는데 그녀는 란테드의 말을 끊으며 다급하게 말했다.

"현재 폐하께서는 적 마법사의 기습을 받아 끔찍한 저주를 받은 상태입니다. 해서 빨리 레허드 분지로 향해야 하니 란테드 경께서는 빨리 관문의 길을 열어주시길 바랍니다."

"저주!"

저주란 말이 놀란 란테드는 무릎을 꿇고 있던 자세에서 벌떡 일어나더니 뒤에 있는 병사들을 향해 소리쳤다.

"제1경비대는 관문을 열고, 제2경비대는 빨리 시내로 들어가 빠른 마차를 구해오도록 하라!"

"예!"

란테드는 마법사들이 레허드 분지에 있는 것을 알고 있기에 병사들을 독촉하여 일을 진행시켰고 5분도 채 되지 않아 육두마차가 준비되었다.

크샤스와 함께 온 일단의 전사들은 급히 크샤스는 마차에 태웠고, 여신관은 란테드를 보며 말했다.

"폐하를 습격한 마법사의 일행이 나타날 수 있으니 경께서는 관문을 철저하게 방어하도록 하십시오. 위급할 시에는 전에 했던 폐하의 명대로 일을 진행시키는 것을 잊지 말도록 하세요."

"예."

서슴없이 하대를 하는 여신관을 보며 상당히 높은 직위에 있는 신관일 것이라 짐작한 란테드는 고개를 숙이고는 말했다.

마차가 관문 안으로 사라지는 것을 확인한 란테드는 이제야 공적을 세울 기회가 왔음을 감사하고 있었다. 폐하의 몸을 상하게 한 악독한 마법사의 일당, 그들만 처리한다면 순탄한 길이 열릴 것이라 믿어 의심치 않는 란테드였다.

관문을 지나 대로를 빠른 속도로 빠져나가는 마차 안에서는 통쾌한 웃음이 멈추지 않고 있었는데, 그들은 바로 루드웨어의 일행이었다.

크샤스의 얼굴을 본 적이 있는 루드웨어는 그의 모습으로 폴리모프하여 멋지게 관문을 빠져나온 것이다.

"하하하하하! 란테드? 그 멍청이! 지금쯤 눈을 부라리며 있지도 않은 마법사를 기다리고 있겠지? 하하하!"

"이런 식으로 간다면 빠른 시간 안에 레허드 분지에 도착할 수 있겠군."

루덴스의 말에 유리마 역시 고개를 끄덕였다.

관문을 안전하게 빠져나온 일행은 크샤스 변장 마법을 사용하면서 이틀이 지난 후 레허드 분지에 도착할 수 있었다.

레허드 분지에서부터는 크샤스의 얼굴이 통하지 않는 하급 마물들이 막아서고 있었기에 사람들은 루드웨어의 지시에 따라 작전을 짜기 시작했다.

"어떡할까?"

"……."

물론 이 순간 모두가 믿었던 루드웨어는 역시나 아무 생각이 없었다. 주연으로서의 능력이라고는 마법밖에 없는 루드웨어를 밀쳐 내며 다크호스 루덴스가 입을 열었다.

"정면 공격."

"……."

생각이 없는 놈이었다.

마물까지 합하면 수만이 넘는 적들을 7서클 마법 봉쇄 지역에서 상대한다는 것은 정말 미친 짓이었기 때문이다.

그래도 그중에 좀 낫다 싶은 암흑 신관 유리마는 한참을 생각하다 입을 열었다.

"그냥 잘 숨어 들어가지 뭐."

역시나 생각없는 녀석이었다. 뭐 하나하나 훑어봐도 제대로 된 인물이 없다는 건 다 알고 있는 사실이기에 조금 나은 편에 속하는 유리마의 의견에 동의한 일행들은 말 그대로 잘 숨어 들어가기로 결정할 수밖에 없었다.

하지만 역시 늦었다. 넓은 분지라고는 하지만 그샤스가 이곳으로 데리고 온 마물의 숫자는 수만을 헤아리고 있어 들키지 않고 들어간다는 게 오히려 신기한 일이었던 것이다.

본격적으로 분지 안으로 잠입한 지 십 분도 되지 않아 일행은 큰 난관에 봉착하고 말았으니, 정말 그대로 어마어마한 수의 마물들에게 공격을 받기 시작한 것이다.

"크아악!"

정말 엄청난 수였다. 슬라임, 오크, 고블린, 코볼트, 리저드맨 등등… 셀 수도 없을 정도의 중하위급 마물들은 분지 안으로 들어선 루드웨어 일행을 덮쳐 오기 시작했다.

아직은 그 근처에 있는 마물들만이 공격하고 있기에 어느 정도는 견딜 수 있었지만, 시간을 지체한다면 더 많은 마물들이 몰려올 것이 분명했다.

일행들은 빠른 시간 안에 그들을 처리할 필요성을 느끼고 자기 능력으로 할 수 있는 최고의 힘을 써 마물들을 공격하기 시작했다.

　　"헬 파이어(루드웨어)!!"

　　"플라잉 피스트(아이샤)!!"

　　"다크 브레이브(루덴스)!!"

　　"헬 게이트(암흑 신관 유리마)!!"

　　"엘레스트라(물 최상급 정령)!! 실레스틴(바람 최상급)!! 샐래아나(불 최상급)!! 노에아넨(땅 최상급)!! 히에로스!! 앗!! 내가 미쳤나 봐! 이건 취소(헉! 정신의 정령왕… 어느 누구도 소환해 보지 못한 정령왕을 부르다니… 히에로스를 부른 소환사는 거의 대부분이 미치거나 광전사가 되어버렸다고 한다(시안))!!"

　　"그린 해츨링 브레스((?)로노와르 ㅠㅠ;)!!"

　　아무튼 자신만의 기술 이름을 외친 녀석들은 로노와르를 제외하고는 엄청난 파워를 자랑하는 기술로 공격해 들어오는 마물들을 무찔러 갔고, 조금씩 전진할 수 있었다.

　　하지만 철저한 인해 전술을 구사하며 몰려드는 마물을 계속 상대하다가는 마법력 고갈로 쓰러지는 것은 불을 보듯 뻔한 일이었기에 다른 방법을 강구하지 않으면 안 되었다.

　　사방에서 몰려드는 마물들을 마법으로 퇴치하던 루드웨어는 무슨 생각이 들었는지 옆에 있던 유리마를 보며 말했다.

　　"유리마! 프로텍션 프롬 파이어(불의 저항 주문)를 8서클 급까지 올려 사람들에게 걸 수 있겠냐?"

　　"지속 시간 10분."

　　"좋아. 시스, 크레이드, 나를 보호해라!"

루드웨어는 무슨 생각인지 유리마를 보며 프로텍션 프롬 파이어에 주문을 예약했고, 시스와 크레이드에게 자신의 곁으로 밀려오는 마물들로부터 보호를 부탁하며 주문을 외우기 시작했다.

언령까지 사용이 가능한 루드웨어가 5분 동안이나 주문을 읊조리며 마법력을 모으는 동안 다른 이들은 쉴 새 없이 밀려오는 마물들에게 조금씩 지쳐 가고 있었는데……

"파이어 월×2!!"

주문을 마친 루드웨어가 시동어를 소리치자 두 개의 불의 장벽이 일직선으로 분지 가운데로 뻗어 나가기 시작했다.

파이어 월의 경우 고위 마법사라도 보통은 10미터 정도에 그치고 마는 경우가 대부분이었지만, 루드웨어가 쓴 파이어 월은 쉴 새 없이 뻗어 나가는 듯했고, 그것을 보고 있던 유리마는 루드웨어가 무슨 생각을 하고 있는지 알겠다는 듯이 고개를 끄덕이더니 주문을 외웠다.

"프로텍션 프롬 파이어!"

유리마의 불 계열 마법 보호 주문이 일행에게 펼쳐지자 루드웨어는 후드를 뒤집어쓰며 소리쳤다.

"시간없다!"

두 개의 불 장벽 사이로 뛰어가는 루드웨어를 보며 일행들은 망토로 온몸을 감싸거나 후드를 눌러쓴 채 루드웨어의 뒤를 쫓아 들어갔다.

프로텍션 프롬 파이어가 불 계열의 마법에 내성을 주기 때문에 파이어 월의 뜨거운 기운을 어느 정도 막아주고는 있었지만 완벽한 보호는 불가능하기에 일행들은 뜨거운 고열을 견디어내야 했다.

하지만 수많은 마물들을 상대하며 마나와 체력의 고갈로 죽는 것보다는 나았기 때문에 루드웨어의 기지에 탐복할 수밖에 없었다.

한편 루드웨어의 일행이 떠난 지 얼마 되지 않아 마령의 1차 정벌군은 사이온 항구의 북쪽 평원에서 북극령의 10만의 병력과 충돌했다.

하지만 2만을 약간 넘는 마령의 정벌군에 비해 5배나 되는 북극령의 군대와 대치하고 있음에도 로우나나 크렌 등은 별로 두려워하는 기색은 보이지 않았다. 이미 첫 번째의 접전을 치렀기 때문이다.

북극령의 군대는 마령의 군대의 위치를 확인하자마자 기습 공격을 감행했지만, 그 전투에서 마령군은 루드웨어가 인첸터한 마법 화살들과 마법사들의 공격 마법을 사용하여 북극령군에게 1만 정도의 피해을 입히고 퇴각시킬 수 있었다. 처음의 기습이 실패하자 북극령군은 섣불리 공격을 하지 못하고 마령군과 대치하고 있는 상황이었다.

"엄청난 숫자군요."

"예. 저들은 세뇌당한 마물들을 이용할 수 있으니까요. 아마 프레드 백작이 이끄는 사병 5만을 제외하곤 모두 세뇌당한 마물들로 이루어진 군대일 겁니다."

"숫자로 밀고 들어오지 않는 것이 그나마 다행입니다. 그렇게 된다면 아무리 루드웨어 공께서 인첸터한 마법 화살이 있다고 해도 순식간에 밀릴 것입니다."

"적도 그런 생각을 하고 있겠지요. 다만 지금은 생각지도 못한 무기에 의해서 잠시 당황한 정도일 겁니다. 얼마 안 있어 총공격을 감행하리라 생각됩니다."

로우나의 말에 크렌 장군은 총공격의 시간을 기다리는 듯한 인상을 보이며 말했다. 마치 전쟁이 즐겁다는 듯한 표정을 짓는 그를 보며 로우나는 미소를 지었다.

"장군께선 전쟁을 즐기시는 것 같군요."

"설마요. 전쟁을 즐기는 이는 아무도 없을 겁니다. 다만 저의 경우는 이곳의 전투에서 새로운 기분을 느낀다 뿐이지요. 극도로 불리한 전투를 벌여야 한다는 것이 저의 투쟁심을 끌어 올려주니 말입니다."

"장군의 용맹을 기대해야겠군요."

"아직 초반인데 제가 나설 자리가 있겠습니까. 오히려 로우나님의 활약을 기대합니다. 마법 병단에서 준비한 안개 작전을 멋지게 성공시키는 모습을 말입니다."

"열심히 할 따름이지요."

평원의 한쪽 면을 뒤덮은 북극령의 군대를 보고 있는 로우나와 크렌의 눈에 조금씩 저녁 안개가 대지를 감싸고 있는 것이 보였다.

안개 작전. 북극령 측이 숫자의 우위를 점하고 있는 상황에서 분명히 많은 수의 병사들을 믿고 공격해 올 것을 예상하고, 초반에 어느 정도의 기를 꺾어놓아야 한다고 생각한 칠인회의 회주 로우나가 제안한 작전으로 신무기에 후퇴한 북극령군이 총공격 시간을 놓쳐 버린 탓에 차후에 있을 공격은 밤을 틈타 해올 것을 예상한 작전이다.

현재 평원에 짙게 깔려져 있는 안개는 사실 마법사들이 인공적으로 만들어낸 것으로 마법 병단은 이것을 이용하여 북극령군을 함정으로 끌어들이려 하는 것이다.

"회주님, 명령하신 대로 디그를 사용하여 안개 사이로 오백 개 정도의 함정을 만들었습니다."

로우나는 마법사들의 보고를 듣고는 고개를 끄덕이며 말했다.

"좋아. 그렇다면 이제부터 움직이도록 하지. 우리 편이 함정에 빠지는 일이 없게 표시는 해두었겠지?"

"예, 마법사들만이 볼 수 있게 약간의 마나장을 쳐두는 것을 잊지 않았습니다."

"잘했다. 가자."

로우나가 이끄는 일련의 마법 병단은 북극령의 군대가 위치한 곳에 이르렀다.

"인트라비젼."

인트라비젼을 사용하여 로우나는 적이 진군 준비를 하고 있는 것을 볼 수 있었다.

군대의 진열이 어느 정도 정비되어 있는 것으로 본다면 적어도 2시간 안에는 마령군에 대한 총공격이 가능하게 보였다.

'다행이군. 녀석들의 진군 시간 전에 도착했으니 말이야.'

로우나는 때맞춰 도착한 것에 가슴을 쓸어 내리며 준비한 작전을 시행하기로 마음먹었다.

"전 마법사들은 마령에서 빌려온 활을 북극령의 군대를 향해 겨누도록 하라."

로우나 회주의 지시에 따라 마법사들은 등에 차고 있던 활을 꺼내어 안개 속에서 진군을 하고 있는 북극령군을 향해 겨누었다. 하지만 활을 쏴본 이는 극히 드물었기에 한눈에 봐도 엉성한 것이 눈에 들어왔다.

자신들의 엉성한 자세를 보며 우왕좌왕하고 있는 마법사들을 보며 로우나는 고개를 저으며 말했다.

"잘 쏠 필요는 없다. 북극령군에게 적들이 기습해 왔다는 것 정도만 보여주기 위함이니까."

"예."

전문적으로 활을 쏘는 궁병들이 아닌 관계로 마법사들이 쏘는 화살의 사정 거리는 궁병들의 반도 채 되지 않았다. 그렇기에 로우나는 숨죽이며 적이 눈앞에 오기만을 기다리고 있었는데, 그 긴장감은 뭐라 말할 수 없을 정도로 짜릿했다. 자신도 모르게 그녀의 입에서 미소가 지어질 정도로.

어느 정도의 거리가 되자 로우나의 지시가 떨어졌고, 수십 명의 마법사들은 활을 쏘아대기 시작했다. 마법사들이 가지고 있는 화살은 루드웨어가 인첸터한 마법 화살인지라 화염 폭발을 일으키며 북극령의 군대를 교란시키기 시작했다.

애석한 것은 화살을 쏘는 이들이 마법사인지라 정확도는 형편없었고, 간간이 근처에 떨어뜨리는 마법사들도 있었기에 로우나로서는 골이 아프지 않을 수 없었다.

"마령의 기습이다!"

"폭발 화살이다!"

처음의 전투에서 폭발 화살의 위력을 실감했던 북극령의 군대는 엉성하기는 하지만 마법사들의 폭발 화살의 공격을 받으면서 우왕좌왕하기 시작했다.

다행히 북극령군에도 뛰어난 장수들이 있었는지 소란이 크게 일어나기 전에 병사들은 진정되었다.

"난 프레드 백작의 부관인 크로드다. 전군은 진열을 가다듬고 기병들을 정비하여 적이 공격한 방향으로 돌진하게 하라."

크로드 부관의 말에 따라 만여 명 정도의 기병들이 마법사 쪽으로 진군하기 시작했다.

하지만 여기서 어이없는 일이 벌어지고 말았으니, 크로드가 지휘하는 북극령의 기마군은 활이 날아오고 있는 방향을 유추하여 대각선을 그리며 옆으로 돌아 궁병의 옆구리를 치려고 했지만, 한 가지 예상 못한 일이 있었기에 기습 장소가 완전히 달라지고 만 것이다.

바로 활의 사정 거리. 크로드 백작은 폭발 화살이 떨어지는 장소를 보통 궁병의 사정 거리로 생각하여 마법사들이 있는 곳에서 멀리 떨어진 곳으로 기마군을 몰아가는 실수를 한 것이다.

안개로 인해 시야가 트이지 않음으로 해서 발생한 실수인 것이다.

"그만 1차 텔레포트 지역으로 자리를 옮겨라."

"예."

로우나 회주의 명령에 따라 마법사들은 텔레포트를 사용하여 1차 텔레포트 지역으로 자리를 옮겼다.

2차 텔레포트 지역은 화살 공격을 한 곳에서 약 오백 미터 정도 떨어진 지역이었다.

인트라비젼을 사용하여 기병들을 살펴보자, 자신들이 있었던 장소에서 말을 몰고 있는 기마군의 모습이 드러났다.

아마 활을 쏜 자의 모습을 찾지 못하고 안개 속을 헤매고 있으리라 생각한 로우나는 두 번째 공격을 시도했다.

"파이어 볼을 사용한다."

마법 화살과 파이어 볼은 위력 면에서는 차이를 보이고 있었지만, 더욱 중요한 것은 그 정교함의 차이였다. 미숙한 마법 화살에서 파이어 볼로 바뀌자 마법사들의 공격은 정확히 기병들의 사이를 헤집고 들어가 상당한 피해를 준 것이다.

순식간에 반수 이하의 기병들이 당하자 당황한 기병대장은 후퇴를 지시했는데, 다행히 그런 기병들을 원조하기 위해 다시 일만 정도의 기병들이 원군으로 나서 북극령 총기병의 수는 만 육천 정도의 대군으로 변했다.

　"2차 텔레포트 지역으로 가자!"

　대군이 자신들을 향하여 빠른 속도로 진군하는 것을 본 로우니는 마법사들에게 지시하여 2차 텔레포트 지역으로 피했다.

　2차 텔레포트 지역은 디그를 사용하여 만든 함정의 뒷부분으로 1차 텔레포트 지역과는 1킬로미터 정도의 거리에 있었다.

　"파이어 애로우 발사!"

　장거리의 공격이 가능하고 서클에 따라 많은 수가 가능한 파이어 애로우는 또다시 기병들에게 쏘아졌다. 안개 때문에 마법 화살로밖에 보이지 않는 기병들은 점점 궁병들의 수가 많아지는 것을 느끼며 적에게도 원군이 왔다고 생각했다.

　하지만 자신들과 마찬가지로 안개 속에서는 정확한 조준이 불가능하다고 생각한 기마군은 화살이 날아오는 곳을 향하여 전속 전진을 지시했다.

　하지만 인트라비젼을 사용하여 파이어 애로우를 쏘는 마법사들의 마법은 하나하나가 정확하기 그지없었기에 기마군은 안개 속에서 아군이 파이어 애로우에 맞아 땅에 떨어지는 줄도 모르고 전진하고 있었고, 또 얼마 안 있어 그런 파이어 애로우보다 더한 문제에 봉착하며 북극령의 기병들은 아비규환에 빠지기 시작했다.

　짙은 안개 때문에 앞이 잘 보이지 않는 상황에서 진군을 명령한 기병들은 언젠지 모르게 사라지는 것처럼 마법사들이 만들어놓은 함정에 빠지며 사라져 간 것이다.

주위에 있는 함정에 빠져 동료들이 꺼지듯이 사라지자 당황한 기병들은 말을 몰지 못하고 일대를 헤매이다가 역시 다른 함정에 빠져 죽어갔고, 이어 밀려오는 다른 기병들은 현 상황을 파악하지 못한 채 도미노처럼 함정에 빠져들기 시작한 것이다.

"이때다! 자기가 사용할 수 있는 최고의 공격 마법을 사용해서 공격하라!"

함정 때문에 우왕좌왕하며 진군의 기세를 놓친 기병들은 있을지 모르는 함정을 생각하며 자리에서 움직이지 못하고 있었는데, 그것을 이용하여 마법사들이 마법이 몰아치기 시작했다.

수많은 마법들이 난사되는 곳에서 북극령의 기병들은 후퇴하다 다시 함정에 빠져 죽는 자들이 속출했기에 많은 수를 잃고서야 간신히 아군의 진지로 물러갈 수 있었다.

이 안개가 자욱한 날의 전투는 북극령의 군대의 약 일만 오천 정도의 기병을 어이없이 잃게 만들었고, 사기가 극도로 저하된 북극령군은 밤을 이용한 기습을 포기하며 후퇴할 수밖에 없었다.

하지만 이번 전투에서 로우나는 결과에 만족하지 않고 있었다. 이번 북극령의 싸움에서는 자신들이 지켜야 할 것들이 있기 때문이었다.

그것을 살펴보면 첫째, 피해를 최소한 줄여야 한다. 이곳에서 죽은 마물들의 어둠의 기운은 모두 크레이져의 힘으로 돌아가기 때문이다. 이것은 크레이져로 인한 윤회의 법칙 붕괴에서 일어난 일로, 악의 기운이 가득 찬 이곳 마령에서의 죽음은 윤회의 사슬로 그들을 다시 마계에서 태어나게 하는데, 북극령에선 마계의 신 크레이져가 봉인되어 있기 때문에 거리가 멀고 힘이 약해지고 있는 마계보다 힘의 주축인 크레이져가 있는 봉인 지역으로 흘러 들어가는 것이다.

둘째, 최대한 시간을 끌어야 한다. 분지로 가는 루드웨어 일행에게 북극령군의 시선이 돌아가지 않도록 해야 하기 때문이다.

셋째, 마령의 주력군인 마물 병사를 사용하지 못한다. 이는 첫 번째와 같은 경우로, 마물들 간의 싸움에서 벌어지는 어둠의 기운도 크레이져의 힘으로 돌아간다. 같은 종족들 간의 싸움은 신의 법칙에서 어긋나기 때문이다. 보통의 인간들끼리의 전쟁 역시 그만큼 많은 어둠의 기운을 내뿜고 있는 것을 볼 수 있는데, 전쟁터에서 시체의 조종자인 네크로멘서가 판을 치는 이유가 그것이다.

이틀 동안의 전투로 4만의 피해를 주었다고는 하지만 적은 이들만이 아니었다. 아직도 다가올 적의 숫자는 마령의 열 배 이상을 훨씬 넘어서는 숫자가 남아 있는 것이다. 물론 북극령의 70만 대군이 모두 전쟁터에 나오지는 않을 테지만, 상당수의 군대는 마령의 침략군을 응징하기 위해 출전할 것이다.

"현재 북극령 프레드 백작의 군대의 피해는 어제와 오늘 새벽의 전투까지 전사 3만, 부상 2만 정도로 조사되고 있습니다."

크렌 장군은 정찰병의 보고를 들으며 생각에 잠겼다. 분명 3만이 안 되는 병력으로 이 정도의 성과를 올렸다는 것은 상당한 전과라고 할 수 있지만, 이번 전쟁의 목표는 전투에서의 완전한 승리가 아닌 시간과 주목 끌기였다.

"아마 3일 내에 후방에서 상황을 지켜보던 안트워 공작의 본군이 밀어닥치겠군요."

로우나의 말에 크렌 장군은 고개를 끄덕이며 말했다.

"프레드 백작의 힘이 부족하다는 것을 알았을 테니까요. 그나저나 큰일이군요. 안트워 공작의 본군의 수는 24만 명. 거의 대부분이 하급 마물들이라고는 하지만 무시할 수 없는 숫자이니까요."

"이번 승리가 더 큰 위험을 끌어들인 꼴이 된 것 같군요."

"그렇게 된 것 같습니다. 하지만 본군의 진입이 이틀 정도 빨라진 것뿐이지 않습니까. 어차피 예상했던 일, 조금 더 견뎌보도록 하지요."

크렌 장군은 안 좋은 상황 보고에 찌푸린 얼굴을 한 로우나 회주를 보며 웃음을 지어 보였다. 전쟁을 통해 서로 간에 유대감이 생긴 것이다.

둘이 함께 힘을 합치면 북극령의 군대도 어렵사리 막아낼 수 있다고 생각하는 크렌 장군이었는데, 모든 이의 예상을 뒤엎는 북극령의 공격이 갑작스럽게 벌어지고 말았다.

"각하!!"

"무슨 일이냐."

갑자기 작전 회의실 안으로 한 명의 전령이 급하게 뛰어 들어오자 크렌은 미소를 멈춘 채 싸늘한 얼굴로 말했다.

"비, 비병입니다!!"

"비병?!"

대륙의 국가 중 비병을 가지고 있는 국가는 그리 많지 않다. 대륙의 역사에 초창기의 비병은 와이번 기사대뿐이었다. 야생 와이번을 길들여 기사들이 타고 다니던 것으로 기마대보다 월등한 이동 속도와 공격 능력을 가지고 있었다. 하지만 야생 와이번은 길들이기가 어려웠고, 그에 따른 돈도 상당히 많이 투자되었기에 현재에 와서 길들여진 와이번으로 기사대를 조직하고 있는 것은 남방의 마법 대국 알렌하비스트 왕국뿐이었다.

하지만 이전까지는 이러한 와이번 기사대는 특수 기사대의 이름으로 존재하였지, 일개 병사로서 활약되는 것은 아니었다.

비병이란 개념이 본격적으로 출현한 것은 마령의 건국 전쟁 때부터로 루덴스는 하늘을 날 수 있는 마물들을 병사로 삼아 현재의 마령 땅을 획득한 것이다.

이것은 마물들을 다스릴 수 있는 고위 마족들이 존재하는 마령이기에 가능한 것이었다.

마령의 와이번들은 야생 와이번들로, 강한 힘을 통해 와이번에게 복종을 얻어낸 마족만이 사용할 수 있었다. 마령에서는 그들을 마룡기사단이라 부르고 있는데, 마령의 마룡기사단에 들어갈 수 있는 자격은 상당히 까다롭다 할 수 있었다. 이런 여러 가지 이유로 알렌하비스트의 와이번 기사대와 마령의 와이번 기사대는 질적으로 상당히 다르다고 할 수 있었다.

와이번 기사대를 제외한 비병들은 현재까지 마령만의 독특한 병과로 남아 있었는데, 마물을 병사로 쓰고 있는 북극령에서 드디어 비병을 출현시킨 것이다.

"세뇌를 통한다면 충분히 비병을 만들어낼 수 있으리라 생각은 했습니다만… 당혹스럽군요."

크렌 장군과 로우나 회주가 밖으로 나왔을 때는 이미 한창 전투가 중반에 이르고 있을 때였다. 시커멓게 하늘을 뒤덮고 있는 수많은 마물들과 와이번 기사대들은 급하강식의 공격을 통해 마령군을 공격하고 있었고, 이에 맞서 마령군은 궁병들의 화살과 경장갑 기병들이 한

면씩 호위를 맡는 2인 1조의 마법 화살 공격과 칠인회의 마법 병단이 대공 공격을 맡고 있었지만 상당한 피해를 입고 있었다.

마령의 궁병들이 지니고 있는 화살이 마법 화살이기는 하지만 흑조 기사단처럼 공중에서 비병들을 날려 버릴 만한 화염 폭풍을 일으키는 것은 아니기 때문에 마법 화살의 공격은 맞지 않는 한 비병들에게 그리 큰 효과를 주지 못하고 있었다.

크렌 장군은 어느 정도 비병의 출현은 예상하고 있었지만, 북극 비병들의 공격은 적의 최후의 한 수라고 생각해 왔기에 예상외로 그들이 초반부터 강력한 힘으로 밀어붙이자 당황했다.

"아마 크샤스가 저희의 의도를 알아챈 것 같군요."

로우나의 말에 크렌 장군은 고개를 끄덕이며 수긍했다. 대륙의 모든 국가가 마령을 두려워하고 있던 가장 큰 이유 중 하나가 비병이라는 것을 아는 크샤스가 대륙 정복의 회심의 수로 가지고 있던 비병을 초반에 투입한 것이다. 그것은 다분히 루드웨어가 꾸미고 있는 계획의 의도를 알아챘다고 보는 것이 정확했다.

"그나저나 루드웨어님의 인첸터 마법으로 이번 공격은 대충 넘어가긴 하겠지만 피해는 상당하겠군요."

북극령에서 이번 전투에 투입한 비병의 숫자는 대략 2만 기. 마령의 현재 병사 수와 비슷한 병력을 투입했기 때문에 3,000 정도에 지나지 않는 궁병들로는 상당한 피해를 감수해야 했다.

두 시간 정도의 치열한 공방전이 끝난 후 북극령의 비병은 어느 정도 피해를 입고 후퇴했지만 마령의 피해도 만만치 않았다.

칠인회 마법 병단 500명 중 123명 사망, 212명 중경상, 마령의 군대 2만 명 중 사망 3,500여 명, 중경상 7,800여 명으로 숫자가 적은 마령으로서는 참담한 결과라고 할 수 있었다. 물론 북극령의 비병들의 피해는 그보다 배나 더 많았지만 그 정도의 피해가 적에게 줄 수 있는 효과는 매우 적다고 할 수 있었다. 오히려 적들은 마물들로 이루어진 병사로 마령의 군대에 상당한 피해를 준 것에 기뻐하고 있을 것이다.

북극령에서는 세뇌를 통해 마물들을 자국의 병사로 사용하고 있지만 마령에게 자국을 빼앗기고 이주해 온 사람들이 세운 나라인지라 마물에 대한 인식은 상당이 안 좋은 편에 속했다. 이런 이유로 수많은 마물 병사들이 죽었다고 해도 눈 하나 깜짝하지 않는다.

"마령 특유의 빠른 공격이 불가능한 지금 남아 있는 병사로는 안트워 공작의 본군은 고사하고 프레드 백작의 군대조차 상대하기 어려울 것 같습니다."

크렌 장군의 부관 안티아노는 전황이 안 좋아지자 불안한 기색을 보이며 보고했다. 사실이었다. 비병들의 공격으로 사기는 극도로 떨어졌기 때문이다. 자군에 있을 때는 승리의 보증 수표로 보이던 비병의 강력한 공격력은 직접 당하고 난 병사들에게 상당한 충격으로 다가왔던 것이다.

"사라덴 경의 지원군이 오기만을 기다려야 한단 말인가?"

"소관이 생각하기엔 현재로써는 그것이 최선의 방책이라 생각됩니다."

"음……."

안티아노의 이야기를 들으며 한참 생각에 잠겨 있던 크렌 장군은 결정을 내렸는지 지휘봉을 들고는 자리에 일어났다.

"안티아노."

"예."

"더 이상의 방어전은 없다. 전군에 진군 대기 명령을 내려라!"

"장군님!"

안티아노가 놀라 외치자 크렌은 고개를 저으며 말했다.

"방어전만을 고집하며 더 이상의 피해를 늘릴 순 없다. 일관된 방어전으로는 2차 정벌군이 오기 전에 패배는 자명한 것. 루덴스 폐하께서도 이해하실 것이다."

"알겠습니다."

크렌 장군의 단호한 의지를 확인했는지 안티아노도 명령을 받들며 회의실을 빠져나갔다.

"힘들다는 것은 알지만, 마법 병단으로 하여금 평원에 마법 안개를 깔아주시면 감사하겠습니다."

"예. 크렌 장군께서 결전을 생각하신다면 저희 칠인회에서도 최선을 다하여 도와드리도록 하지요."

크렌 장군. 그는 비병들의 공격 이후로 시종일관 유지해 오던 방어적인 전략을 변경, 드디어 공격적인 작전으로 돌아서기 시작했다.

29장 전투

마령군 측의 현 상황은 이렇다.

중장갑 기병 약 1천 기, 경장갑 기병 약 2천 기, 중장갑 보병 약 3천 기, 경장갑 보병 약 3천 기, 궁병 약 2천 기로 총 11,000기 정도였다.

부상자가 7,800명이나 되면서도 이 정도의 숫자를 맞출 수 있었던 것은 로우나의 마법 병단의 치료 마법이 상당한 도움이 되었던 탓이다. 하지만 그렇다고 해서 그 인원의 전력이 정상적인 건 아니었다. 몸을 어느 정도 움직일 수 있는 병사들이라면 모두 이 작전에 투입되었는데 이렇게 마법적 치료를 겸하면서도 부상자를 투입할 수밖에 없게 된 이유는 숫자의 부족과 크렌 장군이 칠인회에 부탁한 안개 마법, 즉 평원에 안개 마법을 사용해야 했기 때문에 서클이 높은 치료 마법은 사용할 수 없었기 때문이다.

정확히 상황을 설명하면 출전 인원 중 3천여 명 가량은 몸이 정상이 아님에도 출전한 것이다. 그 외의 나머지 인원은 현재 주둔 기지에서 부상으로 누워 있었다.

"상당히 무리하게 되는군요."

크렌 역시 완벽하지 않은 병사의 상태에서 전투를 감행한다는 것이 상당한 무리임을 알고 있었지만 어쩔 수 없는 선택이었다.

이 상황에서는 차라리 공격이 최선의 방어책이 될 수 있기 때문이다.

"마법 병단 중 50여 명 가량이 협조할 겁니다."

"고맙소. 그럼 이만."

크렌은 로우나에게 감사의 인사를 한 후 자신의 애마 애브로시아에 올라타 진영의 앞쪽으로 말을 몰았다.

진영의 앞쪽에는 그의 부관 안티아노를 포함한 마령 1급 기사 십여 명이 크렌 장군의 지시를 기다리고 있었다.

크렌은 자신들의 뒤쪽으로 진형을 이루고 있는 병사들을 보며 마나를 돋우어 소리쳤다.

소드 마스터에 달하는 실력을 지닌 크렌이 지르는 목소리는 만 천여 명에 달하는 모든 장병들의 귀에 또렷하게 들리고 있었다.

"마신 라스타님의 수호를 받으며 루덴스 폐하의 은총을 받고 있는 마령의 병사들이여! 들어라!! 우리에게 진정한 자유를 안겨준 마계는 현재 북극의 악적 크샤스로부터 위협을 받고 있다! 크샤스는 우리에게서 삶과 자유, 그리고 유일한 구세주이신 루덴스님을 없애려 한다. 우린 현재 그 악적의 음모를 막고자 이 땅에 서 있다! 어찌할 것인가! 루덴스님께 받은 무한한 은혜를 저버릴 것인가, 아니면 은혜를 갚고자 노력할 것인가! 제군들이여! 제군들은 결코 살아 돌아가지 못할 것이다! 나 역시 이곳에서 살아 나가지 않을 것이다! 나에게 삶이란 것은 무한한 은혜에 보답하여 죽을 수 있는 길이기 때문이다. 두려움을 느낀다면 지금 이 시간 물러나도 좋다. 하지만 두려움을 벗어 보은의 길을 택할 수 있는 자들이 있다면, 나와 함께 그 은혜를 보답할 수 있는 길로 떠나자! 그리고 내세에 무한한 은혜를 벗어던져 진정한 마음으로 마계의 일군으로 마신 라스타님과 루덴스 폐하를 위해 다시 일할 수 있는 길을 떠나도록 하자!! 마령의 수호자며 대륙의 영웅이신 루덴스 폐하 만세!!"

크렌 장군이 만세를 외치자 순식간에 마령의 모든 군병들은 무기들을 높이 올리며 만세를 외치기 시작했다. 그들에겐 이제 두려움은 없었다. 지금 죽는다 해도 마계에서 다시 태어나 마신 라스타와 루덴스님을 따를 수 있다면 차라리 싸우다 죽는 길을 택하겠다는 생각이 가득 차 있는 것이다.

크렌 장군의 연설과 마령의 병사들의 진군 모습을 구경하러 나온 라디안은 이 광경이 놀랍기만 했다. 한 인물에 대한 맹목적이 충성, 그것은 신성 제국이라고 일컬어지는 로아냐드 제국에서도 결코 찾아볼 수 없는 그런 모습이었기 때문이다.

"마령 국민의 암흑의 황태자 루덴스에 대한 충성은 거의 사교 집단의 광교도에 가깝다고 해도 과언이 아니구나."

라디안의 옆에서 같이 연설을 보고 있던 로우나는 놀라고 있는 라디안을 보며 말했고 라디안은 고개를 끄덕이며 수긍했다.

"루덴스가 탁월한 능력으로 마령의 모든 백성들에게 추앙받고 있다는 것은 알고 있었지만, 지금의 모습은 마치 현세에 살아 있는 구세주를 추앙하고 있다는 그런 느낌이군요. 이지적인 크렌 장군님까지

저렇게 맹목적일 줄은… 아마 일반 평민들은 더 광적이겠죠?"

"그럴지도. 옛날에 루드웨어님은 마령에 대해서 이렇게 말씀하신 적이 있었지. 마령이 대륙의 모든 국가들의 공격으로 멸망한다 해도, 한 사람의 백성이라도 살아 있다면 진정한 의미의 마령은 멸망한 것이 아니다라고 말이야. 그때는 몰랐지만 지금은 어느 정도 알 것 같구나."

백 년이란 시간, 대륙에서 가장 역사가 짧은 국가인 마령이지만 현재 마령은 천 년이 넘어가는 대륙의 어느 국가보다도 국민의 충성심으로 뭉쳐진 국가였다.

이러한 사례는 후에 제2마령 건국 전쟁에서도 나타난다. 중제의 제국 레더스와 일전을 겨루는 마령의 병사들은 죽지만 않는다면 어떤 부상을 입어도 적군에게 덤벼드는 거의 광전사 수준이었다. 그 전쟁에서 레더스의 장군들은 그들을 광전사의 군대라고 불렀다.

여기서 잠시 마령의 이름 유래에 대해서 설명하자면, 왜 마령이라 부르는가? 마국이나 마제국이라고 하는 것이 맞지 않는가 생각할 것이다.

다른 국가들은 ##왕국, ##제국, ##법국 등으로 '국'이란 이름으로 끝나는데 왜 마령은 '령'이란 이름으로 끝나는가는, 이것은 현 대륙의 상황을 보면 알 수 있다.

현재 대륙은 신성 국가들로 이루어져 있다. 신성 국가가 아닌 곳은 로아냐드 동부의 야만족이라고 일컬어지는 소수 부족인 유온 족뿐(유온 족은 유목 민족으로 토속 신앙을 믿고 있다), 거의 모든 국가가 신성 국가 체제로 이루어져 있다. 그렇기 때문에 국가로 인정받으려면 교황의 승인과 신성 제국의 승인이 필요한데, 마령의 경우에는 교황의 승인이나 제국의 승인을 받을 수 없기 때문에 마령이라고 부르는 것이다.

앞에서 설명한 것은 타국이 마령을 부를 때 쓰는 예이고, 또 다른 이유가 한 가지 더 있었는데, 이것은 마령의 국민들 역시 자신들의 땅을 마령이라고 부르는 데 있다. 마령의 또 다른 뜻은 마계의 다른 영지, 즉 인간들이 사는 이 대륙에 있는 마족의 영지란 뜻이다. 물론 실제적으로는 마신 라스타를 믿는 신성 국가로 루덴스란 왕이 있다고 하는 것이 정확하다고 할 수 있다.

북극령의 경우에는 하나의 국가로 국민 전체가 아리시아 성교회 및 나머지 4개의 성교를 믿고는 있지만, 세뇌라곤 해도 마물을 병사로 부리고 있어 교황과 제국에게 승인을 받지 못한 상태이기에 북극령이라 부르고 있는 것이다.

한편 파이어 웰 더블 사이로 간신히 첫 번째 중하위급 마물 지대를 벗어난 루드웨어 일행은 모든 이들의 추적에서 벗어나 울창한 밀림을 조심스럽게 통과하고 있었다.

첫 번째 중하위급 마물들이 있는 곳이 보통의 숲과 같다면 이곳은 열대 지역에서와 같이 밀림으로 이루어져 있었고, 분지의 안쪽으로 가는 곳에 위치해 있는 것으로 보아 중급이나 상급 정도의 마물들이 살고 있을 확률이 높았다.

숲을 헤칠 수 있는 검을 가지고 있는 사람은 루덴스와 크레이드 둘밖에 없었지만 마령의 왕이라고 할 수 있는 루덴스에게 밀림을 헤치며 나아가라고 할 수 없었기에 크레이드가 선두에 서서 앞을 가로막고 있는 열대 식물이나 덩굴 등을 헤치며 나아가고 있었다.

"후, 완전히 열대성 기후 아냐."

로노와르는 추운 북극령에 들어오면서부터 계속 껴입었던 옷을 하나씩 하나씩 벗어 던져 버린 후에도 더운지 손으로 부채질하며 밀림을 헤쳐 나가고 있었다.

두꺼웠던 옷은 이제 홑옷 하나만을 남기고 있는지라 여기저기 달려드는 곤충들 때문에 여간 귀찮은 것이 아니었다.

"레허드 분지는 신의 손길이 미치지 않는 곳이다. 일종에 치외 신권 지역이라고나 할까? 지금 이곳에선 뜨거운 열기가 푹푹 찌지만, 한 발짝 앞이 추운 겨울일 수도 있다는 거지. 아마 사막 지역도 있을걸?"

"분지가 맞긴 맞는 거야?" ·

"물론! 다만 분지 하나가 작은 국가 하나의 크기와 맞먹는다는 것이 문제지."

루드웨어의 말에 로노와르는 한숨을 푹 쉬었다. 수많은 마물들이 넘쳐 나는 것도 버거웠지만 이렇게 날씨가 뒤죽박죽인 곳도 버거웠기 때문이다. 더워서 옷을 다 버려 홑옷 하나뿐인데 얼마 안 있다 추운 날씨로 바뀐다면 어떡할 것인가.

'뭐, 춥게 변하면 루드웨어 로브나 뺏어 입어야겠다!'

로노와르가 이런저런 생각을 하면서 걸어가고 있을 때 갑자기 선두가 멈춰 섰다.

"뭐지?"

일행이 갑자기 멈춰 서자 선두에 선 크레이드를 보며 로노와르가 물었는데 크레이드는 손을 들어 조용히 하라는 수신호를 보내고는 무엇인가에 집중한 채 소리를 들으려 하고 있었다.

한참을 듣고 있던 크레이드는 뒤쪽으로 두 개의 손가락을 펼쳐 보이고 다시 3개의 손가락을 들어 보였다. 이것은 적이 나타났을 때 약속했던 수신호로, 처음 신호는 레벨, 두 번째는 수를 말한다. 즉, 중위급 마물 세 마리가 전방에 있다는 뜻이었다.

루드웨어는 텔레파시를 통해 시안에게 말했다.

[한 번에 처리해라, 시안!]

시안은 정령사이자 도둑 출신 엘프였기 때문에 단검을 잘 사용하였다. 이런 곳에서 마법을 사용하다가는 디텍드 마나에 걸리기 때문에 루드웨어는 비검을 사용할 수 있는 시안을 부른 것이다.

시안은 루드웨어의 텔레파시에 고개를 끄덕이며 앞으로 나갔고, 그 뒤로 크레이드와 시스가 여차하면 뛰어들 준비를 했다.

잠시 후 오른손에 세 개의 단검을 쥔 시안은 마물을 향해 검을 던졌고 조용한 숲에서 세 개의 물체가 넘어지는 소리가 들렸다.

시스와 크레이드는 재빨리 앞으로 뛰어가 시체를 살펴보았고 죽었다는 것을 확인하자 크레이드가 말했다.

"시안, 비검 솜씨가 늘었는걸? 리저드맨 세 녀석의 목에 정확하게 단검이 박혀 있으니 말이야."

리저드맨은 도마뱀 같은 녀석으로 밀림에 서식하는 마물인데, 중급치곤 약하기는 하지만 밀림에서만큼은 다른 중급보다 한 단계 빠른 몸놀림으로 적을 공격하는 귀찮은 녀석들이다.

"이제부터 조금씩 적들이 나타날 것 같으니까 정신들 차리라고. 특히 로노와르."

"왜 또 나야."

"아까부터 투덜투덜거리기만 하고 조심성이라고는 눈곱만치도 보이지 않잖아."

루드웨어의 말에 로노와르는 다시 투덜투덜거렸지만 뭐라고 반박할 말도 없어 조용히 자기 자리로 걸어갔다.

"아이샤, 봉인 지역까지는 얼마 정도 남은 것 같냐?"

아이샤는 천계의 신을 믿는 신관이기 때문에 천신 레이뮤의 봉인 지역에서 나오는 힘을 어느 정도 느낄 수 있었다.

"점점 더 힘이 약해져서 자세히는 모르겠지만 대략 20킬로미터 정도 남은 것 같아."

"20킬로미터라… 서둘러야겠다. 힘이 미약해진다는 것은 그만큼 봉인이 풀려가고 있다는 거니까."

루드웨어의 말에 일행은 다시 제자리로 돌아가고 크레이드는 검으로 밀림을 헤치며 앞으로 다시 나아갔다.

평지에서의 움직임이야 별로 문제가 될 것은 없었지만 밀림에서 나무들과 덩굴들을 헤치며 나가는 것은 많은 어려움이 따르고 있었다.

크레이드가 상당한 실력을 지니고 있는 파라딘이라고는 하지만 1킬로미터 정도를 그렇게 앞으로 나가자 지쳐 가기 시작했다.

"크레이드, 잠깐 쉬도록 하세."

루드웨어의 말에 크레이드는 가쁜 숨을 몰아쉬며 자리에 풀썩 주저앉았다.

'이런 식으로 앞으로 가다간 싸우기도 전에 지쳐서 쓰러지겠군.'

이런저런 생각으로 루드웨어가 고민하고 있을 때, 그의 그 고민을 알았는지 암흑 신관 유리마가 그의 옆으로 다가왔다.

"나에게 맡겨줄 수 있겠나?"

"유리마, 뭐 하려고?"

"내가 길을 한번 뚫어보겠네."

"어줍잖은 수는 쓰지 말라고. 이 지역은 조용히 빠져나가는 게 제격인 것 같으니까."

"네놈의 걱정은 다 알고 있다."

현재 루드웨어의 마력치는 파이어 웰 더블을 사용한 관계로 반 이하로 줄어들어 있는 상태였기에 적에게 발견된다면 마나 고갈로 어려움을 겪어야 할 판이었다.

하지만 유리마가 그렇게 생각없는 인물이 아니었기에 믿어보기로 결심하고는 고개를 끄덕였다.

"오랜만에 검을 좀 써봐야겠군."

유리마는 그렇게 말하고는 로브를 벗어 던졌다. 처음 만났을 때부터 로브에 후드를 뒤집어쓰고 있었던 유리마였는지라 아무도 그의 얼굴을 자세히 본 사람이 없었고, 그의 얼굴을 아는 사람은 루덴스와 루드웨어뿐이었기에 다른 사람들은 드러나는 유리마의 얼굴을 보려고 시선을 집중했지만 애석하게도 실망으로 끝을 맺고 말았다.

유리마는 검은색 면사로 얼굴을 가리고 있었기 때문이다.

"무협도 아닌데 면사라니… 엄청 신비한 척하네."

로노와르는 유리마의 얼굴을 볼 수 없다는 데 상당히 실망한 표정을 하며 말했다. 하지만 그는 남들의 말에 신경도 쓰지 않는지 지금까지 로브에 가려져 보이지 않던 검을 뽑아 들었다. 유리마의 검은 생긴 것은 평범한 롱 소드였지만, 검집에서 뽑으면서 드러나는 롱 소드의 검은 검신은 결코 평범한 검이 아니라는 것을 말해 주고 있었다.

"유리마, 암흑 투기를 쓰려고?"

검을 뽑는 유리마를 보며 루드웨어가 놀란 얼굴을 하며 소리치자 유리마는 고개를 끄덕였는데, 루드웨어는 말도 안 된다는 듯이 다시 말했다.

"암흑 투기는 마족의 것이다. 인간이 사용한다면 인체의 붕괴를 가져다 주는 것을 알고 있지 않나?"

"알고 있다. 하지만 약간 정도면 충분히 견딜 수 있지. 어차피 난 라스타님을 모시는 신관이지 전사가 아니야. 암흑 마법과 신성력만을 가지고 있으면 되지 않는가."

유리마는 루드웨어에게 툭 던지듯이 한마디 하고는 온몸에 기를 모으기 시작했다. 시스나 크레이드가 기를 모을 때는 푸른색의 투명한 영기가 드러나는 데 비해 유리마의 기는 검은색의 안개와 같았다.

어느 정도 기를 몸에 집중시키자 유리마는 숨을 가볍게 내뱉고는 크레이드가 있는 곳으로 갔다.

"크레이드 군, 자리를 비켜주겠나?"

"아! 예."

면사로 자세히는 볼 수 없지만 젊어 보이는 유리마가 하대하는 것이 조금 이상하게 보이기는 했지만, 그도 루드웨어와 같이 겉모습만 젊을 뿐 실제로는 백 세가 넘는 노인이라는 것을 눈치 채고 있던 크레이드는 별말없이 자리에서 물러났다.

"뭐, 네 녀석이 자신한다면야 막지는 않겠지만, 이 정도의 난관에 암흑 투기를 과도하게 사용하지는 말라고."

"……."

유리마는 아무런 대꾸도 하지 않고 크레이드의 자리로 걸어가 검을 들고는 가볍게 위에서 아래로 대각선으로 내려쳤는데, 놀랍게도 암흑 투기의 영향으로 잘려진 나무나 덩굴들은 베어짐과 동시에 시꺼멓게 말라 버렸다.

"뭐야?!"

생기를 뺏어버리는 암흑 투기를 보자 로노와르는 놀라서 소리쳤고, 루드웨어는 아무 일도 아니라는 듯이 로노와르를 보며 설명해 주었다.

"해츨링인 네 녀석은 본 적이 없겠지만 암흑 투기는 고위 마족들이 사용하는 기의 일종이다. 광 투기의 반대 기술이라고 할까? 예를 들면 광 투기를 사용하여 나무를 베면 일주일 정도는 생기가 유지되는 데 반해 마족의 암흑 투기로 나무를 베면 나무는 생기를 잃고 말라 버리게 되지. 신계와 마계가 상극이라는 것은 광 투기와 암흑 투기만 봐도 잘 알 수 있는 거야."

루드웨어의 설명을 듣자 로노와르는 어느 정도 이해가 갔는지 고개를 끄덕였지만, 암흑 투기의 힘을 보면서 감탄을 멈출 수가 없었다.

"굉장하다. 난 저런 투기를 쓸 수 없는 거야?"

"뭔 헛소리냐? 드래곤들은 자신들만의 투기가 있다고. 프로란스 할머니가 안 가르쳐 주데?"

"우리들의 투기?"

"거참, 아무리 멍청한 녀석이라도 너무하는군 그래. 드래곤들의 투기는 사람들이 용 투기라고 하지. 신족의 광 투기와 마족의 암흑 투기와는 다르게 드래곤의 용 투기는 속성의 원리를 따르지. 예를 들어 용 투기로 나무를 베면 드래곤의 각 속성에 따라 다른 변화를 보인다고나 할까? 레드 드래곤이면 베인 단면이 타버리고, 화이트 드래곤이면 얼어버리지. 그린 드래곤의 경우라면 아마 베어진 단면이 독으로 녹아버리던가 하겠지."

"근데 난 왜 투기를 모을 수 없는 거야?"

"해츨링이 별걸 다 원하는군. 대충 설명하자면 아직 마나의 응집력이 모자르다고나 할까? 즉, 드래곤 하트가 아직 작다는 거지."

"성룡이 되면 용 투기를 쓸 수 있다는 거야?"

"그래. 하지만 너의 용 투기는 다른 그린 드래곤과 조금 다를 거다."

"응? 그건 뭔 소리야?"

다른 그린 드래곤들과 용 투기가 다를 것이라는 소리에 의문을 느낀 로노와르가 되묻자 루드웨어는 고개를 저으며 말했다.

"아직 말해 줄 시기가 아니기 때문에 말은 해줄 수 없지만 조금 힌트를 준다면 네가 어렸을 때 겪었던 불행한 사고 이후로 넌 조금 변했다고 할 수 있지."

"사고?"

로노와르가 어렸을 때 겪었던 불행한 사고는 이것이다. 400세가 조금 넘었던 해츨링인 로노와르는 폴리모프도 하지 않고 밖으로 가출을 했던 적이 있었는데, 그 때문에 일단의 마법사들에게 걸린 적이 있었다. 드래곤을 노린 마법사들이 해츨링인 로노와르를 죽이려고 강한 공격 마법으로 공격해 로노와르가 쓰러지고 말았는데 그것을 루드웨어가 우연히 발견하여 구해준 것이다.

일족의 해츨링이 거의 죽음 직전까지 이르자 전 드래곤들은 분노하여 대륙의 마법사들은 모두 죽이려고 했었는데 루드웨어의 도움으로 로노와르가 살아나자 대충 정리된 사건이었다. 이 사건으로 루드웨어는 처음으로 로노와르를 만나게 된 것이다.

"응. 아무튼 나중에 설명해 줄 테니 지금은 그냥 가자고. 봐! 너랑 헛소리하는 새에 유리마가 벌써 멀리 가버렸잖아."

로노와르와 루드웨어가 이야기를 하는 사이에 아무 말 없이 자기 일을 하던 유리마는 일행보다 백 미터나 앞으로 나서 있었다. 유리마가 검으로 만들어놓은 길은 크레이드와는 달리 깨끗했다. 암흑 투기의 영향으로 생기를 잃고 말라 버린 나뭇가지나 덩굴들이 거치적거리지 않고 땅으로 깨끗이 깔렸기 때문이다.

"길 만드는 거 하나는 암흑 투기가 좋긴 좋네."

로노와르의 말에 루드웨어는 수긍이 간다는 듯이 고개를 끄덕이고는 걸음을 빨리 놀려 유리마의 뒤를 쫓아갔다.

30장 소드 마스터들의 대결(1)

북극령의 제1차 토벌군 단장 프레드 백작은 자신의 호화로운 텐트 안에서 부관이자 그의 애첩이기도 한 헬라이나와 잔을 마주치고 있었다.

프레드 백작은 패배 속에서 안트워 공작이 어느 정도 도움을 줄 것은 예상하고 있었지만, 비병들을 보내줄지는 예상하지 못했었다. 비병들에 의해 적의 피해가 반 이상이 넘는다는 말을 들었기 때문에, 초반의 패배는 잊고 이제 어느 정도의 승리를 예상하며 쉬고 있었다.

연이은 패배에 숨도 제대로 쉬지 못했던 프레드 백작은 이제 헬라이나와 함께 시간을 보낼 수 있었던 것이다.

"크샤스 녀석, 보내주려면 빨리 보내줄 것이지. 아무튼 마령의 잡졸들의 사기도 이제 꽤 꺾였을 테니 내일쯤엔 싹 밀어버리도록 하자꾸나."

"예. 그런데 크샤스는 아직 봉인 지역에 있겠군요?"

프레드 백작과 헬라이나는 크샤스의 신하이면서도 쉽게 그의 이름을 부르고 있었다.

"크크크, 바보 같은 녀석이지. 지까짓 놈이 마신 크레이져의 힘을 차지할 수 있다고 생각하나 보지? 하하하!"

"크샤스는 불사의 몸을 가지고 있다고 들었는데, 안트워 공작님은 그의 불사의 신체를 깰 무슨 방법이라도 있으신가 봐요?"

"불사신? 하하하, 세상에 완벽한 불사신은 없다고. 저 마령의 루덴스란 놈조차 약점을 가지고 있으니까."

그 말에 헬라이나는 머리를 갸우뚱거리며 말했다.

"크샤스가 완벽한 불사신이 아니라니요? 그게 무슨 말이에요?"

어리둥절한 헬라이나가 귀엽다는 듯이 프레드 백직은 그녀를 가슴에 안고는 호탕하게 웃으며 말했다.

"헬라이나, 마리오네트의 연극을 본 적 있느냐?"

"마리오네트요?"

"그래, 인형의 온몸에 끈을 매어 조종하는 인형 놀이 말이다."

"흥! 인형 놀이 광대들은 왕가에서만 볼 수 있기 때문에 전 본 적이 없다고요."

헬라이나가 토라진 듯이 말하자 그것마저 귀엽다는 듯이 볼을 쓰다듬어 주고는 프레드 백작은 포도주를 한 모금 마셨다.

"인형 놀이라는 것은 무대에 있는 인형을 실로 이어 위에서 사람들이 인형을 조종해서 보여주는 놀이지. 자, 그럼 무대에 있는 인형을 움직이지 못하게 하려면 어떻게 해야겠느냐?"

"그거야 끈을 끊어버리면 되잖아요?"

"그렇지. 크샤스란 놈도 인형과 같은 판이란다. 원래 크샤스는 신의 대리자. 대리자라는 것은 몸에 강한 힘을 내장한 심장을 가지고 있지. 일종의 드래곤 하트 같은 것 말이다. 사람들은 그것은 마신의 심장이라고 부르고 있는데, 대리자들은 심장을 떼어낼 수 있기 때문에 안전한 곳에 보관하고 있지. 심장이 건재한 이상 크샤스는 불사의 몸을 가지게 되는 것이란다. 대리자의 심장은 바로 이 마리오네트를 움직이게 하는 끈과 같지."

"아! 그런데 왜 크샤스가 완벽하지 않다는 거죠? 혹시 심장의 위치를 찾아내기라도 했나요?"

그 말에 프레드 백작은 조금 놀랐다는 표정을 지으며 헬라이나를 보며 말했다.

"오호, 헬라이나, 이 귀여운 것. 이렇게 똑똑하다니. 맞다! 안트워 공작은 크샤스의 심장을 찾아내셨단다. 한번 맞추어보아라. 마신의 심장이란 것은 원주인에게 마신과 같은 힘을 전해줄 뿐만 아니라 한 가지 작용이 더 있단다."

"한 가지 작용이요?"

"그래, 바로 부활의 힘이지."

부활의 힘이란 말을 듣고 한참을 생각에 빠져 있던 헬라이나는 무슨 생각이 났는지 손바닥을 치며 말했다.

"설마! 사이야가?"

"하하하, 똑똑하기도 하지. 그렇다. 현재 크샤스의 심장은 사이야가 가지고 있단다. 너도 생각이 나지? 4년 전 하루를 넘기기가 어려웠던 사이야가 갑자기 건강해진 것 말이다."

"예. 전 크샤스가 좋은 약을 구해서 그녀를 살린 줄 알았는데, 설마 자신의 심장을 전해줬을 줄은……."

"그렇지. 크샤스가 아무리 발버둥쳐 봤자 사이아가 우리의 수중에 있는 한 이 북극령의 모든 힘은 우리가 가질 수밖에 없는 것이란다."

"안트워 공작님은 왕이, 프레드 백작님은 대신이 되는 거군요? 호호호."

헬라이나는 프레드 백작의 말에 기분이 좋다는 모습으로 간드러지게 웃어넘겼지만, 사실 사정은 조금 달랐다. 헬라이나, 그녀는 바로 칠인회의 첩자였던 것이다. 애초부터 봉인 지역이 어디인 줄 알고 있던 칠인회는 북극령에 수십 명의 첩자들을 심어놓았는데 헬라이나는 그중의 한 명이었던 것이다.

북극령의 귀족들 중 권력의 핵심 인물의 한 명인 프레드 백작의 첩으로 들어간 헬라이나는 핵심 정보를 칠인회 측으로 빼오는 역할을 하고 있었는데, 상당히 좋은 정보를 얻게 된 것이다.

'특급 정보다. 마스터에게 빨리 알려야겠군.'

프레드 백작의 품에 안겨 있는 헬라이나는 행동과는 다른 생각을 하면서 빠져나올 시간만을 기다리고 있었다. 그때 백작의 텐트 밖에서 프레드 백작을 찾는 소리가 들렸다.

"프레드 백작님!"

헬라이나와 시간을 보내고 있던 프레드 백작은 화가 난 목소리로 소리쳤다.

"에잉! 뭐냐!!"

"마법 안개가 지금 평원을 뒤덮고 있습니다."

"마법 안개?!"

프레드 백작은 전의 싸움에서 마법 안개로 시야가 가려져 많은 수의 병사들을 잃은 경험이 있었기 때문에 심상치 않다는 것을 예감할 수 있었다.

"마령의 기습인가? 설마… 녀석들도 그것이 무슨 결과를 가져오는지 알고 있을 텐데?"

프레드 백작은 급히 갑옷을 입고는 밖으로 뛰어나갔다.

"전 병사에게 경계 태세를 지시해 두고, 각 지휘관들에게 성급하게 나서지 말라 전해라!"

"예!"

프레드 백작이 전령에게 명령하며 밖으로 나가자 헬라이나 역시 옷을 추스르고는 밖으로 나갔다. 무기 창고를 향해 간 헬라이나는 창고 앞을 지키고 있는 두 명의 병사에게 다가갔다. 병사 중 한 명이 헬라이나를 발견하고는 공손히 인사를 하며 말했다.

"무슨 일이십니까?"

"난 백작님의 부관 헬라이나다. 쓰던 검이 낡아서 새 걸로 바꾸러 왔다."

헬라이나가 신분증을 꺼내며 말하자 병사는 창고 문에서 비켜나 주었고 헬라이나는 안으로 들어갔다. 안으로 들어간 헬라이나는 오른손을 들어 중지손가락에 낀 반지를 문지르며 조용히 주문을 외우기 시작했다. 헬라이나의 반지는 일종의 마법 도구로 통신기 역할을 하고 있었다.

"무슨 일이냐?"

"칠인회 넘버 30767 헤라입니다."

헬라이나의 말에 무언가 검사를 하는 것처럼 수신하는 측에서 잠시 침묵을 지키더니 다시 음성이 들렸다.

"칠인회 6회주 로우나다. 중요한 정보가 아니면 당분간 연락하지 말라고 전 회원에게 일렀는데 무슨 일이지?"

로우나는 전쟁이 일어나자 마법 통신을 금지시켰는데 이는 오호사의 마법 탐지에 걸릴 위험에서 첩자들을 보호하기 위함이었다.

"중요한 정보입니다. 지금부터는 암호를 사용하여 말하겠습니다. !@#$$%%·&&&&***"

10여 분 간 암호를 사용하여 정보를 말하고 있던 헬라이나가 끝을 맺자 로우나는 잠시 침묵을 지키며 암호를 생각해 보고는 말했다.

"수고했다. 자네의 정보는 많은 도움이 될 것이다. @#@#안에 &·%$가 있을 테니 &·%$하도록."

"예."

로우나가 말한 암호는 얼마 안 있어 마령 측에서 대대적 공세가 있을 테니 그곳을 벗어나라는 지시였고, 헬라이나는 대답을 끝으로 반지 통신을 끈 다음 근처에 놓여 있던 검 한 자루를 대충 집어 들고 밖으로 나왔다.

"고르셨습니까?"

병사의 말에 헬라이나는 인상을 찌푸리며 말했다.

"좋은 검이 없어 대충 아무거나 들고 올 수밖에 없었네. 수고하게."

"예."

헬라이나는 자신이 이곳을 벗어날 때가 되자 조금 아쉬운 감이 들었다.

'프레드 백작이란 녀석, 귀엽기는 했는데… 뭐, 어쩔 수 없지. 그러고 보니 특급 정보를 알려줬으니 승진이겠구나. 부상으로 좋은 마법서나 한 권 달래야지. 후후.'

헬레이나는 얼마 안 있어 있을 자신의 포상에 대해서 생각해 보고 미소를 지었다. 하지만 곧 마령 측에서 공격이 있을 거라는 것을 알고 있었기에 생각에만 잠겨 있을 때가 아니라는 것을 알고 급히 장소를 이동했다.

일단 암흑 투기를 사용하는 유리마가 길을 트자 일행의 진행 속도는 빨라지는 듯했지만, 간간이 튀어나오는 중상급 마물 덕에 그렇게 빠르지는 않았다. 오히려 속도가 조금씩 더 늦춰지고 있었다. 봉인 지역에 가까워질수록 마물들의 출현이 잦아지고 있는 것이다.

"이러다간 며칠은 걸리겠군요."

시스는 시안의 비검이 실패하자 잽싸게 남은 마물 한 마리를 할버 드로 두 동강을 낸 후 말했다.

"그럴 것 같군. 하지만 일단 이 정글을 빠져나가야 무슨 대책이 나오든 말든 하지."

끝없이 이어지는 정글 덕에 루드웨어의 참을성은 이미 바닥이 드러나 있었다. 마음 같아서는 마법으로 모두 태워 버리고 싶었지만 어떡하랴, 남아 있는 마력이 별로 없는 것을. 어느 정도 휴식을 취해 마력을 모으고는 싶었지만 시간이 없는지라 길을 재촉하고 있는 형편이었다.

일종의 던전과 같은 밀림에서 앞으로 잘 나가고 있는 일행들을 보며 칭찬해 주고 싶었지만, 모든 던전의 끝이 그렇듯이 이 밀림 던전의 끝에는 일행들이 예상하지 못한 적이 도사리고 있었다.

"흠… 아무래도 밀림은 끝이 난 것 같은데 말이야."

무언가를 느낀 루드웨어는 다른 사람들을 보며 조용히 말했다.

"소드 마스터 급 7명, 5클래스 이상급 마법사 2명, 그리고 거의 대부분이 일류급 기사인 것 같군."

루드웨어가 느낀 기운을 알고 있었던 루덴스는 일행들을 보며 말하면서 자신의 검을 뽑아 들었다. 하급 마물들과 싸울 때는 암흑 마법만을 사용하던 루덴스가 검을 뽑아 들자 드디어 상대하기 어려운 적들이 나타났다는 것을 느낄 수 있었다.

시스 역시 거추장스러운 망토를 벗어 던지면서 본격적인 전투에 들어갈 준비를 했다.

"소드 마스터라면 우리가 오고 있다는 것을 알겠지. 그런데 웬 놈의 소드 마스터가 이렇게 많은 거야? 기사들의 나라라는 제국도 소드 마스터 급은 열 명밖에 안 되잖아."

자신들을 맡으려고 중간에 대기하고 있던 소드 마스터가 일곱이라면, 크샤스 주위에는 그 정도의 인물이 더 있다는 것을 예상할 수 있는지라 루드웨어는 투덜거렸다.

"타락할 대로 타락한 제국의 녀석들보다야 마령에게 복수하기 위해 칼을 가는 북극령의 녀석들의 실력이 높은 것은 당연해."

루드웨어의 투덜거림에 아이샤가 일침을 가했고 로노와르는 오랜만에 루드웨어가 당하자 기쁜 얼굴이 되어버렸다. 하지만 그런 것을 가만히 냅둘 루드웨어가 아니지 않은가?

"로노와르……."

"왜?"

"디멘전 패스!"

"꾸악!!"

검은 안개와 같이 사라진 로노와르를 보며 루드웨어는 미소를 지었다. 유리마는 기의 움직임으로 적의 동태를 살피다가 때가 되었는지 입을 열었다.

"갑자기 나타난 기 하나. 음! 녀석들의 움직임이 난잡해졌군. 로노와르를 녀석들의 중간에 떨어뜨린 건가?"

"시선을 돌린 거지 뭐. 자, 가자고!"

루드웨어는 가볍게 몸을 날려 적이 있는 곳으로 뛰어갔고 나머지 일행도 무기를 꺼내 들고 앞으로 뛰어나갔다.

북극령에서 크샤스의 친위 기사단의 부단장이자 뛰어난 검술로 매의 검이라고 불리는 라므는 6명의 실력자와 30명의 일급 기사를 대동하고 루드웨어란 자의 일행을 기다리고 있었다. 이틀 가량을 한곳에서 기다리고 있었던 라므는 멀리서 희미하게 느껴지는 마나의 흐름을 느끼며 드디어 기다리고 있던 적이 나타났다는 것을 알 수 있었고, 다른 기사들에게 만반의 준비를 해두라고 지시했다. 한데 설마 적이 이런 식으로 엉뚱한 방법으로 공격해 올 줄은 정말 몰랐다.

"꾸악!!"

검은 안개 속에서 떨어지는 하나의 인영에 적이 눈길을 돌리려고 마물이나 시체 하나를 날렸다고 생각하며 별로 신경을 쓰지 않았는데, 시체라고 생각했던 녀석의 입에서 목소리가 흘러나왔던 것이다.

"에이, 쓰발! 루드웨어!!"

'루드웨어?'

자신이 기다리고 있던 적의 이름을 욕하며 소리치는 자에게 눈을 돌리자 그곳엔 초록색의 머리칼을 가지고 있는 미청년이 서 있었다.

그는 땅바닥에 떨어질 때 묻은 흙먼지를 손으로 툭툭 털어내고 있었는데 수많은 기사들의 가운데에 떨어졌으면서도 별로 두려운 기색은 보이지 않았다.

"어라?"

다 알고 있듯이 초록색 머리칼의 미청년은 로노와르였다.

로노와르가 옷을 다 털고 주위를 돌아보는데 자신의 둘러싸고 수십 명의 기사가 검을 뽑아 들고 있었기에 어느 정도 사태를 짐작할 수 있었다.

'헉! 큰일이다.'

언제나 그랬듯이 로노와르는 디멘전 패스를 당하고 나면 정신이 하나도 없어 한동안은 패닉 상태에 빠지는데, 이번엔 패닉 상태에서 벗어나자마자 사방에 적이 둘러싸여 있어 이중으로 패닉 상태에 빠지고 말았다.

라므는 그 청년이 한동안은 자신들을 안중에 두지 않고 행동하다가 갑자기 자신의 얼굴을 쳐다보고는 멍한 표정이 되어 움직이지 않자 갑자기 자격지심이 일어났다.

'설마… 녀석도…….'

뛰어난 검술 실력과는 다르게 외모는 정말 문제가 있는 라므. 그의 외모를 잠시 설명하자면 눈은 오크 눈에 코는 고블린 코, 입은 좌우로 찢어져 언뜻 보면 피에로 같아 보여 우스워 보일 만도 하건만, 그 찢어진 입 사이로 보이는 두 개의 송곳니는 그가 못생긴 뱀파이어 같다는 인상을 주었다. 2미터가 넘는 키에 두 손에는 각각 투 핸디드 소드를 하나씩 들고 있는 그의 모습은 오우거라고 해도 과언이 아니었기에, 보통 처음 그를 보는 사람은 한동안 패닉 상태에 빠지고 만다.

다행히 요즘 들어서는 크샤스의 친위 기사단 부단장에 매의 검이라는 별명을 가질 정도로 유명해져 그를 보며 그런 반응을 일으키는 사람이 없었는데, 어디서 보지도 못한 놈, 그리고 띠껍게도 무지 잘생긴 놈이 갑자기 나타나서는 자신의 얼굴을 보며 패닉 상태에 빠지자 그동안 조용했던 그의 성질이 폭발하고 말았다.

"쓰발, 니가 잘생기면 얼마나 잘생겼다고 이 멋진 라므님을 보고 그 따구 반응을 보이냐구!!"

공기를 째는 강한 파공음과 함께 라므의 손에 들려 있던 투 핸디드 소드 한 자루가 땅에 박혔다. 원래는 로노와르를 반으로 갈라 버릴 기세였지만, 위험을 눈치 챈 로노와르가 재빨리 뒤로 몸을 날려 검을 피한 것이다.

"뭔 짓이야, 이 오우거 같은 자식아!!"

화가 난 로노와르가 라므를 보며 소리쳤는데, 방금 말한 오우거란 단어는 라므 앞에서는 절대 해서는 안 되는 금기 단어 중 하나였기에, 이제 라므는 아무도 말릴 수가 없게 되었다.

"뭣이라?! 오우거?!!"

거의 광전사 수준의 얼굴로 변한 라므는 뒤에서 빠르게 다가오는 루드웨어 일행의 기를 느꼈음에도 그들을 안중에 두지 않았다. 그의 적은 오직 한 명, 바로 앞에서 알짱거리는 꼬마 로노와르 한 명뿐이었다.

앞에 서 있는 오우거 같은 자식이 펄펄 살기를 내뿜으며 자신의 앞으로 다가오자 로노와르도 가만히 있을 수 없어 허리에 차고 있던 검을 뽑아 들었다. 로노와르가 가지고 있던 검은 드워프의 명장인 아우그스프스가 십 년에 걸쳐 만든 명검으로 미스릴 검신이 아름답게 빛을 내는 검이었다.

하지만 검이 아름답든 덜 아름답든 로노와르에게는 단순한 검에 불과했고, 가장 중요한 것은 로노와르는 검술을 모른다는 것이다. 그렇게 본다면 로노와르에게 남은 것은 단 하나, 용 같은 힘과 용 같은 몸놀림만이 남아 있을 뿐이었다(용 같은 힘? 무지 세겠지. 하지만 용 같은 몸놀림이라… 평상시에 게으른 용이 얼마나 빠르겠는가?).

느려 터져 먹은 로노와르. 하지만 한동안 루드웨어의 악랄한 장난에 시달려 왔던지라 상당히 단련되어 있었기에 보통 일급 기사보다는 빠른 몸놀림이 가능했다. 라므가 뛰어난 검술을 가지고 있다고는 하지만 그의 검술은 힘을 위주로 한 것. 로노와르같이 빠른 기사는 상대하기 어려웠고, 또 로노와르가 검을 들어 덤빈다면 모를까, 도망가기로 작정했으니 검의 마주침이 없는 이상 라므가 로노와르를 잡는다는 것은 상당히 힘든 일이었다.

"이런 쥐새끼 같은 녀석!!"

라므가 도망가는 로노와르를 잡으려고 난리 칠 때 나머지 기사들과 마법사들은 멍한 얼굴이 되어 그를 쳐다보고만 있을 뿐이었다.

그리고 이런 방심은 얼마 안 있어 최악의 사태를 불러일으켰다.

"끄악!"

전방에 있던 기사들의 비명 소리에 정신을 차린 기사들은 자신들이 기다리고 있던 적이 나타났다는 것을 알 수 있었다.

하지만 잠깐의 방심 속에서 이미 십여 명의 기사가 죽음을 맞이했다.

"젠장!"

다른 기사의 비명 소리에 정신을 차린 라므는 그제야 자신이 저지른 잘못을 깨달을 수 있었다.

"뒤로 물러서라!"

갑작스러운 기습에 정신을 못 차리고 있는 기사들을 뒤로 가라 소리치며 라므는 검을 들어 자신의 앞에서 적을 베고 있던 검은 갑옷의 전사를 향해 자신의 필살기 비응검을 시전했다.

라므의 비응검은 그의 덩치를 살린 필살기로 공중으로 뛰어올라 두 개의 투 핸디드 소드에 마나를 주입해 내뿜는 기술로, 2미터의 거한이 공중에서 내뿜는 듯한 압박감이 있는 공격은 마나를 다스릴 수 있는 소드 마스터가 아니면 막기도 불가능한 기술이었다.

하지만 라므가 공격한 사람은 다름 아닌 암흑의 황태자 루덴스였다. 하지만 루덴스는 마법은 물론 검술조차 대륙에서 다섯 손가락 안에 꼽는 인물이었기에 암흑 투기를 발현해 그의 비응검을 가볍게 튕겨냈다.

"호오!"

공중에서 내려와 가볍게 땅으로 착지한 라므는 상대가 자신의 기술을 가볍게 튕겨내자 탄성을 지르며 미소를 지었다.

"굉장한 실력이군. 난 크샤스님의 친위 기사단 부단장인 라므다. 당신은?"

라므는 자신이 놀랄 정도로 뛰어난 검술을 사용하는 적을 보며 이름이라도 알고 싶었기에 자신의 이름을 말해 주었고, 상대방 역시 그의 뛰어난 기술을 보며 기사의 예의를 취해주었다.

"본인은 마령의 영주의 직위를 맡고 있는 루덴스라고 하네."

"루덴스!!"

라므는 그의 이름을 듣고는 놀라서 자빠질 지경이었다. 상대방이 뛰어난 실력을 지니고 있는 것은 알 수 있었지만, 설마 대륙에서 다섯 손가락에 꼽을 정도의 검술 실력을 지니고 있다는 루덴스라고는 예상하지 못한 것이다.

"110년 전 로아냐드 제국 최고의 기사이셨던 루덴스 공이군요!"

라므는 강한 상대를 만나자 온몸이 부르르 떨려왔다. 하지만 이것은 무서움이 아닌 강한 기대감에 찬 떨림이었다.

비록 북극령에 강한 상대가 많다고는 하지만 모두 동료였기 때문에 일정 실력 이상의 검술을 맛볼 수는 없었는데, 지금 대륙 최고의 검술가 중 한 명인 루덴스를 만나 자신의 능력을 시험해 볼 수 있게 되어서 기뻐하고 있는 것이다.

라므의 지시로 다른 기사들이 뒤로 물러나자 루덴스 외의 다른 사람들도 뒤로 물러섰다. 물론 충분히 물러서는 적을 압박하며 공격할 수도 있지만, 대륙에서 다섯 손가락 안에 든다는 검술을 지닌 루덴스의 검술을 본 사람은 거의 없었기 때문에 그의 검술을 구경하고자 하기 위함이었다.

로노와르는 라므가 루덴스에게 가버리자 재빨리 루드웨어 쪽으로 다가가 펀치를 한 방 먹인 후 루덴스와 라므가 있는 곳으로 시선을 돌리며 말했다.

"루덴스가 대륙 최고의 검술가 중 한 명이란 소리는 들은 적이 있는데… 어때? 루드웨어는 루덴스의 검술을 본 적이 있어?"

아픈 코를 쓰다듬으며 일어선 루드웨어는 맹맹한 목소리로 말했다.

"대륙 최고의 검술가들은 각자 자신의 검술에 맞는 별명을 하나씩 가지고 있지. 로아냐드 황성 기사단장 크리우스벤은 블로드스콜이라 불리는데 이것은 그의 비기인 '토네이도 블레이드'에서 나온 것이야. 또 페블하이드는 골드 썬더로 비기 썬더 블레이드에서 따온 별명이지. 대충 이 정도만 하고 루덴스의 별명을 말하자면 110년 전 루덴스의 별명은 비기의 이름과 같은 화이트 그리터, 백색의 하얀 섬광과 같은 검기가 그의 미스릴 갑옷이 빛나는 것처럼 보였다고 해서 나온 닉네임이지. 물론 그때는 제국의 충실한 신하였기 때문에 꽤 괜찮은 닉네임이었지만, 그로부터 20년 후 루덴스의 닉네임은 두 개가 되어버렸지. 바로 어둠의 종과 혼돈의 검. 앞의 것은 인간으로서 마신의 졸개가 돼버린 루덴스를 욕하는 것이지만 뒤에 것은 변한 루덴스의 검을 말해 주고 있는 닉네임이지."

"혼돈의 검?"

"물론 지금의 비기는 이것도 아니야. 내가 한번은 루덴스에게 조금 까불다가 검을 맞은 적이 있었는데, 그때 당한 것이 화이트 그리터를 암흑 투기로 바꾸어 사용한 것으로 결과는 더블 실드와 다섯 개의 매직 베리어를 가동했음에도 하반신이 가루가 됐지."

로노와르는 루드웨어가 말하는 루덴스의 실력을 듣고는 놀라지 않을 수 없었다. 루드웨어의 더블 실드는 웬만해선 흠집조차 낼 수 없는 실드였고, 거기다가 다섯 개의 매직 베리어까지 가동했는데 그의 비기를 막지 못하고 하반신을 잃었다는 말 때문이었다.

"라므란 녀석, 뛰어난 기사이긴 하지만 루덴스에 비하면 아직 모자르지. 루덴스가 모든 힘을 개방하면 여기에 있는 사람 중 살아남을 수 있는 사람은 단 세 명. 루덴스 본인과 불사의 몸을 가진 나, 그리고 뒤에서 놀고 있는 암흑 신관 유리마뿐이지. 우리 셋을 제외하고는 아마 다 죽을 거야."

"그런 건 대충 넘어가고, 도대체 루덴스의 화이트 그리터 다음 20년 후의 비기는 도대체 뭐야!"

드래곤인 자신을 너무 얕보고 있는 루드웨어에게 짜증을 부리며 말하는 로노와르. 그런 로노와르가 귀여운지 볼을 살짝 잡아당긴 루드웨어는 말했다.

"혼돈의 검이었을 때의 비기는 카오스 오브 스페이스. 암흑 투기를 사용하여 적을 꼼짝 못하게 하는 대단위 공격 방법이지. 그 당시에는 1,000명의 적을 묶어버릴 정도로 강력했다고 하지. 그것이 발전하여 현재의 비기는 46년 전에 내가 맞은 녀석의 다크 그리터와 카오스 오브 스페이스가 합쳐진 기술로 아직 루덴스에게 직접 당해본 나 외에는 알지 못하는 녀석의 비기는 소멸의 검으로 녀석의 앞에 있는 모든 것을 소멸시켜 버리는 검술이지."

"소멸의 검……."

로노와르는 루드웨어의 설명을 들으면서 하나의 호기심이 솟아올랐다. 죽어도 좋으니 소멸의 검이라는 것을 한번 봤으면 하는 그런 호기심 말이다.

아무튼 스포츠 해설가도 아니고 루드웨어의 열띤 설명은 루덴스와 라므는 물론 뒤에서 그들의 싸움을 지켜보려고 하는 모든 이에게 똑똑히 들렸다.

검을 들고 있던 루덴스는 말 많은 루드웨어를 생각하며 한숨을 쉬었고, 그의 앞에 서 있던 라므는 무언가 기대에 가득 차 있었다.

'소멸의 검…….'

검술가가 눈앞에서 혀를 내두를 정도로 뛰어난 검술의 비기를 볼 수 있다는 것은 허영심 많은 여인이 고액의 다이아몬드를 보는 것과 같은 유혹이었다. 라므의 머리에는 루드웨어가 말한 루덴스의 발전된 비기 소멸의 검을 보고 싶다는 생각으로 가득 차 있었다.

"소, 소멸의 검이란 것을 사용해 줄 수 있겠습니까?"

라므는 루덴스에게 검을 겨누며 정중하게 물었고 루덴스는 할 수 없다는 표정을 지으며 말했다.

"내가 지금 그것을 사용하지 않는다면 자네에겐 큰 모욕이겠지. 자네의 검기에 대한 보답으로 내 처음 그것을 보여주도록 하지. 자네는 자네가 가지고 있는 최강의 비기로 상대하게나."

"처지는 실력이지만 정식으로 상대해 주신다니 감사합니다. 저의 비기인 데스 호크를 사용하도록 하지요."

라므는 그렇게 말하고는 자신의 검에 가지고 있던 모든 마나를 집중시키기 시작했고 얼마 안 있어 그의 검은 푸르스름한 검기를 내뿜으며 빛을 내기 시작했다.

31장 승리와 패배의 사이

마법 안개와 함께 시작된 프레드 백작의 경계 태세는 거의 5시간 이상이나 지속되었다. 말이 5시간이지, 언제 쳐들어올지 모르는 마령의 군대를 기다리고 있는 것은 상당히 신경 쓰이는 일이었고, 조금씩 프레드 백작의 군대는 지쳐 가기 시작했다.

"젠장! 도대체 뭐 하는 짓거리들이지!?"

프레드 백작은 크렌 장군이란 자가 도대체 공격해 올 기미조차 보이지 않자 조금은 긴장이 사라진 듯 부하가 가지고 온 의자에 앉고는 옆에 서 있는 기사 한 명에게 말했다.

"헬라이나는 어딨는 거야!"

"그게 말입니다, 벌써 이십 명째 부하들을 보내봤지만 도대체 어디로 가셨는지 보이지가 않습니다."

"빨리 찾아오라고!"

"예."

기사는 급히 뒤쪽으로 뛰어갔고, 프레드 백작은 화를 참지 못하고 씩씩거리다가 자리에서 일어났다.

"헬라이나가 오면 내 막사로 오라고 해라. 난 적이 올 동안 쉬고 있을 테니까."

"예."

프레드 백작은 올 기미를 보이지 않는 마령의 병사들을 기다리다 지친 몸을 이끌고 막사로 가고 있었는데, 그때 갑자기 엄청난 소리의 폭음과 함께 한쪽 진영에서 불길이 솟아올랐다.

"익스플로젼?"

4서클의 화염계 마법인 익스플로젼은 한 지점에 불의 폭발을 일으키는 마법으로 살상력도 있지만 가장 큰 효과는 기물의 파괴라고 할 수 있었다.

익스플로젼이 사용된 곳은 바로 창고로, 그곳에는 군수 물자가 보관되어 있는 장소였다.

"뭐 하는 거냐!! 창고까지 적이 침입했다는 것도 모른단 말인가!!"

프레드 백작의 고함과 함께 일단의 병력이 창고 쪽으로 향했지만 이미 창고 주변에는 불을 끄기 위해 몰려드는 병사들 외에는 적이라고 부를 수 있는 사람은 없었다.

마령의 공격은 여기서 끝나지 않았다. 군수 창고에 붙은 불을 끄고 있는 사이 서쪽 진영에서 요란한 폭발이 연이어 터졌고, 순식간에 북극령의 진영은 아수라장이 되고 말았다.

하지만 적의 마법 공격에 크게 당한 적이 있던 프레드 백작의 대기 명령 지시로 병사들은 진영만을 지킬 수밖에 없었기에 폭발의 소용돌이 속에서 우왕좌왕할 수밖에 없었다. 그런 그들의 모습을 알기나 하는 것처럼 일단의 병사들이 안개 속에서 나타나더니 우왕좌왕해진 진영을 공격하기 시작했다.

프레드 백작은 깜짝 놀라 병사들에게 반격을 지시하고 있었지만 서쪽을 기습한 마령의 병사들과 함께 사방에서 날아오는 화살들은 진영에 꽂히자마자 폭발을 일으키며 정신을 못 차리게 만들고 있었다.

프레드 백작은 급히 말에 올라타 기사들에게 지시하며 함께 일단의 병사들이 공격한 쪽으로 말을 몰아갔다. 하지만 이내 그가 있는 쪽으로도 폭발의 화살이 날아와 진형을 무너뜨렸고 다시 남쪽에서도 마령의 기마대가 밀려오고 있었다.

서쪽으로 향하는 프레드 백작의 기사대는 남쪽에서 밀려오는 기마대에 의해 진형의 옆구리를 공격당했고, 북극령의 병사들은 세내로 된 공격 한번 못해보고 마령 측의 기병들에게 죽임을 당하고 있었다.

사방에서 날아오는 폭발성 화살과 밀려오는 군대들에 정신을 못 차린 프레드 백작은 전군에 후퇴 명령을 내렸지만 도망칠 방향을 제대로 파악하지 못한 북극령의 병사들은 안개 속에서 우왕좌왕하다가 마령 측 병사들에게 죽임을 당할 뿐이었다.

"전군 북쪽을 향해 후퇴하라!!"

프레드 백작의 명령을 받은 기사들은 우왕좌왕하는 병사들에게 소리치며 북쪽으로 퇴각을 지시했다.

다행히 북쪽에 적군은 일단의 궁병들밖에 없었기 때문에 살아남은 병사들은 전력을 다해 후퇴할 수 있었지만 나머지 세 방향에서 계속되는 적의 공격에 피해는 엄청났다.

어느 정도 적의 공격 거리에서 벗어난 프레드 백작은 그제야 휘하기사들에게 지시해 피해를 살펴보았는데, 북극령군의 피해는 엄청나 전군의 반 수 이상을 잃고 말았다.

이미 군수 물자를 포함해 모든 것을 버리고 도망친지라 프레드 백작은 자신이 주둔하고 있던 평원에서 얼마 떨어지지 않은 세이반 성으로 병사들을 후퇴시킬 수밖에 없었다.

"도대체 어떻게 하면 1만 정도밖에 안 되는 마령군에게 이런 패배를 당할 수 있단 말인가……."

프레드 백작은 자신의 패배가 이해되지 않았다.

자신이 왜 패배했는가를 생각하던 프레드 백작은 그때서야 무엇인가를 깨달을 수 있었다.

마법사. 평상시에는 허접하게 본 마법사란 그 전력이 자신들에게 너무나 부족했던 것이다.

훨씬 적은 수의 병력임에도 마령 측의 군대는 마법사의 마법으로 상당한 원조를 받으며 유리한 입장에서 공격할 수 있었고, 자신들은 초반에 겪은 마법사들의 위력 탓에 움찔거려 제대로 된 싸움조차 해 보지 못한 것이다.

전쟁에서 하나의 선택권이 더 주어진다는 것은 그만큼 유리한 고지가 하나 더 생긴다는 것을 의미했다. 자신이 숫자의 우세함이라는 하나의 이점을 살리지 못한 반면 마령 측은 마법사라는 이점을 효과적으로 이용한 것이다.

후회됐다. 헬라이나에게 빠져 제대로 된 생각을 하지 못했던 그는 정말 후회스러웠다.

자신의 곁에 있어야 할 헬라이나가 보이지 않자 그는 그녀가 전사했다고 믿고 있었다.

하지만 아깝다는 생각은 들지 않았다. 어차피 지나가는 여인이었다고 생각했기 때문이다.

"크로드, 남은 병력은 얼마 정도 되는가?"

크로드는 붉은 머리의 별로 크지 않은 신장을 지닌 자로 검술과 용병술이 뛰어난 그의 부관이었다. 헬라이나가 들어오면서 뒷전으로 밀려 버렸지만, 그는 헬라이나에게 자신의 자리를 뺏겼음에도 언제나 그의 곁에서 멀어지지 않고 그를 지켜왔다.

프레드 백작은 헬라이나에게 마음을 뺏겼을 때에도 그에게만은 함부로 대하지 못했다. 그만큼 그에 대한 신임은 두터웠고 자신이 크샤스에게 모든 것을 뺏긴다 하여도 그가 자신을 따라줄 것임을 알고 있었다.

"세뇌 상태에서 움직이지 못했던 마병늘은 전멸했고 남아 있는 병력은 약 2만 정도입니다."

2만. 그중에 부상자들을 제한다면 남는 숫자는 그리 많지 않을 테지만 마령 측 역시 비병들에 의해 많은 수가 당했고 이번 전투에서 꽤 많은 숫자가 부상당했을 것이기에 수적으로는 밀리지 않으리라 생각했다.

"어떤가? 이대로 돌아가기는 조금 억울하지 않은가?"

프레드 백작의 말에 크로드는 미소를 지었다. 패전 뒤에 지어서는 안 되는 표정이었지만 지금 자신의 주군이 본래의 눈을 되찾았는데 어찌 웃지 않을 수 있겠는가?

"주군께서 말씀만 하신다면 죽을 때까지 한번 싸워보겠습니다."

크로드의 말에 프레드 백작은 미소를 지었다. 이 정도의 패전 후에도 그는 아직 자신을 믿어주고 있는 것이다.

"역사상 보면 부패한 귀족들은 뛰어난 장수들에 의해 희생되어 장수의 이름을 높여주었지. 하지만 말야, 부패한 귀족이라고 해서 맨날 당하라는 법은 없지. 안 그런가?"

"물론입니다."

프레드 백작이 돈과 여자를 밝히며 암수를 펼치는 전형적인 귀족인 것은 사실이었지만 그렇게 바보는 아니었다.

정말로 싸워야 할 때면 그는 싸울 수 있었다.

"적은 조금 전의 대승으로 방심하고 있을 것이다. 어차피 우리의 진지가 있었던 자리의 물자를 획득하지 못하면 성으로 돌아간다고 해도 물자가 부족할 것은 자명할 터. 배고프지 않은 지금이 녀석들을 칠 수 있는 좋은 기회. 안개가 사라지지 않은 지금, 우리의 역습은 성공할 확률이 높다. 크로드, 각 지휘관들에게 전달하라! 전군은 회군하여 나라를 침범한 마령의 악도들을 몰아내라고 말이다!"

"예, 백작님!"

크로드가 지휘관들에 지시하기 위해 달려가자 프레드 백작은 음흉한 미소를 지었다.

'마령의 도적놈들… 북극의 프레드가 결코 쉬운 인물은 아니라는 것을 가르쳐 주마. 하하하하!'

북극령의 군대를 기습하여 대승을 일궈낸 크렌 장군은 부관 안티아노와 포로 문제에 대해서 이야기하고 있었다.

"마물들은 거의 대부분이 전멸했고 북극령의 병사들은 약 3,000명 정도를 포로로 잡아놓았습니다."

"3,000명이라……."

현재 마령 측의 병사들의 수는 그렇게 많지 않았기 때문에 3,000명의 포로라는 것은 상당한 난점으로 다가왔다.

보통의 전쟁터에서라면 불필요한 포로였기에 모두 죽여도 상관없었지만, 현재 이곳에서 싸우지 못하는 인간들을 죽인다는 것은 조금 꺼려졌기 때문이다.

"거참, 승전을 했어도 문제군."

크렌 장군은 이 사태가 어이없는지 헛웃음만이 나올 뿐이었다. 하지만 이렇게 계속 문제를 방치해 둘 수는 없는지라 조속한 선택을 해야만 했다. 북극령의 본군이 들이닥치기 전에 어느 정도의 방비는 해 두어야 했기 때문이다.

"어쩔 수 없군. 포로들을 이용하여 방책이나 쌓도록 하세나."

"예, 장군."

안티아노는 크렌 장군의 명령을 받아 지시를 내리려 밖으로 나서는데 갑자기 북쪽의 진형이 어수선해지고 있다는 것을 알 수 있었다.

"무슨 일이냐!"

안티아노는 영문을 몰라 근처의 병사 한 명에게 말했는데 그 역시 무슨 일인지 자세히 모르고 있었다. 하지만 얼마 안 있어 소란의 정체를 알 수 있었다.

"적군이다!"

"적군?!"

안티안노는 이해할 수가 없었다. 북극의 원군은 이곳에서부터 이틀 정도의 거리에 있었기 때문에 그들이 이렇게 빨리 당도할 리가 없기 때문이었다.

"적군이라고?!"

크렌 장군 역시 그 소리에 놀라 머물고 있던 텐트에서 나와 소리쳤다.

"그렇습니다! 한데 어떻게?!"

"당장 방어 태세를 갖추도록 지시해라. 젠장! 프레드 백작이란 녀석을 너무 쉽게 봤군!"

크렌의 말을 듣고서야 안티아노는 이해할 수 있었다. 방금 전의 전투에서 패배한 적군이 후퇴를 가장하고 역습을 해온 것이다.

지금까지의 싸움으로 안티아노는 그를 얕보고 있었기에 북쪽의 세이반 성으로 후퇴할 줄 알았는데 그런 그가 예상을 뒤엎고 역습을 해온 것이다.

"기병들로 하여금 적의 속도를 늦추도록 하고 나머지는 이곳을 버려두고 천천히 후퇴를 하도록 지시해라."

"예."

현재 마령 측의 병사들은 전에 있었던 싸움 뒤에 포로들과 여러 가지 문제 때문에 전혀 쉬지를 못했고 진형 또한 엉망이 되어 있는 상태이기 때문에, 이런 갑작스러운 기습이라면 제대로 방비도 못해보고 전멸할 수도 있기 때문에 크렌 장군으로선 후퇴를 지시할 수밖에 없었다.

상대를 너무 경시했고, 한 번의 대승 뒤에 자만했던 것. 그것이 현재의 상태를 만든 것이다.

거의 대부분의 기병들은 차후에 있을 전투에 대비해서 갑옷을 벗고 휴식하고 있었기 때문에 경갑 기병만이 급하게 전투 장비를 하고 북극령의 군대의 진군 속도를 늦출 수 있었지만, 2만 정도의 군대를 막기에는 역부족이었다.

어느 정도 싸우다 경갑 기병 역시 후퇴할 수밖에 없었고, 북극령의 기병들은 후퇴하는 마령들을 공격하며 유린하기 시작했다.

"크하하하하하!"

누구의 웃음소리인지는 모르겠지만 이 소란스러운 전쟁터에서 너무나 똑똑하게 들리는 웃음소리에 후퇴하는 마령의 병사들은 소름이 돋을 정도였다.

웃음소리의 주인은 다름 아닌 프레드 백작이었다. 프레드 백작은 마나를 돋워 웃음소리를 크게 내며 후퇴하는 마령의 병사들을 조롱하고 있었고, 먼 거리에서 그 웃음소리를 들은 크렌 장군은 억울함에 피가 솟을 지경이었다.

수적으로는 엄청난 대승을 거둔 크렌 장군이었지만 이것이 결코 진정한 승리가 되지 못한다는 것을 알고 있었기 때문이다.

본진에서 부상병들과 함께 남아 있던 로우나는 전투의 상황을 별점과 카드를 통하여 알아보고 있었는데, 어느 정도의 시간이 지나자 갑자기 탄식을 내뱉었다.

"아!"

갑작스러운 로우나의 탄식에 옆에서 지켜보고 있던 라디안이 이상한 듯 물었다.

"무슨 일이십니까? 마령의 기습이 실패했나요?"

그 말에 로우나는 고개를 저으며 타로트 카드를 하나하나 챙겨 들며 말했다.

"기습은 성공하겠지만, 아마 승리도 패배도 아닌 결과를 얻게 될 것 같구나."

"승리도 패배도 아니라고요?"

"그렇단다. 만약 이번 기습에서 큰 승리를 얻었다면 앞으로 있을 전투에서 유리한 고지를 차지할 수 있었을 텐데… 안타깝게도 마령 측은 이제부터 힘든 전투를 이어 나가야 할 것 같구나."

로우나의 별점과 카드 점은 칠인회 내에서도 상당히 정확하다고 소문이 나 있었고 거의 반 이상의 예언이 적중하고 있었기에, 라디안도 그녀의 말에 조금은 근심이 생길 수밖에 없었다.

하지만 예언은 어떻게 하느냐에 따라서 달라질 수도 있는 일. 그녀의 점이 틀린 부분은 바로 그러한 것들 때문에 달라진 예언들이었다.

"라디안, 이곳을 지휘하는 기사에게 말해 움직일 수 있는 마법사들과 병사들에게 후퇴하고 있는 병력을 도울 수 있게 약 3킬로미터 정도 앞에서 대기하라고 하거라."

"예."

라디안은 로우나의 명령을 듣고 급히 밖으로 나갔다. 로우나가 거처하고 있는 천막의 밖에는 작은 연무장이 있었는데, 그곳에서 일단의 기사들이 열심히 검 연습하고 있었다.

그들은 부상으로 이번에 출전에 나가지 못하게 된 기사들이었는데 아직 부상이 완전히 낫지 않았음에도 연습을 게을리 하지 않는 것으로 보아 마령의 기사들의 정신 상태를 잘 보여주고 있는 단면이라고 할 수 있었다.

연습하고 있는 기사들의 앞에서 나머지 기사들의 연습을 지켜보고 있던 한 기사가 라디안이 자신들을 향해 오고 있는 것을 보고는 말했다.

"무슨 일이냐?"

그 기사는 라우렌이라는 1급 기사로 뛰어난 실력을 가지고 있었지만 비병들과의 싸움에서 와이번의 발톱에 의해 큰 부상을 입고 남게 되었다. 다행히 마나를 다룰 수 있는 실력이 있는지라 마법사의 치료 마법을 받자 빨리 나을 수 있었고, 지금은 회복되는 기사들을 훈련시키고 있는 교관 역할을 하고 있는 것이다.

라우렌의 말에 라디안은 정중하게 인사를 하고는 로우나의 말을 전달했다.

"저희 6회주께서 얼마 안 있으면 후퇴하고 있을 마령의 병사들이 있을 테니 일단의 병사들로 하여금 그들을 원조하도록 하라는 지시를 내리셨습니다. 그래서 기사님께 말씀드리기 위해 급히 달려왔습니다."

아직 확실하지도 않는 짐작 같은 이야기에 보통의 기사들이라면 말도 안 된다는 듯이 일축할 수도 있었겠지만 라우렌은 조금은 다른 방향을 취했다.

"서둘러야겠군. 마법 병단 측에서도 나올 셈인가?"

"예, 회주께서 그렇게 말씀하셨습니다."

"알겠네. 10분 정도면 어느 정도 준비를 끝낼 수 있으니, 마법 병단 쪽도 준비를 서두르시라 전하게."

"예."

라우렌은 라디안에게서 들은 이야기가 확실한 정보를 통해서 나온 이야기는 아니지만 대륙에서 내로라한다는 칠인회의 회주 정도가 자신들에게 전달하라고 말한 것이라면 어느 정도 정확성은 있을 것이라고 생각한 것이다.

10분의 시간이 지나자 큰 부상자들을 제외하고는 많은 수의 병사와 기사들이 진열을 갖추고 떠날 준비를 마친 상태였고, 그의 뒤를 이어

라디안과 마법사들이 걸어오고 있었다.

"마법사들의 준비는 다 끝났는가?"

"예. 기사님께서는 출발하시지요."

"알겠네."

라우렌은 라디안의 말을 듣고는 말을 몰아 진열의 앞에 다다른 후 병사들을 향해 진군 명령을 내렸다.

라므는 두 자루의 투 핸디드 소드 중 하나의 검에 마나를 주입하고는 자세를 잡았다. 마나를 주입하지 않은 검은 위로, 마나를 주입한 검은 뒤로 뻗는 자세였다.

루덴스는 그의 자세를 보고는 자신 역시 자세를 잡았는데, 루덴스의 자세 역시 그와 비슷하기는 했지만 왼손은 손바닥을 편 채 앞으로 내밀었고 검은 우측 아래를 향하게 뻗었다.

"하앗!!"

고함 소리와 함께 라므는 뒤쪽으로 돌린 마나를 주입한 검을 루덴스를 향해 던졌다.

단순히 검을 일직선으로 던진 것이 아닌 엄청난 회전을 주입하여 던진 검은 지면과 맞닿을 정도로 낮게 회전을 하며 루덴스에게 날아갔고, 검의 회전 때문에 대지는 요동 치며 엄청난 흙먼지를 일으켰다.

순식간에 주변은 흙먼지로 둘러싸여 아무것도 보이지 않을 만큼 혼탁해졌고, 루덴스는 먼지를 일으키며 날아오는 검을 보며 한 발자국 옆으로 살짝 피했다. 한데 반대쪽에 있어야 할 라므는 이미 루덴스의 시야에서 사라진 지 오래였다.

"위?"

루덴스는 갑작스럽게 느껴지는 강한 흐름에 위를 쳐다보았는데 5미터 정도의 상공에서 라므가 떠 있었다.

"데스 호크!!"

라므는 기술 이름을 외침과 동시에 남은 하나의 투 핸디드 소드를 루덴스에게 집어 던졌다.

상공에서 떨어지는 라므의 검은 빠른 속도로 루덴스를 향해 날아왔고 루덴스는 검을 피할 시간이 없다는 것을 느끼곤 자신의 검으로 그가 던진 검을 쳐내기 위해 휘둘렀다.

캉!

루덴스의 검과 라므의 검이 부딪치는 소리가 대지를 울리면서 한 자루의 검이 루덴스의 좌측으로 날아갔다. 그것은 라므의 검으로 루덴스의 마나가 깃든 검과 부딪친 라므의 검은 두 동강이 난 채 날아갔다.

하지만 이 공격으로 끝은 아니었다. 라므의 모습은 다시 한 번 루덴스의 눈에서 사라진 것이다.

데스 호크. 그것은 단순히 눈을 가리면서 적의 위에서 공격하는 기술이 아니었다.

처음 던진 마나를 깃들여 회전시킨 그 검이 진짜 공격이었다.

대지에 흙먼지를 일으키며 회전하던 검은 포물선을 그리며 다시 루덴스의 뒤쪽으로 날아왔고, 그의 뒤에는 공중에서 내려온 라므가 있었다. 라므는 강하게 회전하는 검을 보지도 않고 잡아채면서 루덴스의 허리를 베어갔다.

갑작스러운 공격에 루덴스는 당황할 만도 하건만 그러한 기운은 루덴스의 눈에는 보이지 않았다.

"소멸의 검!!"

암흑 투기의 발현. 유리마가 인간의 신체로 암흑 투기를 발현시키는 데 상당한 제한이 따르는 데 반해, 마신 라스타의 대리자로 거의 모든 힘을 이어받을 수 있는 루덴스의 암흑 투기는 엄청났다. 흙먼지로 가득 찬 대지는 어느새 루덴스의 암흑 투기에 의해 어둠의 공간으로 변해 버렸고 한줄기의 검은 빛줄기가 라므가 있던 곳을 관통해 나갔다.

암흑 투기는 단순히 라므를 공격한 것만으로도 그 기세가 멈추지 않고 뻗어 나가 일행이 지나쳐 왔던 밀림을 헤집고 앞으로 뻗어 나가며 날아갔다.

일 분 정도의 시간이 지나자 어느 정도 흙먼지는 가라앉았고 두 사람의 모습은 드러났다.

루덴스는 자신의 검을 앞으로 뻗은 채 자세를 멈추고 있었고 라므는 두 손으로 투 핸디드 소드를 들어 방어하는 모습으로 서 있었다.

그 순간까지도 결과는 잘 알 수 없었다. 라므의 공격이 성공한 것인지, 아니면 루덴스의 공격이 성공한 것인지. 하지만 얼마 안 있어 결과는 드러났다.

라므의 투 핸디드 소드… 엄청난 크기의 그 검은 조금씩 가루가 되어 날아가는 듯하더니 잠시 후 완전한 가루가 되어 흩어져 버린 것이다.

라므의 입에서 붉은 핏줄기가 새겨지며 밑으로 떨어지고 있었다. 하지만 라므는 비통해하지 않았다.

피를 흘리는 와중에서도 라므의 입에는 미소가 서려 있었다.

루덴스는 자신의 검을 검집에 집어넣고는 말했다.

"만족하는가?"

그의 말에 라므는 고개를 끄덕이며 말했다.

"만족합니다. 소멸의 검, 그 정체를 알 수 있었다는 데 말입니다."

그 말과 함께 라므의 몸은 쓰러졌는데 대지와 그의 몸이 부딪치자마자 라므의 몸은 가루가 되어 흩어졌다.

루드웨어는 그의 모습을 보며 자신도 모르게 말했다.

"다크 그리터와 카오스 오브 스페이스… 더욱 강해졌군."

루드웨어는 그 짧은 순간 두 개의 기술이 어떻게 사용되었는지를 본 것이다. 먼지와 암흑 투기에 가려져 아무도 보지 못한 장면을 본 루드웨어는 루덴스의 무서움을 알 수 있었다.

"어떻게 된 거야?"

로노와르가 묻자 루드웨어는 고개를 끄덕이며 두 사람의 대결을 이야기해 주었다.

"라므의 두 개의 검 중 하나는 강한 회전을 일으키며 적의 시야를 막는 것이고, 다른 하나는 공중에서 적을 공격하는 것이지. 데스 호크 상대가 평범한 전사였으면 첫 번째나 두 번째의 공격에 패배를 당하겠지만 그 정도의 공격은 루덴스에게는 별것 아니었지. 하지만 세 번째 공격, 즉 첫 번째 회전시켜 던진 검이 포물선을 가르며 다시 되돌아왔고, 그것을 라므가 잡아 자신의 전 마나가 담긴 검을 휘둘렀을 때 루덴스는 막는 방법보다 자신의 비기를 사용하는 방법을 선택했지."

"비기로 공격했다고?"

"그래. 소멸의 검… 암흑 투기를 발현하여 적을 공격하는 방법이지만, 카오스 오브 스페이스와 다크 그리터는 방어와 공격이라는 두 가지 상반된 기술이지. 루덴스는 그 찰나의 순간 왼손으로 카오스 오브 스페이스를 사용하여 라므의 공격 시간을 늦추었고 오른손의 검으로 다크 그리터를 사용했다. 자신의 공격이 실패한 것을 깨달은 라므는 회전하는 투 핸디드 소드를 돌려 루덴스의 다크 그리터를 방어하려고 했지만, 다크 그리터는 소멸의 암흑 투기, 라므의 전 마나가 담긴 검을 꿰뚫어 버린 거지."

루덴스의 일단의 행동은 정말 짧은 시간이었지만 루드웨어는 두 사람의 대결을 정확히게 체크하고 그 방법까지 알고 있었기에 루덴스 역시 루드웨어의 눈에 탐복하지 않을 수 없었다.

한편 시스는 루덴스의 실력에 혀를 내두를 정도였다. 대륙에서 최고의 실력을 지닌 이 중 한 명이란 이야기는 들은 적이 있었지만 그것은 마신 라스타의 암흑 마법의 힘을 모두 쓸 수 있기 때문이라 믿었는데, 루덴스는 마법을 사용하지 않고도 자신도 이길 수 있을까 생각되는 라므와의 싸움을 간단하게 승리로 이끈 것이다.

'소멸의 검… 그것을 난 막을 수 있을까?

정답은 불가능이었다. 마나로 방어했음에도 아무 소용이 없던 녀석의 공격을 무슨 수로 막겠는가? 루덴스와의 싸움에서 승기를 잡을 수 있는 유일한 방법은 그의 기술을 원천적으로 봉쇄하는 방법밖에 없지만, 카오스 오브 스페이스로 자신의 움직임을 막을 수 있는 그의 기술을 막을 수 있는 방법은 없었다.

카오스 오브 스페이스는 단순히 기술이라기보다 순간적으로 쓸 수 있는 마법, 즉 홀드에 더 가까웠기 때문이다.

보통의 마법사가 마법을 한 번 사용하려면 약간의 시간이 필요했다. 또 서클이 높은 마법사라면 더블스펠이 가능하기는 했지만, 상대를 묶어둘 수 있는 홀드 마법은 상대보다 정신력이 높아야만 성공할 수 있기 때문에 더블스펠로 분산된 정신으로는 상대를 묶어놓기가 어렵다. 그렇기 때문에 마법사들은 전사와의 1:1 싸움에서 결코 홀드를 사용하지 않는 것인데 루덴스의 기술은 홀드와 같은 기능을 발휘하면서 공격을 할 수 있는 것이었다.

또 보통의 홀드라면 마나를 다룰 수 있는 소드 익스퍼트 이상의 검사들에게는 별로 소용이 없지만 그의 카오스 오브 스페이스는 소드 마스터에게도 통하는 것이다. 물론 완벽하게 묶지는 못하지만 소드 마스터 급의 싸움에서 약간의 시간이라도 멈추게 할 수 있는 것은 거의 승리와 마찬가지이기 때문이다.

라므의 부하들은 대장이 루덴스와의 싸움에서 패한 뒤에도 전혀 동요하지 않았다. 오히려 기뻐하는 표정을 짓다가 다시 부러워하는 것 같았다.

"저 녀석들은 도대체 뭐 하는 놈들이지? 대장이 죽었는데도 화내기는커녕 도리어 좋아하잖아?"

시안은 그들의 모습을 보며 황당하다는 듯이 말했지만 시스는 고개를 저으며 말했다.

"저들은 이미 죽음을 각오하고 이 장소에 나온 것이다. 살아 돌아간다는 것은 이미 그들의 생각에서 사라진 지 오래다. 그들이 부러워하는 것은 자신들의 대장 라므라는 녀석이 진정한 강자와 1:1 대결을 한 후 죽었다는 것이지. 저들에게 그것은 명예이지 결코 치욕이 아니다."

시스의 말에 시안은 고개를 끄덕이긴 했지만 완전히 수긍한 것은 아니다. 솔직히 죽음보다는 삶이란 것이 더 낫지 않은가?

라므의 일행 중 할버드를 들고 있는 기사가 한 명 앞으로 나오더니 손가락으로 시스를 가리키며 말했다.

"난 크샤스님의 친위대의 일급 기사인 파리브라고 하네. 시스, 드래곤 슬레이어라는 이름을 가진 자네와 한번 겨루고 싶구만. 상대해 줄 수 있겠나?"

처음 시작했을 때와의 난전과는 반대로 이제 싸움은 정말 기사들이 겨루는 1:1 결투로 바뀌어진 기분이 들었다. 시스는 파리브란 자의 요청에 고개를 끄덕였다. 드래곤과의 싸움에선 동료의 도움이 많이 있었지만 자신도 한때 기사의 한 사람이었던 자. 강한 자와의 결투는 그 역시 거부하고 싶지 않은 일이었다.

"시스라고 합니다. 이미 버리기는 했지만, 로아냐드 제국의 황실 기사단의 일급 기사였기에 파리브님의 요청을 거부할 수가 없군요."

"고맙네."

파리브는 두 손으로 할버드를 잡아 앞으로 내밀었고, 시스 역시 그와 똑같은 자세로 할버드를 내밀었다.

잠깐의 시간이랄까? 누구 하나 움직이려 하지 않는 가운데 루드웨어가 돌멩이 하나를 그들의 가운데에 던졌고 그 순간 두 사람은 빠른 속도로 상대에게 대시해 들어갔다.

"타앗!"

파리브가 할버드를 횡으로 휘두르자 시스는 공중으로 뛰어올라 가녑게 공격을 피한 후 수직으로 자신의 할버드를 휘둘렀다. 하지만 그역시 시스의 공격을 가볍게 옆으로 피하고는 할버드에 마나를 주입하며 소리쳤다.

"간다! 파이어 스톰!"

그의 할버드는 불의 속성이 새겨져 있는 무기였는지 마나를 주입하자 엄청난 불길이 치솟아올랐고, 그가 할버드를 휘두르자 불길의 소용돌이가 시스를 향해 몰아닥쳤다.

시스는 할버드에 마나를 주입하고는 불길의 소용돌이 속으로 뛰어들어갔는데 그는 어깨 갑옷으로 불길의 소용돌이를 지나가며 기세를 멈추지 않았다.

"폭포 자르기!"

시스의 할버드가 횡으로 휘둘러졌고 파리브는 시스의 폭포 자르기에 허리를 잘리고는 땅으로 쓰러졌다.

얼마 안 되는 시간의 결투였지만 두 사람의 결투는 치열했는지 시스는 어깨 갑옷이 파괴당한 채 피를 흘리고 있었다.

"살을 내주고 뼈를 가른다. 동방에서 내려오는 무인들의 속담이 생각나는군."

루드웨어는 시스의 결투에 간단하게 소감을 말하고는 앞으로 나아가 크샤스의 부하들을 향해 말했다.

"1:1의 결투도 좋긴 하지만, 우린 이곳에서 시간을 보낼 수는 없는 입장이라서 말이야. 어떤가, 한 번의 대결로 결정을 보는 것이?"

그의 말에 그들은 잠시 생각에 잠기는 듯하다가 한 명의 기사가 앞으로 나오며 말했다.

"이미 두 번의 결투에서 우리는 패했소. 이 정도의 호의를 베풀어

주는 것도 고마운 것이거늘 어찌 염치없게 더 이상 당신들의 앞을 막겠소이까. 하지만 우린 주군의 명령을 받은 기사, 당신의 요청대로 이번의 대결을 통해 서로의 갈 길을 정해보도록 합시다."

그 말과 함께 그는 허리에 차 있는 롱 소드를 뽑아 들었다. 그 역시 소드 마스터인지라 그의 몸에서 뿜어져 나오는 투기는 상당히 놀랄 만한 것이었다.

루드웨어는 그의 선택에 미소를 짓고는 시안에게 다가가 말했다.

"나에게 단검 열두 개만 잠시 빌려주게나."

루드웨어의 말에 시안이 놀라면서 말했다.

"루드웨어, 당신이 싸우려고요?"

시안의 말에 루드웨어는 고개를 끄덕였다. 마법사가 기사와의 1:1 대결을, 그것도 남의 부기를 빌려서 싸운다는 것은 있을 수 없는 일이기에 시안은 조금 망설여졌지만 옆으로 돌아온 시스의 무언의 말에 시안은 자신의 품에서 열두 개의 단검을 꺼내주었다.

"시안, 날 너무 우습게 보지 말라고. 비검이라면 나 역시 어느 정도 자신이 있으니까."

하지만 아무리 비검에 자신이 있다고 해도 상대는 소드 마스터였다. 도둑의 비검이 아무리 강하다고는 해도 기습이 아니라면 비검은 소드 마스터에게 우스울 뿐이었다.

루드웨어는 시안에게 받은 열두 개의 단검 중 4개는 허리에, 8개의 단검은 손가락 사이에 끼워 넣은 후 자신을 상대할 기사를 보며 말했다.

"나 역시 비검 하나만은 소드 마스터 정도의 능력이 있으니 우습게 보지는 말기 바라네."

물론 상대는 그를 우습게 보지 않았다. 이번 한 판으로 서로 간의 갈 길을 정하는 것인데 그런 중요한 일에 실력이 없는 자가 나설 리가 없기 때문이었다.

"물론입니다. 전 친위대의 일급 기사 란티스라고 합니다."

"크샤스에게서 들어 내가 누구인지 정도는 알고 있을 테지만… 소개하지. 칠인회의 총회주 직을 맡고 있는 루드웨어라고 하네."

로노와르는 갑자기 루드웨어가 앞으로 나서자 주제도 모르고 나선다는 생각에 조금 화가 났다.

"저 멍청한 녀석, 왜 나서는 거야!!"

"기사다운 기사를 모욕하기 싫었기 때문이랄까?"

그 목소리는 암흑 신관 유리마였다. 로노와르는 유리마의 말을 이해하지 못하고 말했다.

"모욕하기 싫어서 나서다니 무슨 말이야?"

"루드웨어는 실제적으로 이 일행의 리더다. 이런 중요한 결정에 리더가 나서지 않는다는 것은 상대방을 우습게 보는 것이 될 테니까."

"말도 안 돼! 루드웨어는 마법사야! 기사 간의 대결에서는 마법사가 나서지 않는 것이 보통이라고!"

"물론이지. 하지만 루드웨어에겐 마법사로서의 능력뿐 아니라 전사로서의 능력도 있으니까."

"전사로서의 능력?"

지금까지 루드웨어가 검 같은 것을 사용한 것을 한 번도 본 적이 없었기 때문에 로노와르는 이해가 가지 않았다.

"루드웨어와 루덴스는 닮은꼴이라고 할 수 있지. 루덴스가 검을 다루는 기사로서 마법을 사용할 수 있는 것처럼 루드웨어는 마법을 다

루기는 하지만 검 역시 잘 다루지. 오래간만에 루드웨어의 비검을 보겠군."

"유리마는 루드웨어의 비검을 본 적 있어?"

"마계에서 딱 한 번. 엄청났지. 그 당시에는 광 투기를 사용하지 못하고 보통의 인간들이 내는 투기만을 사용했는데도 말이야."

"응? 광 투기? 루드웨어가? 광 투기는 신족들만이 사용하는 거잖아?"

광 투기란 말에 다시 되묻는 로노와르를 보며 유리마는 실수했다는 투로 쓴웃음을 내뱉으며 말했다.

"아직 루드웨어가 이야기해 주지 않은 모양이군. 그렇다면 나도 그 부분에 대해서는 이야기해 줄 수 없지. 하지만 녀석의 비검에 대한 것이라면 이야기해 줄 수 있다."

할 수 없이 로노와르는 비검에 대해서만 물어볼 수밖에 없었다.

"어떤 비검인데?"

"동방의 기술로 팔연환비도술(八連環飛刀術)이라고 하지. 자세한 내용은 보면 알 거고. 녀석과 한 번 대련을 해본 적이 있는데 굉장하더군. 하지만 시간이 지난 만큼 그 뒤로 이어오는 다른 비술도 있을 거라 생각한다."

"다른 비술?"

"그래. 광 투기까지 가지고 있는 지금 광 투기를 사용하지 않을 리는 없겠지. 루덴스 역시 암흑 투기를 이용하여 기존의 기술을 변형했으니까 말이야."

어쨌든 유리마와 로노와르의 정말 축구 해설 같은 설명을 뒤로하고 루드웨어에게 카메라를 넘긴다면… 서로 공격은 하지 못하고 노려보고만 있는 두 사람은 어느 사이엔가 서로를 마주 보며 옆으로 몸을 움직이고 있었다.

루드웨어의 상대인 기사는 멀리 유리마에게서 들려오는 기술의 이름을 듣고서 그의 비검이 8개가 연달아 날아오는 연속 비검이라는 것을 어느 정도 알 수 있었기에 그렇게 서두르지는 않았다.

비검이란 것이 한번 실패하면 회복하기가 어렵기 때문이다. 도대체 아군이란 놈이 적에게 기술 이름을 다 말해 주고 있다니, 이것이 무슨 싸움이란 말인가!

"간다!"

란티스는 갑자기 루드웨어를 향해 재빠르게 뛰어갔고 루드웨어는 그런 그의 모습을 보며 공중으로 뛰어올랐다.

"팔연환비도술!!"

루드웨어의 팔연환비도술. 한꺼번에 여덟 개의 단검을 집어던지는 이 기술은 마나를 포함하면 더 강력한 공격력을 자랑한다.

마나 주입과 힘의 조정에 의해서 같은 시간 여덟 곳에서 날아드는 이 비도술은 상대로 하여금 피할 틈을 주지 않고 공격해 들어가는데, 란티스는 그런 것에 신경 쓰지 않는다는 듯이 롱 소드에 마나를 주입하고는 회전했다.

란티스의 마나가 주입된 검은 강한 검기를 이루었고 검기를 이룬 채 란티스가 회전하자 란티스 주위에는 마나의 장벽이 둘러쳐졌다.

"검막!"

"검막?"

유리마의 외침에 로노와르가 궁금한 듯이 묻자 유리마는 검막에 대해서 자세하게 설명해 주었다.

"산검류의 달인만이 사용할 수 있는 최고의 비기가 바로 검막이다. 검을 빠르게 휘둘러 하나의 막을 만들어 버리는 기술인데, 최고의 방어력을 자랑하는 검기술이다."

란티스의 검막에 의해 단검들이 모두 사방으로 튕겨 나가자 란티스는 회전을 멈추고 빠른 속도로 루드웨어를 향해 대시해 들어갔다.

비검의 기술이 실패한 이상 약간의 빈틈이 드러날 것이라 예상했기 때문이다. 하지만 그것은 란티스의 오판이었다.

"섬광비도술!"

루드웨어의 손에서 하나의 빛줄기가 뻗어 나가며 대시해 들어오는 란티스의 머리를 관통해 나갔고 란티스는 그 자리에서 움직임이 멈춰지고 말았다.

"저럴 수가!"

그 대결을 보고 있던 다른 사람들은 놀라 입을 다물 수가 없었다. 루드웨어의 손에서 뻗어 나간 빛, 그것은 바로 마나를 머금은 단검이었고 움직임이 멈춘 란티스의 이마에는 한 자루의 단검이 깊숙하게 꽂혀 있었다.

또 단검은 머리에 박혀 있었지만 놀랍게도 란티스의 뒤통수에는 검이 뚫고 나간 것처럼 큰 상처가 새겨져 있는 것이다.

"광 투기……."

유리마는 단검에 머금어졌던 마나의 정체가 광 투기라는 것을 알 수 있었다. 광 투기는 단검에 머금어져 쏘아졌다가 란티스의 이마에 박혀 단검의 움직임이 멈춰지자 단검을 벗어나 그대로 란티스의 머리를 뚫고 지나간 것이다.

"대륙 제일의 비도술……."

왠지 알 수 없는 무협적 발언을 내뱉은 란티스는 그 말을 끝으로 땅으로 쓰러져 죽음을 맞이했다.

루드웨어와 란티스의 대결에서 란티스가 패하자 나머지 친위 기사들은 란티스가 약속했던 대로 그들의 앞에서 사라져 갔다.

루드웨어 일행은 그들이 사라지자 후~ 하는 한숨을 쉬며 안도의 표정을 지었는데 그것을 알 수 없었던 로노와르가 물었다.

"웬 한숨이야? 실력은 우리가 월등하잖아."

그 말과 동시에 루드웨어가 로노와르의 머리를 주먹으로 강타하며 말했다.

"멍청한 녀석! 저 정도의 실력을 이렇게 쉽게 끝낼 수 있었던 것은 다행이라고. 만약 난전으로 휩쓸렸다면 도둑인 시안이나 신관인 아이샤 같은 사람은 죽음을 면치 못했을 거라는 것은 예상도 못하냐!"

맞은 것이 억울하기는 하지만 루드웨어의 말이 틀린 것이 아닌지라 로노와르로서는 참을 수밖에 없었다.

"어쨌든 번거로운 녀석들을 보냈으니 이 근처에서 야숙을 하자고. 날도 어두워지고 있고 주위의 기운을 느끼니 5킬로미터 안까지 느껴지는 적의 기운은 없으니까."

루드웨어의 말에 일행은 고개를 끄덕이며 야숙 준비를 했다.

33장 알 수 없는 전세

라우렌과 라디안은 로우나의 지시대로 주둔지에서 3킬로미터 정도 앞에 병사들을 집결시킨 채 기다렸지만 1시간이 지나도록 아무 소식 이 없었다.

로우나를 믿고 있는 라우렌이라고는 하지만 지나가는 시간이 아까 웠다. 이 정도의 시간이면 병사들에게 더 많은 훈련을 시킬 수 있었을 테니까 말이다. 애석하게도 라우렌이란 자는 뼈 속까지 기사였다.

"낌새도 보이지 않는군."

"잠시만요."

라디안은 라우렌에게 잠시 기다리라는 말을 하고는 마법을 시연했 다. 이글아이. 독수리의 눈으로 먼 곳을 볼 수 있는 마법 중 하나였다.

마법을 시연한 라디안은 먼 곳에서 일고 있는 흙먼지를 볼 수 있었 고, 즉시 마법을 해제한 후 라우렌에게 말했다.

"북쪽 4킬로미터 정도쯤에 일단의 병력들이 움직이고 있습니다. 주변에 많은 흙먼지가 일고 있군요."

아직 안개가 다 사라진 것이 아니어서 라우렌은 볼 수가 없었다. 때문에 그는 라디안의 눈을 믿고 병사들을 움직이기 시작했다.

아나나 다를까, 한 시간 후쯤 라우렌의 눈에도 보이기 시작했다.

"전군 전투 준비!"

라우렌의 명령에 병사들은 전투 준비를 하고 당장이라도 돌진할 준비를 마쳤다. 마법사들과 마법이 걸린 화살을 지니고 있는 병사들 역시 적들을 향해 공격 마법과 화살을 날릴 준비를 마쳤다.

"예상대로라면 마령군은 아마 쫓기고 있을 겁니다. 일단은 적들의 기세를 멈추게 하고 반격할 수 있게 준비해 주십시오."

라디안의 말에 라우렌은 미소를 지으며 말했다.

"그 정도쯤은 예상하고 있단다."

옆집 애를 다루는 듯이 라디안의 머리를 쓰다듬는 라우렌은 기병들을 보며 지시했다.

"기병들은 동쪽으로 움직이며 적의 옆구리를 칠 것이다. 나를 따르라!"

라우렌이 말을 몰아 앞으로 뛰어나가자 그의 뒤를 이어 수많은 기병들이 따르기 시작했다.

라디안 역시 가만히 있을 수는 없기 때문에 뭔가를 한참 생각하고는 마법사들을 향하여 소리쳤다.

"전 마법사들은 하이 림피디니스(대단위 투명 주문) 주문을 사용하여 모두의 모습을 감추십시오!"

라디안의 명령이 내려짐과 동시에 마법사들은 대단위 투명 마법을 사용하여 군대의 모습을 감추기 시작했다. 칠인회 소속의 마법사들은 하나하나가 뛰어난 마법사들이었기에 얼마 안 있어 수백 명의 병사들이 모습을 감추었다.

한편 크렌 장군은 후퇴하는 병사들의 뒤쪽에서 기병들과 함께 북극령의 군대를 막아서고는 있었지만 피해는 줄어들지 않았다. 역습에 성공한 북극령 병사들의 사기는 최고조에 달해 있었기 때문이다.

"기병들은 후퇴하라!"

어느 정도 보병 부대들이 멀어지자 크렌 장군은 옆에 있던 적기병 한 명을 검으로 베어버리고 소리쳤다.

안티아노는 크렌의 명령이 떨어지자 기병들을 독려하며 후퇴하고 있었는데 갑자기 접전지의 왼쪽에서 흙먼지를 일으키며 한 떼의 기병들이 내려오고 있었다.

"적인가?"

안티아노는 놀라 그들의 모습을 쳐다볼 수밖에 없었는데 다행히도 그들은 로우나의 명령으로 후퇴하는 아군을 돕기 위해 온 크렌과 기병들이었다.

"아군이다! 전군은 역습하라!!"

크렌 장군은 적의 옆구리로 몰려오는 기마대가 아군임을 확인하고 역습을 지시했다. 북극령의 병사들은 갑자기 몰아닥친 적의 기병대에 놀라고 있었고 그것을 틈타 크렌은 기병들을 독려하며 적을 유린하기 시작했다.

크렌 장군과 함께 후퇴해 온 기병들과는 달리 라우렌의 기병들은 충분한 휴식을 취한 상태였기 때문에 피로해 있는 북극령의 군사들은 상대가 되질 않았다.

"장군! 일단 후퇴하십시오!!"

30여 분의 전투 끝에 도달한 라우렌은 크렌 장군에게 다가가 말했고 라우렌의 말에 작전이 있다는 것을 눈치 챈 크렌 장군은 후퇴를 지시했다.

"전 기병대 후퇴!"

크렌의 명령에 따라 기병대는 후퇴하기 시작했고 마령 측의 병사들이 후퇴하자 북극령의 군사들은 다시 전열을 가다듬고 그들을 추격하기 시작했다.

쫓고 쫓기는 관계가 어느 정도 지속될 무렵 라우렌은 라디안의 텔레파시를 들을 수 있었다.

[투명 마법으로 숨어 있으니 기병대를 뒤쪽으로 돌리십시오.]

라디안의 말에 따라 기병대는 투명 마법으로 숨어 있는 궁병과 마법사들을 뒤로한 채 후퇴했고 그의 뒤를 쫓아 북극령의 군사들이 몰아닥쳤다.

"공격!"

라디안의 마나가 담긴 목소리가 터지자 궁병과 마법사들은 활과 마법을 난사하기 시작했다. 갑자기 비 오듯 퍼부어지는 화살과 마법은 멋도 모르고 쫓아온 북극령 병사들의 진형에서 폭발하기 시작하고 순식간에 북극령의 진형은 아수라장이 되고 말았다.

"전 기병대는 공격!!"

크렌 장군은 폭발과 함께 도망가던 기병들을 다시 돌려 적들을 공격하기 시작했다.

북극령의 병사들을 지휘하던 크로드는 궁병과 마법사들의 공격으로 분위기가 역전되었다는 것을 느끼고 전군에 후퇴를 지시했다.

궁병과 마법사들의 원조로 시작된 전투는 마령 측의 우세로 이어졌지만 이미 기세가 기울어졌다는 것을 파악한 크로드의 재빠른 판단으로 북극령의 군사들이 재빠르게 후퇴하여 그렇게 큰 전투로는 이어지지 않았다.

크렌 장군 또한 아군의 병사들의 피해가 많다는 것을 알고 있었기 때문에 무리한 공격은 하지 않고 전 병사들에게 후퇴를 지시하였다.

모든 전투가 끝나고 크렌 장군이 이끄는 마령의 병사들은 주둔지로 돌아올 수 있었는데 안티아노의 보고로 시작된 피해 상황은 크렌 장군으로 하여금 절망감을 안겨줄 정도였다.

"아! 한순간의 방심이 이런 결과를 초래하다니……."

피해 상황은 이러했다. 이번 작전으로 출전한 중갑 기병은 거의 전멸, 일천 기 중 생존자는 겨우 백여 명. 그나마 거의 모두가 중경상을 입고 있었다. 경갑 기병은 이천 중 전사 천이백오십여 명, 중경상 육백여 명, 중장갑 보병 3천 중 전사 이천백여 명, 중경상 칠백오십여 명, 경갑 보병 3천 중 전사 육백오십 명, 중경상 천이백여 명, 궁병 2천 중 전사 오백삼십여 명, 중경상 천이백여 명.

그나마 경장갑 보병과 궁병은 북극령 역습 전투에서 전투 참여가 상대적으로 적었기 때문에 이 정도였고, 기병들의 피해가 심한 것은 북극령의 공격을 방어하면서 후퇴하였기 때문이다. 상대적으로 장갑이 무거운 중장갑 보병의 기마들은 오랜 전투 끝에 지쳐 있어 많은 수의 피해가 난 것이다. 그나마 다행인 것은 원조를 나갔던 마법사 50여 명 중 한 사람만이 죽었을 뿐 모두 부상 정도에 그쳤다는 것이다. 만약 마법사들의 피해가 컸다면 로우나에게 얼굴조차 들지 못했을 것이다.

아무튼 이번 전투에서 마령 측은 오천 이상의 병사을 잃고 중상자들이 견디지 못하고 죽어가는 것으로 보아 6천 이상, 즉 출전 병력의 반 이상을 잃어버리는 결과를 초래하고 말았다.

북극령의 피해는 그들보다 배 이상이라고 할 수 있지만 후방에 본군이 있는 그들로서는 문제될 것이 없었다.

"사라덴 공의 원군은 얼마 정도 후에 도착할 것 같은가?"

"연락 온 비병의 말에 따르면 앞으로 이틀 정도면 도착할 것 같습니다."

"이틀이라……."

현저히 줄어든 북극령의 병사들을 생각하면 이틀 정도는 버틸 수 있을 것이라 생각됐다.

"안티아노."

"예."

"이제부턴 사라덴 공이 이끄는 원군이 올 때까지 철저한 방어전에 돌입한다. 병사들에게 명령하여 주둔지에 방책을 쌓도록."

"예."

분지 안에서 야숙을 하고 있는 루드웨어 일행은 간간이 들려오는 웨어울프의 비명 소리를 들으며 잠을 자고 있었다.

크레이드는 이 시간 야간 근무를 서며 시간을 보내고 있었는데, 그런 그에게 시안이 다가왔다. 무슨 일일까? 크레이드는 시안이 자신을 찾아온 이유는 알 수 없었지만, 속으로는 기분이 째질 지경이었다.

'이런 야심한 밤에 아녀자가 혈기 왕성한 남정네를 찾아오다니. 흐

호흐!'

음침한 웃음소리가 크레이드의 가슴속에서 메아리치고 있었다. 하지만 겉으로 드러내면 곧바로 시안의 주먹이 안면을 강타할 것은 불을 보듯 뻔한 일, 겉으로는 태연함을 가장한 그는 시안을 보며 물었다.

"시안, 안 자?"

"잠이 안 와."

무슨 영문인지 모르지만 은 쟁반에 옥 구슬 굴러가는 소리—물론 이것은 크레이드 혼자만의 생각일 뿐이지만—를 내며 시안은 크레이드가 앉아 있는 바위에 앉았다.

"우리들끼리만 다닐 때는 몰랐는데, 나 이상하게 방해만 되는 것 같아."

시스들과 드래곤 슬레이어를 하며 다닐 때는 보물들을 챙기는 것으로 자신의 역할을 다했지만, 현재는 로노와르와 같이 정말 딸려오는 허접들과 같은 역할을 하고 있었기 때문에 괜히 의기소침해졌다.

"무슨 소리야. 좀 있으면 도둑이 할 수 있는 일이 생길 거라고. 던전 같은 곳이 나와서 함정이라도 있으면 그것을 눈치 채고 처리할 수 있는 것은 도둑 출신인 너밖에 없잖아."

크레이드는 의기소침한 시안을 보며 조금은 기를 세워줄 목적으로 그렇게 말했고, 그런 크레이드의 마음을 읽을 수 있었는지 시안은 미소를 지으며 말했다.

"크레이드, 나 좋아?"

"엉?"

시안의 갑작스러운 말에 크레이드는 얼굴이 시뻘게진 채 당황하고

말았다. 평상시에는 시안에게 추근덕거리며 다가서는 크레이드였지
만 당사자가 이런 말을 하자 당황한 것이다.

"나 좋냐고."

"…좋아……."

간신히 크레이드는 좋다는 말을 할 수 있었다.

"사실 파문 사제로 있을 때는 몰랐지만, 너희들과 같이 다니면서
난 사람 사는 것이 어떤 것인지 알게 됐어. 그 와중에 너를 만나게 됐
지. 마음속으로는 아픔을 가지고 있지만 겉으로는 밝은 시안. 그 모습
이 정말 나를 보는 것 같아서 한눈에 반해 버리고 말았지."

"……."

"언젠가 모든 일이 해결되고 평화스러운 시간이 지속된다면 나…
나 너에게 …청혼하고 싶었어."

그 말을 들은 시안 역시 얼굴이 시뻘게진 채 고개를 숙이고 말았다.
크레이드는 막상 말을 하긴 했지만 뒤처리를 어떻게 해야 할지 막막
한지라 고개를 들어 애꿎은 별만을 노려보았다.

"바보……."

"응?"

"그런 말을 하면서 딴 데만 보고 있음 어떡해."

"그럼?"

크레이드가 되묻자 시안은 크레이드를 바라보면서 눈을 감았다. 크
레이드는 시안의 행동이 무엇이라는 것을 눈치 챌 수 있었기에 검을
옆에 내려두고 그녀의 어깨와 허리를 감싸 안고는 입을 맞추었다.

크레이드의 품에 안겨 입을 맞추며 시안은 엘프의 마을에 있었던
때를 생각해 보았다.

고귀한 종족인 엘프. 시안은 그런 엘프 중에서도 자긍심이 높은 서엘프 족의 상당히 이름 높은 집안에서 태어났다. 하지만 그 태어남이 시스에게는 큰 고통으로 다가왔다.

피의 역류, 그것은 엘프의 사회에서 악마의 저주를 받은 것이나 다름없었다.

아직도 그 원인이 밝혀지지 않은 피의 역류는 엘프의 사회에서 백년마다 한 번씩 있는 일이었는데, 보통 엘프의 부부 사이에서 엘프 중 악마의 자식이라고 일컬어지는 다크 엘프가 태어나는 것이다.

시안은 그 피의 역류로 인하여 다크 엘프로 태어났고, 자라나면서 다른 엘프의 아이들과는 전혀 어울릴 수 없었다.

악마의 자식. 그 말은 어린 시안에게는 너무나 충격적이었다.

단지 다른 사람들과는 달리 피부가 검을 뿐이었는데 다른 엘프들은 자신을 악마의 자식이라며 손가락질했고, 그것은 부모 또한 마찬가지였다.

자신들의 자식인 시안이 피의 역류로 다크 엘프로 태어났다는 것은 고귀한 그들에겐 큰 치욕이었기 때문이다.

20세가 넘었을 때, 시안은 스스로 서엘프의 마을을 빠져나왔다. 물론 마을을 빠져나가는 것을 부모와 다른 엘프들이 보지 못한 것은 아니지만, 오히려 그들은 시안이 빠져나가 마을의 우환거리가 사라졌다는 것을 기뻐하고 있었다.

슬픔. 그것은 시안에게 사랑이라는 것을 알지 못하게 만들었다.

대륙의 어느 한곳도 다크 엘프를 받아주는 곳은 없었다. 아니, 오히려 그녀는 노예 상인들에게 잡혀가 십여 년의 세월을 인간들에게 휘둘리며 몸을 팔아야 했다.

인간들 모두가 무섭고 두려웠다. 그리고 원망스럽고 증오스러웠다. 하지만 그런 그녀에게도 하나의 희망이 찾아왔다.

300살이 넘는 루브란이란 다크 엘프가 우연히 7번째 새로운 주인을 만나기 위해 팔려 가는 시안을 발견하고는 구출한 것이다.

처음 루브란에게서 구출되었을 때는 그 역시 다른 이들과 달리 자신을 학대하고 괴롭힐 것이라 생각해 그를 멀리했지만, 그에게서 한 가지 말을 들었을 때 드디어 자신과 같은 사람을 만났다는 것을 알 수 있었다.

루브란, 그는 시안과 같이 피의 역류로 태어난 다크 엘프였던 것이다.

다른 것이 있다면 시안은 아무것도 모르는 상태에서 엘프 마을을 빠져나왔다면, 루브란은 엘프들의 기술 중 하나인 정령 소환술을 배운 후에 스스로 마을을 나왔다는 것이다.

300여 년의 세월을 시안과 같이 다른 사람들의 눈총을 받으며 살아왔던 루브란은 시안에게 정령술을 가르쳐 주었고, 10년이 지난 후 시안은 루브란에 버금갈 정도의 정령술을 익힐 수 있었다.

그 후 루브란과 헤어진 시안은 자칫 신성의 이름을 가진 국가에서는 살 수 없다고 판단하고 악의 땅이라고 일컬어지는 마령의 땅으로 들어왔다.

그리고 시안은 드디어 자신의 살 수 있는 땅을 찾았다는 것을 알 수 있었다.

마령. 그곳은 루덴스란 걸출한 왕의 밑으로 마족과 인간이 어우러져 살아가고 있는 땅이었다.

고귀한 자 중 신에게 버림받고 악마에게 씌워진 자, 다크 엘프 역시 이곳에선 평범한 종족으로 살아갈 수 있었다.

　하지만 이곳에서도 시안은 어느 누구와도 사랑을 주고받지 못했다. 과거의 고통이 그만큼 컸기 때문이다. 하지만 오랜 시간이 지나 새로운 동료를 만났을 때 그녀는 드디어 사랑을 알 수 있었다.

　패러딘 크레이드, 그는 자신이 가장 증오하는 5대 신 중의 한 명인 아리시아 성교회의 패러딘이었다. 그를 처음 보았을 때 시안은 너무나 증오스러운 종자였기에 그가 가까이 오는 것조차 거부했다.

　하지만 크레이드는 무슨 이유에서인지 자신에게 집요하게 접근했고, 그것은 시간이 지나면서 그가 다른 자와는 달리 자신을 아껴줄 수 있는 사람이라는 것을 느낄 수 있었다.

　그리고 시간이 지나 오늘에서야 시안은 크레이드의 마음을 받아준 것이다. 그리고 자신 역시 크레이드에게 사랑을 건네주었다.

　이 시간 잠자리에 누워 있는 상태에서 두 사람의 모습을 볼 수 있었던 시스는 입가에 미소를 짓고 있었고, 역시 그러한 중요한 장면을 놓치지 않는 루드웨어는 나중에 써먹을 요량으로 그 장면을 마법 카메라에 녹화하며 역시 자신의 옆에서 깨어 있는 로노와르를 보며 이야기를 나누고 있었다.

　"잘 봐. 어차피 우리도 해야 되는 거니까."

　"뭘?"

　"설마 언약의 키스도 모른단 말이야? 우리 결혼하면 저런 뜨거운 키스를 나눠야 한다고."

　"……."

　루드웨어와 로노와르의 이야기를 들을 수 있었던 아이샤는 한심한 듯 다시 눈을 감아버렸고, 역시나 깨어 있던 암흑 신관 유리마는 조용히 마신 라스타의 이름으로 그 둘을 축복해 주었다. 물론 두 사람이 이것을 알고 있었다면 이렇게 소리쳤을 것이다.

"야! 그건 저주야! 저주!!"

마지막 한 사람 암흑의 황태자 루덴스는… 잠에 빠져 있었다(피곤한 루덴스…).

다음날 난데없는 러브신 덕에 잠을 못 이룬 일행들은―물론 여기서 숙면한 루덴스는 제외한다―시뻘게진 눈들을 하고 자리에서 일어났다.

"로노와르, 눈이 빨갛다."

"마찬가지……."

얼마나 진한 러브신이었는지는 모르지만, 일행들에 비해 당사자인 크레이드와 리안은 의기충천, 피곤한 줄도 모르고 탱탱하게 잘 살아 있는 것으로 보아 역시 사랑이란 어떠한 보약보다 좋은 건가 보다.

잘 나가는 두 사람과 잘 나가려고 하는 한 사람 외 나머지 일행들은 찌뿌둥한 몸을 이끌고 악당 같지 않은 악당 크샤스를 향해 나아갔다.

얼음성. 크샤스의 성이자 북극령의 수도이기도 한 이곳에 난데없는 폭풍이 몰아치고 있었다.

반란. 북극령의 유일한 공작이자 크샤스에게 마령의 침입자를 상대하기 위해 위임받은 자리인 전군 사령관이기도 한 안트워 공작의 본군 24만 명이 갑자기 마령과의 대전 중에 회군하여 얼음성을 공격한 것이다.

얼음성을 지키고 있던 친위대의 기사 200여 명과 얼음성 황성 경비대 1만은 안트워 공작의 대군을 맞아 이틀 동안 버텼지만 수적인 열세에 눌려 패하고 안트워 공작은 자신의 친위병들을 이끌고 얼음성의 수정궁에 와 있었다.

수정궁 안에는 크샤스의 여동생인 사이야와 그녀를 보호하는 이십여 명의 친위대가 안트워 공작의 친위병들과 대치하고 있었다.

"무슨 짓인가요!"

사이야는 수많은 병사들을 끌고 와 자신의 궁을 침범한 안트워 공작에게 소리쳤지만 그런 그녀의 모습을 보며 안트워 공작은 크게 웃을 뿐이었다.

"하하하! 역시 크샤스 왕의 여동생답군. 이런 상황에서도 당황하지 않다니. 뭐, 무슨 짓이라고 할 것도 없이 공주께서도 잘 아시리라 믿습니다."

"이……!"

사이야는 안트워 공작의 말에 화가 났지만 자신의 힘으로 어쩔 수 없는 상황이란 것을 알기에 참을 수밖에 없었다.

"크샤스 왕이 궁극의 마신의 힘을 차지하는 것까지는 별로 말릴 것은 없지만, 그렇게 된다면 저의 입지가 약간 흔들릴 것 같기에 저도 뭐 하나가 필요하다고 생각해서 이렇게 공주님을 모시러 왔습니다. 어떻습니까? 저와 함께 당신의 오빠를 만나러 가지 않겠습니까?"

그의 말에 사이야를 보호하고 있던 친위 대원들은 사이야의 앞을 막아서며 죽어도 그녀를 그에게 보내지 않겠다는 굳은 결의를 보여주고 있었다. 하지만 친위 기사의 실력이 아무리 뛰어나다고 해도 안트워 공작이 거느린 병사들의 수는 월등히 많았고, 안트워 공작 자신도 상당한 실력을 가지고 있는 기사였다.

"쳐라!"

안트워 공작의 지시가 떨어지자 그의 뒤에서 시립하고 있던 기사들이 뛰어나와 사이야를 보호하고 있는 친위 기사들을 공격하기 시작했다.

사이야는 피가 튀기는 이 혈전 속에서 덜덜 떨며 뒤쪽에 숨어 있었고, 이 싸움은 수적인 열세로 인하여 얼마 안 있어 그 끝을 맺었다.

사이야를 보호하고 있던 이십여 명의 친위 기사들은 모두 죽임을 당한 것이다.

안드워 공작은 음흉한 웃음을 지으며 그녀에게 다가가 연약한 어깨를 잡았다.

안드워 공작의 우악스러운 손길에 어깨를 잡힌 사이야는 연약한 신음과 함께 끌려올 수밖에 없었다.

"사이야 공주, 뭐 나이 차이가 조금 나지만 나 안트워 공작이 당신의 낭군이 될 것이니 너무 미워하지 말구려. 하하하하!"

현재 56세의 반늙은이 안트워 공작은 원조 교제의 무서움을 모른 채 사이야를 향하여 정말 무서운 말을 해댔고, 눈물을 흘리는 사이야는 세상에 있는 로리콘이란 자를 모두 증오할 수밖에 없었다.

"리브란트 경."

"예."

안트워 공작의 말에 뒤에 서 있던 한 명의 기사가 앞으로 나오며 대답했다.

"프레드 경에게서 소식은 왔는가?"

"예. 전투에서 승리를 거두었다고는 하지만 피해는 상당한 것 같습니다."

"쯧쯧, 한때는 영민했기에 받아들여 줬더니 권력의 맛에 너무 취해 영민함이 떨어졌어. 아마 마령의 군대는 지원될 것이다. 리브란트 경은 마병 8만을 동원하여 프레드 경을 지원하도록 하라."

"예."

리브란트가 명령을 받고 나가자 안트워 공작은 뒤에 서 있던 부관 레오나르도를 손짓으로 불렀다.

"부르셨습니까."

"마병들은 얼음성의 방어로 이곳에 남겨두고 인간으로만 이루어진 군대를 조직해라. 크샤스가 있는 레허드 분지로 떠날 것이다."

"예."

"아, 또 이 아리따운 레이디를 잘 모시도록. 크샤스에게 보여줘야 어느 정도 거래가 성립될 테니까."

"알겠습니다."

레오나르도는 안트워 공작에게서 사이야를 건네받고 밖으로 나갔다.

'크크크, 크샤스, 네 녀석은 이제 나의 마리오네트 인형으로 추락하게 될 것이다. 하하하하!'

안트워 공작, 그는 크샤스의 모든 것을 알고 있었고 그를 조종할 수 있는 모든 준비를 마친 상태였다.

34장 프레드 백작의 야심

이미 모든 것을 버리기로 작심한 프레드 백작에게는 이제 무서운 것이 없었다. 명예, 물욕, 돈 모든 것을 버렸을 때야 젊었을 때 뛰어난 인재로 소문이 났던 그의 이지적인 모습을 찾을 수 있었던 것이다.

마령군에 의해 잃어버렸던 주둔지를 다시 되찾은 프레드 백작은 자리에 앉아 크로드의 보고를 듣고 있었다.

"남은 병사의 수는 어느 정도 되는가?"

프레드 백작의 말에 크로드는 잠시 난감한 표정을 짓다가 말했다.

"대략 1만 8천여 명 정도입니다."

하지만 10만의 병사 중 8만 2천이 전사했음에도 그의 눈에는 당혹감 같은 것은 없었다. 오히려 이지를 찾은 지금 그 눈은 더욱 담담하게 변해 있었다.

"1만 8천 명이라… 꽤 많이 남았군. 탈주한 병사들도 꽤 되겠지?"

"예······."

당연한 일이라고 프레드 백작은 생각했다. 지금까지 자신이 해왔던 일들, 그 일들 속에 남아 있는 병사들이라도 있는 것이 다행이라 생각했다.

"수가 많이 줄기는 했지만 마령 측과 비등하겠군. 뭐, 좋아. 병사들에게 충분한 휴식을 제공하도록 해라. 얼마 안 있어 녀석들을 치러 나갈 테니."

"예."

크로드는 탈주한 병사들을 물었을 때는 뭐 씹은 얼굴을 하고 있었지만, 그것에 개의치 않고 말하는 프레드 백작의 모습을 보며 그의 주군이 영민함을 되찾았다는 데에 대해서 기뻐하고 있었다.

"썩어버린 고목에 너무 안주하고 있었다, 크로드."

"예."

"아마 안트워 공작은 크샤스를 협박하기 위해 본군으로 얼음성을 공격했을 것이다. 우리들의 사정을 들었을 테니 아마 마령의 군대를 막기 위해 마병으로만 이루어진 군사로 원군을 보내고, 나머지 인간으로 이루어진 병사들은 레허드 분지로 향했겠지? 크로드, 이 상황에서 어떻게 해야 하는지는 알고 있겠지?"

"물론입니다. 마병을 지휘하고 있는 기사들을 해치우고 마병들을 차지하라는 명 아니십니까?"

"권력이란 것은 내 힘으로 얻어야지 남의 힘에 안주하다간 모든 것이 붕괴되는 것을 알게 됐다. 안트워 공작이 보내는 마병을 차지할 수 있다면 충분히 나에게 승산이 돌아올 것이다. 크샤스고 안트워고 어차피 대권을 위해서는 방해만 될 뿐이니 말이야."

"옳으신 말씀이십니다."

"아마 마령 측에서도 원군이 얼마 안 있으면 도착할 테니 대충 얼굴이나 비추도록 하자꾸나. 이곳에서의 전투로 많은 병사들을 잃는 것은 우리에게 너무 손해인 것 같으니까."

"예."

프레드 백작, 그는 마령과의 싸움에서 새로운 면모를 보이고 있는 것이다.

북극령은 세 명의 야심가에 의해 알 수 없는 국면으로 치달아가고 있었다.

크렌의 지시로 방책을 쌓고 방어만을 중심으로 한 마령 측은 계속 싸움을 이어갔고, 프레드 백작의 병사 역시 단순히 산발적인 공격만을 해댈 뿐 이렇다 할 공격이랄 것도 없이 이틀의 시간이 지나갔다.

그 시간 동안 사이온 항구를 통해 루덴스의 측근 사라덴이 이끄는 나머지 3만의 마령군이 도착했고, 북극령 또한 리브란트 경이 이끄는 마병 8만이 도착했다.

리브란트 남작은 프레드 백작의 천막으로 십여 명의 기사와 함께 들어왔다. 프레드 백작의 천막에는 백작과 그의 부관인 크로드 외 4명의 기사들이 있었다.

"리브란트 공 아니십니까."

프레드 백작은 리브란트 남작을 보고는 미소를 지으며 인사를 했는데, 그런 그의 미소를 역겹다는 표정으로 지켜보던 리브란트 남작은 인사조차 하지 않고 하나의 임명서를 그에게 던질 뿐이었다.

"이제부터 이곳 전장의 총지휘는 안트워 공작의 명에 따라 나 리브란트가 맡기로 했소."

리브란트의 말에 프레드 백작은 아무런 표정 변화도 보이지 않은 채 그가 던져 준 편지 봉투의 밀랍을 벗기고는 안에 있는 편지를 읽었다.

"음, 맞군요. 공작께서 리브란트 공에게 지휘권을 넘기라고 하셨군요."

그렇게 말한 프레드 백작은 편지를 내려놓고는 뭔가 심드렁한 얼굴을 하다가 리브란트의 얼굴을 쳐다보며 말했다.

"하지만 어떡한답니까? 전 이 명령을 이행할 수가 없군요."

"무슨 소리요!!"

리브란트가 말도 안 된다는 듯이 따지고 들자 프레드 백작은 미소를 지으며 그의 얼굴을 담담한 눈으로 쳐다보며 말했다.

"뭔가 착각하신 모양인데, 이곳의 책임자는 안트워가 아니라 나 프레드 백작이랍니다."

백작이란 소리가 끝나기가 무섭게 뒤에 서 있던 크로드는 검을 뽑아 들고 리브란트의 목에 검을 겨누었다. 또 크로드의 행동과 함께 프레드 백작의 천막 안으로 수십 명의 기사와 병사들이 몰려와 리브란트 남작을 경호하던 기사들을 체포해 갔다.

말도 안 되는 상황에 리브란트 남작은 어안이 벙벙할 지경이었는데 그런 그에게 프레드는 검을 뽑아 들고 다가와 말했다.

"인간의 병사라면 모를까, 마병들은 세뇌 때문에 북극령의 귀족이라면 어느 누구의 명령도 잘 들어주더군요."

"설마 반역!!"

리브란트는 말을 채 마치지도 못한 채 프레드 백작의 검에 복부를 뚫리고 쓰러져야 했다.

"반역이라니요. 그렇게 따지자면 안트워 공작의 반역이 먼저가 아닐까요?"

"이… 배신……."

리브란트는 채 말을 끝맺지 못하고 숨을 멈췄고 그런 그를 보며 코웃음을 친 프레드 백작은 크로드를 보며 말했다.

"알아서 처리하고 일급 기사들에게 원병으로 온 마병들의 편제를 서두르라고 지시해라."

"예."

크로드를 위시한 모든 이가 천막 밖으로 나가자 프레드 백작은 자리에 앉아 책상 앞에 있던 커피를 마시며 생각했다.

'이제부터 시작인가. 후후.'

10만에 가까운 병사들을 다시 얻게 된 지금, 프레드 백작은 다시 한 번 도약할 수 있는 기회를 얻은 것이다. 도박. 프레드 백작은 자신의 인생에 단 한 번뿐인 큰 도박을 시도하고 있는 것이다.

사라덴이 이끄는 3만의 원병은 크렌 장군의 주둔지에 도착할 수 있었다.

"잘 오셨습니다."

"고생하셨군요."

사라덴은 주둔지의 상황을 보고서 대충 짐작할 수 있었다. 사실 사라덴으로선 크렌 장군이 적군 10만을 이렇게 효율적으로 잘 막아내리라곤 생각하지 못했던 것이다.

5배에 가까운 적을 상대하며 반 이상의 피해를 입긴 했지만, 이 정도로 막아낸 크렌 장군의 능력에 사라덴은 탐복할 뿐이었다.

"프레드 백작이란 자의 능력을 너무 우습게 보았던 저의 실수로 짧은 시간에 많은 병사들이 희생됐습니다. 루덴스 폐하를 무슨 낯으로 봬야 할지……."

"지금까지의 상황만 보더라도 크렌 장군의 능력은 입증된 것입니다. 적은 수의 병사로 10만의 적군을 막아내시다니… 군사(軍師)라는 저의 이름이 부끄러울 따름입니다."

"군사께서 그렇게 말씀해 주시니 감사합니다."

사라덴은 전략 지도를 펼쳐 놓고 말했다.

"비병 척후대의 보고에 따르면 적이 원군을 보내왔다고 하더군요. 대략 마병 8만 정도라고 보고되었는데 다시 한 번 크렌 장군의 솜씨를 보여주십시오."

"열심히 해보겠습니다. 하시만 무슨 이유에서인지 프레드 백작의 공격이 예전 같지 않습니다."

"예전 같지 않다는 말씀은?"

"군사께서 오시기 전까진 프레드 백작의 공격은 뭐랄까… 조금 소극적이었습니다. 마치 병사들을 아긴다는 듯이 말입니다."

"아긴다라… 흠, 어쩌면 상황이 저희에게 유리하게 돌아갈 수도 있겠군요."

"군사께서 무엇인가 아는 것이 있으신지요."

"느낌일 뿐입니다. 북극령 내에서 내란이 있었다는 말은 들었지만, 설마 프레드 백작이 안트워 공작과 갈라서리라고는 생각하지 못했습니다."

"그럼?"

"현재 들어온 보고에 의하면 안트워 공작이 왕인 크샤스에게 마수를 드러냈다고 하더군요. 그 와중에 프레드 백작은 아마 다른 노선을 선택한 것 같습니다."

사라덴의 말에 한참을 생각에 잠겨 있던 크렌 장군이 입을 열었다.

"그렇다면 프레드 백작과의 일전을 그렇게 서두를 필요는 없겠군요."

"그렇습니다. 적은 아마 서로 간의 싸움에 바쁠 테니까요. 어떻습니까? 1만 정도의 군사를 드릴 테니 레허드 분지로 가시지 않겠습니까?"

"레허드 분지라면 주군께서 가신 곳이 아닙니까?"

"예. 아마 안트위 공작은 군대를 레허드 분지로 돌려 크샤스와의 일전을 벌일 것 같습니다. 그 와중에 폐하께 난처한 일이 생길지도 모르니 저희 쪽에서도 약간의 준비는 해두어야 할 것 같습니다."

두 사람의 이야기를 듣고 있던 로우나 역시 사라덴의 말에 동조하는지 고개를 끄덕이며 말했다.

"좋은 생각입니다. 저의 마법 병단 측에서도 일단의 마법사들을 레허드 분지로 보내겠습니다."

"감사합니다. 크렌 장군님께 와이번 1만과 수송 요원들인 가고일 1만을 드릴 테니 레허드 분지로 향하십시오."

"군사, 와이번과 가고일이라면?"

"세뇌에 의해 위험은 있을 테지만 로우나 회주께서 같이 가주신다면 별문제는 없을 것이라 생각합니다. 또 저희 측에서 마병을 움직인다는 것은 상당한 위험 요소를 가지고 있지만, 와이번들과 가고일 등은 단순히 운송 수단으로만 쓰일 테니 걱정은 없으리라 생각합니다."

"마병들이 가기는 하지만 실질적인 전투 인원은 인간으로 이루어진 병사들이란 말씀이시군요."

"그렇습니다. 비병이라는 훌륭한 운송 수단을 썩힐 필요는 없지 않겠습니까?"

"좋은 생각입니다. 당장 출발하도록 하지요."

"아마 레허드 분지까지 가려면 이틀 정도는 소요될 테니 철저히 준비하도록 하십시오."

"그러지요."

이제 전쟁의 국면은 새로운 곳으로 돌아서고 있었다. 레허드 분지. 그곳에서 크샤스, 안트워, 크렌이 이끄는 3개의 세력이 접전을 벌일 날이 얼마 남지 않은 것이다.

루드웨어 일행은 몇 번의 방해 끝에 겨우 분지의 중앙 근처에 다다를 수 있었다.

"겨우 다 온 건가?"

루드웨어는 감개무량한지 숨을 크게 들이마셨다가 내쉬고는 말했다.

"예, 봉인의 기운이 이제 코앞에서 느껴지니까요."

아이샤는 강한 봉인의 기운 때문인지 조금은 안색이 어두워져 있었는데 그것은 로노와르와 시안 역시 마찬가지였다. 마나를 사용할 수는 있지만 아직 큰 실력이 없는 인물들은 이곳에서 흐르는 강한 천신 레이뮤의 신력과 흔들리고 있는 자연 마나의 움직임에 자신의 체내에 있는 마나가 흔들렸기 때문이다.

그것을 보고 있던 루드웨어는 뭔가 잠시 생각을 하는 듯하다가 조용히 주문을 외웠다.

"마나 컨트롤 아더."

루드웨어는 체내에 있는 마나를 잘 컨트롤할 수 있게 세 사람에게 마나 컨트롤 마법을 걸어주었고 그제야 세 사람의 안색은 조금 나아지는 듯했다.

"고마워요."

시안의 말에 루드웨어는 당연하다는 듯한 표정을 짓고 있는 로노와르를 잠시 째려보더니 한탄했다.

"마누라가 될 녀석이니 내가 참지……."

"뭐!"

그 말을 끝으로 루드웨어는 다시 한 번 로노와르의 주먹에 맞아 자빠지고 말았고 로노와르는 자신의 주먹을 약간 쓰다듬더니 말했다.

"도와주면 도와주는 것이지 생색내기는. 아이샤, 가자고!"

"아! 응."

아이샤는 로노와르의 행동을 잠시 멍한 얼굴로 쳐다보다가 가자는 말에 자신도 모르게 로노와르의 뒤를 쫓아갔다.

루드웨어의 자빠진 모습을 보고 있던 유리마는 한숨을 내쉬면서 말했다.

"공처가 신세 면하기 어려울 상이군."

"……."

멍든 눈 주변을 쓰다듬으며 루드웨어는 억울한 얼굴을 하며 자신을 두고 떠나는 일행들을 쫓아갈 수밖에 없었다.

'잉~ 장가만 가봐라, 러브즈 데거로 바람 필 거다.'

이래저래 불쌍한 루드웨어였다.

아무튼 봉인 지역에 다다른 루드웨어 일행은 얼마 지나지 않아 한 떼의 사람들을 만날 수 있었다.

루드웨어는 그 사람 중 한 명을 본 적이 있었기 때문에 반가운 얼굴로 손을 흔들면서 말했다.

"아! 엘레이나 양 아니십니까."

"루드웨어 씨, 오랜만이군요."

루드웨어가 반갑게 자신을 맞이하자 상황이 상황인지라 그녀는 어색하게 반응을 하며 루드웨어의 인사를 받아줄 수밖에 없었다.

루드웨어 역시 그녀가 너무 어색하게 자신의 인사를 받자 푸후~ 하며 한숨을 내쉬고는 말했다.

"아, 사랑하는 사람과 이념에 의해 헤어진 지 한 달도 되지 않았건만 이렇게 차갑게 변해 버리다니⋯ 얼마나 얄궂은 운명의 장난이란 말인가⋯⋯."

잠시 모든 사람들은 차갑게 냉동될 수밖에 없었다. 얼마 후 간신히 절대 영도의 상태에서 벗어난 사람들은 헛기침을 잠시 몇 번 주고받더니 예정된 극본대로 움직이기 시작했다.

그중에서 냉동의 당사자였던 엘레이나는 해동이 다소 늦는지 남들이 움직일 때까지도 멍하니 서 있다가 옆에서 누군가가 건드리자 잠시 움찔하더니 그제야 루드웨어를 보며 말했다.

"아, 어쨌든 여기까지 오셨으니 크샤스님께서 정중하게 모셔오라고 말씀하시더군요."

"좋아좋아, 크샤스란 녀석, 예의 하나는 바르구만."

루드웨어가 장하다는 듯한 얼굴로 그렇게 말하자 엘레이나 옆에 있던 사람들은 그의 말에 화가 난 듯 안색이 시뻘겋게 변했다.

그중에서 한 청년이 참지 못하고 루드웨어에게 소리쳤다.

"무엄하다! 일개 마법사인 주제에 폐하의 이름을 함부로 부르다니!"

하지만 그런 그의 반응에 루드웨어는 이해하지 못한다는 얼굴을 하며 말했다.

"무슨 소리. 난 대제국이라 일컬어질 수 있는 마령의 루덴스의 이름도 막 부른다고. 안 그런가, 루덴스?"

루드웨어의 말에 루덴스는 단순히 고개를 끄덕이는 데 그쳤지만, 엘레이나 주위에 있던 다른 사람들은 루덴스라는 이름을 듣자 크게 놀란 얼굴을 했다.

"암흑의 황태자 루덴스?!"

"아냐아냐, 솔직히 호칭은 바꿔야 해. 어떻게 된 게 마령이 들어선 지 백 년이 넘었는데 아직도 황태자야. 이놈의 마신이 죽기 전에는 이름이 안 바뀌려나? 어쨌든 정정하라고. 이젠 암흑의 황제 루덴스라고 말이야."

이 소리를 마계 위성 통신으로 보고 있던 라스타는 잠시 이를 갈았다는 소문이 있다.

한편 루드웨어의 헛소리는 이미 루덴스라는 이름에 놀란 다른 사람들의 귀에는 들리지 않았다.

루덴스란 이름. 그 이름의 당사자를 직접 만나게 되자 놀라기도 했지만 몇몇 사람들은 강한 증오심을 드러내고 있었다. 하나 당연한 일이 아니겠는가? 북극령의 사람들은 마령에 의해 국토를 빼앗기고 쫓겨온 사람들의 자손이니 말이다.

"거, 대충하고 가자고. 어차피 모든 결판은 그곳에서 내면 되니까. 안 그런가?"

루드웨어의 말에 엘레이나와 같이 온 사람들도 어느 정도 수긍을 했는지 증오심을 억누르며 그들을 안내했다. ▸

"그럼 이제부터 암흑의 황제 루덴스로 바꿔야 하는 거야? 어감이 별로 안 좋은데……."

"……."

별것 아닌 헛소리에 유난히 반응하는 로노와르에게 루드웨어는 뭐라고 해줄 말이 없었다.

'멍청한 것.'

루드웨어에게 이런 소리를 듣는 로노와르는 정말 멍청한 것 같다.

35장 세 명의 대리자

루드웨어는 봉인지의 중앙에 위치하여 원형으로 둘러싸여 있는 높이 6미터 정도의 성벽을 보며 탄복하지 않을 수 없었다.

물론 성벽 자체야 별문제가 안 됐지만, 성벽에 쌓여져 있는 돌 하나하나엔 충격 방지 마법과 클리어 마법, 100년이 지나도 변하지 않을 원형 보존 마법 등이 걸려 있었기 때문에 웬만한 마법에는 끄떡도 하지 않을 듯이 보였고, 공성 병기를 사용한다고 해봤자 별로 위력을 나타내지 못할 것 같았다.

견고한 성벽과는 달리 임시로 만들었다는 것을 티 내는 듯 성벽 주위에 해자가 없었다. 해서 성 주위에는 나무를 깎아 날카롭게 만든 방어 벽이 둘러싸여 있어 적들이 공격해 올 때 성벽을 쉽게 타 오르지 못하게 만들어졌다.

성문은 나무로 만들어져 있기는 하지만 군데군데 덮여진 부분들은 미스릴을 사용했는지 은빛을 내고 있었다.

보기에도 단단하게 만들어져 있을 것 같은 성문에 다다른 엘레이나가 성문 위쪽의 병사들에게 손짓을 하자 서서히 성문이 열리기 시작했다.

성안은 그렇게 큰 부지를 가지고 있지는 않지만, 수백 명의 기사들과 마법사들이 거처하기에는 충분한 크기였다. 루덴스가 본 성벽 안은 간간이 돌로 만든 건물들이 보였다.

몇 개의 마법이 인첸터되어 있는 성벽에 비해서는 그리 잘 만들어지지 않은지라 단순히 봉인 해제를 위한 장소로 쓰이고 있음을 알 수 있었다.

건물들 사이로 멀리 보이는 성의 중앙 부분에는 거대한 마법원이 있었다. 마법원의 주위를 둘러싼 삼십여 명의 마법사들이 무엇인가 주문을 외우며 마나를 주입하고 있었고, 마법원 안의 오망성의 각 끝 부분에는 먹음직스러운 드래곤 하트가 마법사들이 주입하는 마나에 반응하며 강한 빛을 내고 있었다.

엘레이나에게 안내되어 이곳에 도착한 루드웨어는 사태가 생각보다 심각하게 돌아감을 알 수 있었다.

'봉인 의식이 거의 끝나가고 있군.'

봉인지에 그려진 마법진은 궁극의 마신 크레이져의 봉인을 깨기 위한 마법진이었다. 여러 개의 드래곤 하트에서 뿜어내는 마나는 강력한 마나장을 형성하여 그 주위의 신성력에 균열을 일으키고 있었는데, 균열 정도가 심한 것으로 보아 오랫동안 작업이 진행되었음을 알 수 있었다.

마법원에 마나를 주입하던 마법사 한 명이 지친 듯 뒤로 물러서자 대기하고 있던 마법사가 그를 이어 다시 마나를 주입하는 것으로 보아 적어도 여기 있는 마법사들의 네 배 정도의 숫자가 대기하고 있을 것이라 짐작할 수 있었다.

'3, 4서클 정도의 마법사들이 대부분인 것 같군.'

3서클은 마법 길드에서 인증받아 등록할 수 있는 서클로, 인증받은 마법사들 중에는 가장 질이 떨어지는 마법사라고 할 수 있었다.

대륙 마법 길드나 마령이 알지 못하게 일을 진행하기 위해 암암리에 마법사들을 모은 모양이지만, 그렇게 능력이 뛰어난 마법사들은 모으기 힘들었을 거란 생각에 루드웨어는 조금 수긍이 갔다.

엘레이나의 안내를 받으며 건물들 사이를 지나쳐 간 일행은 다른 건물과는 다르게 조금은 신경을 쓴 듯 몇 가지 장식물이 새겨져 있는 4층 규모의 건물로 들어갔다.

건물의 크기가 조금 작긴 하지만 상당히 신경을 써서 만들었는지 내부에는 값비싸게 보이는 카펫이 깔려 있었고 복도 중간중간에는 풀 플레이트 아머를 입은 기사들이 할버드를 든 채 2인 1조로 경비를 서고 있었다.

안내를 받으며 건물의 맨 위층에 도달한 일행은 위층의 건물에는 방이 단 하나만 존재한다는 것을 알 수 있었기에 이곳이 바로 크샤스가 정무를 보는 방이라는 것을 알 수 있었다.

일행의 예상은 적중했는지 방을 지키는 두 명의 기사가 엘레이나를 확인한 후 커다란 문을 열었고, 열린 방문으로 보이는 널찍한 방의 맨 끝에 약간 높은 위치의 왕좌에 앉아 있는 크샤스가 보였다.

방문과 크샤스의 사이에 일직선으로 깔려져 있는 붉은색 카펫의 양쪽에는 고서클을 실력을 가지고 있는 듯한 두 명의 마법사와 5명 정도의 귀족, 20명 정도의 기사들이 시립해 있었다.

"루드웨어 공, 오시는 길에 별 어려움은 없었던 듯이 보이는군요."

"설마……."

봉인지의 마나의 흐름도를 살펴보면 사실 한 3일 정도면 봉인 해제가 끝이 날 것이라 짐작할 수 있었다. 그래서 조금 자신이 늦게 왔으면… 하는 바람이 없지 않았을 크샤스에게 루드웨어는 심드렁한 목소리로 말했고, 그런 루드웨어를 보며 크샤스는 크게 웃음을 터뜨렸다.

"하하하하! 대마도사이신 루드웨어 공께서 그까짓 일로 삐쳐서야 되겠습니까."

'흥! 대마도사는 인간이 아니냐, 삐치지도 않게.'

무지 미워 보이는 크샤스는 이제 루드웨어에게 얄밉게 보이기까지 하였다.

아무튼 얄미운 놈이라고 해도 만만치 않은 녀석임은 분명하니 넘어가기로 했다.

"공과 함께 오신 분 중에 전에 보던 분도 계시고… 음, 오호! 일 시켰더니 배반하고 루드웨어 공에게 붙은 분도 계시군요. 그런데 나머지 두 분은 처음 보는 분이라 모르겠는데, 루드웨어 공께서 소개해 주시지 않겠습니까?"

크샤스의 말에 루드웨어는 할 수 없다는 듯이 손을 내젓고는 말했다.

"여기 검은색 로브에 후드를 쓰고 있는 녀석은 마계에서 마신 라스타를 보좌하고 있는 측근인 유리마라고 하고……."

유리마에 대한 소개가 끝나자 주위에 있던 사람들은 크게 놀라는 표정을 지었다. 마계에서 자신들을 유의 주시하고 있다는 것을 알고는 있었지만, 설마 마신의 측근 중 한 사람을 보내리라고는 생각하지 못했기 때문이다.

"또 이 사람은 마신 라스타의 대리자이자 현 마령의 주인인 암흑의 황태자, 아니지, 암흑의 황제 루덴스라고 하지."

역시 놀라게 되는 순서였지만 주변에 있는 사람들의 놀람은 암흑 신관 유리마를 소개할 때와는 조금 달라 있었다. 성급한 기사는 검을 뽑아 들려고 폼을 잡았지만, 차마 자신의 주군 앞에서 검을 뽑을 수가 없는지 숨만 크게 내쉬며 참고 있었다.

"루덴스라 하네."

루덴스는 수많은 적들에게 둘러싸여 있음에도 신경조차 쓰지 않는 듯했고 크샤스는 그의 소개를 들으며 고개를 끄덕이며 말했다.

"과연 대륙 최강의 양대 제국 중 하나인 마령을 이끌 만한 분이시 군요."

"……"

물론 크샤스의 말에 루덴스는 대답하지 않았다. 주변에 있는 사람들은 자신들의 적인 루덴스를 보며 살기를 보내고 있었지만, 기운들은 암암리에 보이는 루덴스의 카리스마에 눌려 있었다.

루덴스, 그는 거저 마령의 주인이 된 것이 아니었다.

"생각보다 강한 원군을 데리고 오셨군요. 이거 크레이져의 힘을 얻기가 순탄치 않을 것 같습니다."

"하지만 이 정도의 방해는 예상하고 있지 않았던가?"

"물론 예상했었지요. 아! 이걸 어쩐다지요. 보통 사람 같으면 죽이거나 잡아넣든지 하겠는데 루드웨어 공 같은 실력자가 두 분이나 계시는지라 죽이는 것도 용이하지 않군요. 하지만 일이 재밌게 됐군요. 이렇게 해서 대륙에 있는 신의 대리자 세 명이 모두 모였으니 말입니다."

"그렇군."

크샤스의 말에 루덴스는 고개를 끄덕이며 말했다.

"대리자가 셋?"

아이샤는 크샤스의 말을 이해하지 못했다. 대리자. 그녀가 알고 있기에 대리자는 현세에 두 명 외엔 존재할 수가 없었다.

"하하하, 모르셨군요. 그럼 제가 말씀드리지요. 천신의 레이뮤의 대리자 루드웨어, 마신 라스타의 대리자 루덴스, 그리고 저 궁극의 마신 크레이져의 대리자 크샤스. 이렇게 세 명의 대리자가 이곳에 모여 있답니다. 하하하하!"

대리자. 그것은 창조주의 법칙이었다. 1급 신의 힘을 가진 신들은 지상 세계에 파란을 일으킬 수 있는 존재였다.

세계의 균형을 위해 창조주는 지상 세계에 존재하는 생물 중 1급 신을 대리할 수 있는 자를 선택하여 그로 하여금 신의 뜻을 전달하게 한 것이다. •

대륙의 역사에 존재하는 수많은 구세주, 신의 예언가들 중 몇몇은 이런 대리자들이 신의 뜻을 받아 행할 때 사람들에게 칭송되었던 자들이었다.

이러한 이유로 천계와 마계를 다스리는 1급 신인 천신 레이뮤와 마신 크레이져, 이렇게 두 1급 신의 대리자만이 존재할 수 있는 것이다.

하지만 신마전쟁 이후 모든 것이 변했다. 천신 레이뮤는 소멸하고 마신 크레이져는 봉인당했다. 천신 레이뮤의 뒤를 이어 1급 신의 자리에 오른 신의 수는 모두 5명. 태양신 아리시아와 질서의 여신 아이네스, 전쟁의 여신 히루안, 대지모신 안트라네와 계절의 여신 프라이도스였다.

5명이나 되는 1급 신 덕에 신계에서는 지상에 그들의 대리자를 보낼 수가 없었다. 그 때문에 흩어진 천신 레이뮤의 힘을 모아 인간에게 전승케 했는데 현재의 전승자가 바로 루드웨어, 신계의 대리자인 것이다. 마계에서는 크레이져의 뒤를 이어 마신 라스타가 1급 신의 자리에 올랐으나 천신 레이뮤에 의해 파괴된 마계를 복구하는 데 거의 모든 시간을 소비했지만 그것마저 실패하자 마족들이 새로 살아갈 땅을 마련하기 위해 루덴스를 자신의 대리자로 삼은 것이다.

루드웨어와 루덴스의 출현은 창조주가 정한 대로라고 하지만 크샤스의 대리자의 신분은 있어서는 안 되는 것이었다.

천신에 의해 봉인된 마신의 존재, 1급 신의 자리에서 물러난 1급 신의 대리자가 지금 존재하는 것이다.

"……."

궁극의 마신 크레이져의 대리자라면 두 사람의 대리자라고 해봤자 그와 상대하기에는 벅찬 감이 있었다. 루드웨어의 경우 천신 레이뮤의 대리자라고는 하지만 그의 힘은 이미 수없이 분할된 것을 다시 모아 전달받은 것에 불과하기 때문에 실제의 힘은 루덴스보다 약하다고 할 수 있었다. 루덴스의 경우에는 마신 라스타의 힘을 대리한다고는 하지만 마신 라스타는 크레이져가 봉인된 후에 1급 신으로 오른 자로 실제적으로는 2급 신이라고 해도 과언이 아닌 것이다.

하지만 크샤스는 명실공히 1급 신의 대리자, 물론 주체인 신이 봉인당해 있는 관계로 그 힘의 절반도 내지 못하고는 있지만 1급 신과 2급 신의 차이가 어른 장정 한 명과 일곱 살 정도 꼬마 아이 정도를 비교했을 때의 차이인 것을 감안한다면 루드웨어와 루덴스의 힘을 합한다 해도 크샤스의 힘에 못 미치는 것은 사실이었다.

물론 그것을 알고 있던 루드웨어가 아무 대책 없이 이곳으로 올 바보는 아니었다. 하지만 현재 이곳은 루드웨어가 감춰놓은 꽁수를 낼 수 있는 장소가 아니었다.

'봉인지까지 움직여야 하는데……'

루드웨어는 식은땀을 흘리며 생각하다가 로노와르의 얼굴을 쳐다보았다. 로노와르가 잘 해낼 수 있다면 루드웨어로서는 크샤스가 예상하지 못한 힘을 갖게 되는 것이다.

"아! 너무 긴장하지 마십시오. 이곳에서 결판 낼 것은 아니니까요."

물론 루드웨어 역시 그가 이곳에서 결판을 내지는 않으리라는 것을 알고 있었다. 만약 이곳에서 크샤스가 자신과 루드웨어를 죽인다면 대리자의 죽음을 핑계로 차원 붕괴를 무시하고 다른 신계와 마계의 1급 신들이 크샤스를 막을 수 있기 때문이다. 대리자가 신의 힘을 빌릴 수 있다고는 하지만 신의 본체와 대리자의 싸움이란 것은 본체가 승리할 수밖에 없기 때문이다.

"우리를 잡아둘 생각인가 보군."

"뭐, 직접적으로 말한다면 그렇습니다."

"아무리 너의 힘이 강하다고 해도 우리를 계속 잡아둘 수는 없을 텐데?"

유리마의 말에 크샤스는 고개를 끄덕였다. 하지만 무슨 꽁수가 있는지 야릇한 미소를 짓고 있었다.

"그렇기 때문에 준비해 둔 것이 있지요."

크샤스의 말이 끝남과 동시에 루드웨어 일행을 중심으로 숨어 있던 수십 명의 마법사들이 뛰쳐나와 일행을 원으로 둘러쌌다.

"뭐야!"

루드웨어가 당황하는 사이에 이미 마법사들은 모든 준비를 끝냈는지 시동어를 외쳤다.

"마나 프리즌!"

마나 프리즌은 마나를 가두어 버리는 마법으로 보통 사람에게는 별 문제가 없지만 마나를 다루는 자에게는 강한 속박력을 가지게 한다. 루드웨어의 일행에서 마나를 가지고 있지 않은 인물은 아이샤뿐이었기 때문에 다른 이들은 모두 그 자리에서 강한 속박력에 몸을 움직일 수가 없게 되었다.

"홀리 배리어!"

마나 프리즌을 막기 위해 아이샤는 신성력을 사용하여 마나를 막으려 했지만 그녀의 신성력이 강하다고 해도 수십 명이나 되는 사람들의 마법을 막을 수는 없었다.

"여신관께서도 잡혀주셔야겠군요. 홀드!"

아이샤가 신성력을 발휘하는 것을 보고 크샤스는 홀드 마법을 써 그녀의 몸을 묶어버렸고 움직이지 못하게 된 아이샤는 그 자리에서 쓰러지고 말았다.

"이런 제길!"

루드웨어는 설마 봉인 해제 의식이 진행되는 와중에 수십 명이나 되는 마법사들이 자신들을 상대해 움직임을 봉쇄할 줄은 생각지도 못했기 때문에 크샤스의 수에 잡혀 버리고 만 것이다.

"뭐, 봉인 의식이 5일 정도 늦어진다 해도 결정적인 방해 요소를 잡아두는 것이 더 중요해서 말입니다. 마나 프리즌!!"

수십 명의 마법사들이 쳐놓은 마나 프리즌 위에 다시 크샤스의 마나 프리즌이 쳐지자 루드웨어는 완벽하게 마나를 봉쇄당한 채 쓰러지고 말았다.

"경비병!"

"예."

아직 마나를 다룰 수 있는 실력이 안 되는 경비병들은 마나 프리즌에 속박되지 않기 때문에 쓰러진 루드웨어의 일행을 크샤스의 명령으로 지하 감옥으로 이송해 갔다.

지하 감옥에 갇힌 루드웨어 일행은 마나력을 억제하여 어느 정도 몸을 움직일 수 있게 됐지만 마나를 사용할 수 없기 때문에 감옥에서 탈출할 방법이 없었다. 또 루덴스와 루드웨어가 이 상태에서 힘을 합친다면 속박에서 풀려날 수도 있지만 그것을 예상했는지 크샤스는 모두에게 각 방을 제공하는 배려를 했기 때문에 힘을 합칠 수도 없었다.

"아! 끝났다."

아이샤는 허무한지 한숨을 내쉬고는 말했다. 아이샤의 맞은편 감방에 갇혀 있던 루드웨어는 그녀의 발언을 들으며 쉽게 답했다.

"정말? 난 아니라고 생각하는데 말이야."

루드웨어는 별로 문제가 없다는 듯이 그렇게 얘기했고, 그의 그런 모습에 아이샤는 궁금한 듯 물었다.

"루드웨어, 무슨 방법이라도 있는 거야?"

"뭐, 나한테 방법이란 게 있을 리가 없잖아."

"뭐야! 그런데 왜 그런 식으로 이야기하는데."

"응? 아, 나한테야 방법이 없지. 하지만 다른 누군가에게는 방법이 있는걸."

"다른 누군가?"

"그래. 유리마!"

루드웨어가 그렇게 소리치는 것이 채 끝나기도 전에 누군가 루드웨어가 갇혀 있는 철창 밖에 서 있는 것이 아닌가? 그는 바로 유리마였다.

"시끄럽다."

유리마는 암흑 투기로 간단하게 루드웨어가 갇혀 있는 방의 철문을 잘라 버렸다.

아이샤는 유리마가 풀려난 것을 보고 놀라며 물었다.

"도대체 무슨 수로 풀려난 거야?"

"무슨 수라니… 넌 뭔가를 잊었나 본데 유리마는 검사나 마법사가 아니라고."

"아!"

그제야 아이샤는 이유를 알 수 있었다. 유리마, 그는 암흑 신관인 것이다. 암흑 신관인 유리마는 어느 정도의 마력이 있기는 하지만 주 힘은 바로 마신 라스타에 대한 믿음으로 나오는 신성력인 것이다.

어쨌든 유리마에 의해서 모두 마나 프리즌에서 해방될 수 있었다. 물론 크샤스가 사용한 마나 프리즌 때문에 다소 고생한 것도 있지만 본체에서 떨어진 마나의 흐름이란 것이 그렇게 강한 것은 아니기 때문에 유리마의 힘으로도 충분히 해체할 수 있었던 것이다.

"암튼 대충 다 풀려 나오긴 했는데 이제부터 어떡한다냐?"

"지금 나간다면 분명히 크샤스와 그의 마법사들에 의해서 또다시 잡힐 것이 뻔하니까요."

아이샤의 말에 루드웨어는 미소를 지으며 말했다.

"기다려라. 기회는 반드시 온다."

"기회?"

"그래, 자세한 건 그때 가서 알려주지."

아무튼 간단하게 미소를 지으면서 말한 루드웨어는 감방 안으로 들어가더니 부서진 문을 다시 원상 복구시키고는 침대에 누워버렸다.

다른 사람들은 이유는 잘 알지 못했지만 루드웨어의 말에 무슨 수가 있겠지 하는 생각에 방으로 들어갔다.

36장 휴전

루드웨어 일행이 분지 안의 성으로 들어가 지하 감옥에 갇히자 외부에서 지키고 있던 기사들은 할 일이 없어졌다. 어차피 마령의 군사들이야 프레드 백작이 잡고 있을 것이기 때문이다.

하지만 명령 체계가 엄격한 북극령의 기사인지라 여기저기 흩어져 있는 마병들을 지시하며 기사들은 하릴없는 시간을 보내고 있었다.

"아후! 라프, 뭐 재밌는 이야기 없나?"

한 기사가 따분한 듯 하품을 하다가 옆에 있는 기사에게 물었고 그 기사는 고개를 저었다. 자신이 알고 있는 이야기야 이곳에서 거의 세 달을 지내면서 다 내뱉었기 때문이다.

"없어."

"칫."

없다는 말에 그는 포기했는지 허리에 차고 있는 검을 만지작거리며 나뭇둥걸에 등을 기대며 휴식을 취했는데 그들의 휴식은 그리 오래가지 않았다.

"누구야!"

기사들은 자신의 옆에 들리는 풀의 뒤석거리는 소리에 검을 뽑아 들고 소리쳤지만 그들의 반응은 그렇게 오래가지 않았다.

그들이 쳐다보고 있는 숲에서 십여 명의 사람들이 튀어나와 그들을 공격했고, 단 두 명밖에 되지 않았기에 순식간에 적의 검에 죽임을 당해야 했다.

기사들을 습격한 사람들은 모두 복면을 하고 있었는데 상대를 죽이자 그중 리더인 듯한 자가 말했다.

"크샤스의 기사들은 2인 1조로 마병에게 지시를 내리고 있다. 두 사람은 남아 통솔의 오브로 이쪽의 마병들을 지휘하고 나머지들은 다른 기사들을 찾아라. 시간은 50분. 그 안에 분지에 있는 하급 마병들을 우리 편으로 만든다. 가라!"

"예."

그의 지시에 따라 수십 명의 복면인들은 사방으로 흩어졌다.

복면인 그는 바로 안트워 공작의 부하였다. 안트워 공작은 인간들로만 이루어진 군대를 파병한 후 마병들을 통솔하는 기사들을 암살하여 분지 안에 있는 마병들을 자신의 손에 넣고자 하는 것이다.

한편 크샤스는 황성으로 마법사로 하여금 통신 구슬을 통하여 아이샤에게 말을 전하려 했지만 이상하게도 황성까지의 통신이 마법 장애로 이루어지지 않음을 보고받고 있었다.

"황성으로의 통신이 이루어지지 않는다고?"

"예. 여러 번 교신을 시도했지만 그때마다 마법이 닿지 않는다고 합니다."

"음……."

크샤스는 불길한 생각이 들었다.

"안트워 공작에게 통신을 연결하라."

"예."

마법사들은 크샤스 앞으로 통신 구슬을 가지고 와 연락을 시도해 보았지만 역시 안트워 공작에게도 연락이 닿지 않았다.

이 일련의 사태들을 되짚어본 크샤스는 무엇인가 생각이 났는지 분노를 터뜨리며 자리에서 일어났다.

"프론 장군!"

"예."

"분지 외쪽에 있는 기사들에게 연락해 보라. 만약 분지 외쪽의 기사에게 연락이 없다면 전군에게 경계 태세를 내리도록!"

"예."

"감히 나에게 반기를 들려 하다니… 안트워 공작!!"

크샤스의 분노는 엄청났다. 크샤스의 주위에 있는 신하들은 분노한 크샤스가 내뿜는 암흑 투기에 눌려 움직일 수조차 없었고 심장이 약한 신하들은 자리에서 쓰러질 지경이었다.

마법사들은 크샤스가 분노하면서 읊조린 말에 어느 정도 사태를 짐작할 수 있었다.

엘레이나는 다른 오호사에 속해 있는 마법사들과 함께 정무실을 빠져나오면서 일련의 사태를 짐작하며 한숨을 쉬고 있었다.

"엘레이나, 무슨 짐작이라도 가느냐?"

오호사의 수좌인 칼리아스는 한숨을 쉬는 엘레이나를 보며 물었고, 엘레이나는 칼리아스의 물음에 대답했다.

"제가 아는 것은 별로 없습니다만, 그간 령 내와 외부를 돌아다니면서 본 것과 폐하께서 말씀하신 것들을 생각해 보면 아무래도 안트워 공작이 반란을 일으킨 것 같습니다."

"짐작하고는 있었지만 폐하께서 그 정도에 한숨을 쉴 정도는 아닌 것 같은데?"

"예. 안트워 공작의 반란쯤이야 크샤스 폐하께서 마신 크레이져님의 힘을 완전하게 얻게 되신다면 별문제될 것은 없습니다만 아이샤님이 걱정될 뿐입니다."

"아이샤님이라… 음… 안트워 공작이라면 크샤스 폐하의 비밀을 알고 있을 수도 있겠군."

"예. 자칫 잘못하면 안트워 공작과 크샤스 폐하께서 공멸하실 수도 있습니다."

"공멸이라고?"

"예. 폐하께선 분명 안트워 공작과의 타협은 거부하실 것이 분명합니다. 그렇게 되면 안트워 공작의 힘으로는 폐하를 막을 수 없을 텐데 만약 안트워 공작이 모든 것을 포기하고 아이샤님을 죽인다면 마병의 세뇌 마법은 모두 풀리고 저흰 마병들의 공격을 받아야 하겠지요."

"그렇군."

칼리아스는 그제야 긴박하게 돌아가고 있는 일련의 사태들을 어느 정도 조망할 수 있었다.

"최악의 사태로 돌아간다면 마령은 아니겠지만 다른 제3자가 이득을 차지할 수 있을 겁니다."

"제3자?"

"예."

사라덴은 생각지도 못한 제안을 받고 어리둥절하고 있었다.

"뭐야? 프레드 백작이?"

"예."

사라덴이 이끄는 마령의 병사들과 대치하고 있던 프레드 백작이 갑자기 전령을 보내어 사라덴에게 휴전을 제의한 것이다.

사라덴은 크렌 장군이 분지로 향한 후 배반을 하기는 했지만 프레드 백작의 군대가 몇 번은 산발적인 공격을 해오리라 생각하며 조금 긴장하고 있었다. 크렌 장군이 떠난 후에도 프레드 백작은 간간이 게릴라 식 기습, 그것도 많아야 한두 명 다치는 식의 공격으로만 시간을 때우고 있었다.

이러한 공격법은 프레드 백작에 비해 극히 소수인 마령의 군사들에겐 쥐약과도 같은 일이었고, 그 때문에 병사들은 상당한 피로에 시달리고 있었다. 언제 프레드 백작의 대군이 몰려올지 모르기 때문이었다.

한데 이런 상황에서 유리한 고지를 차지하고 있는 프레드 백작이 휴전을 제기해 올 줄은 예상하지 못했던 것이다.

"저희 주둔지 3킬로미터 앞의 평원에 중립 지역을 만들고 그곳에서 휴전에 관한 회의를 제의해 오고 있습니다."

"음……."

프레드 백작의 속마음을 알 수는 없었지만 이번 휴전 제의가 그렇게 나쁜 것은 아니었기 때문에 사라덴으로선 승낙 쪽으로 결정하고 있었다.

'이미 모든 일은 끝으로 달리고 있다. 이곳에서의 싸움은 이제 더 이상 앞으로 있을 결과에 아무런 영향을 주지 못하는 것이지. 휴전이라 괜찮은 일이긴 하다만 프레드 백작 그가 무엇을 노리고 있는지는 알 수가 없군.'

여러 가지를 생각하던 사라덴은 부관을 보며 말했다.

"내일 아침 중립 지역에서 만나자고 전해라."

"예."

사라덴은 다음날 아침 오십여 명의 부하들과 함께 중립 지역으로 향했다. 중립 지역에는 이미 프레드 백작이 몇 명의 기사들과 함께 도착해 있었기에 사라덴은 다섯 명 정도의 기사만을 대동하고 나머지는 대기하도록 지시한 후 중립 지역의 천막으로 말을 몰아갔다.

"어서 오시구려."

프레드 백작은 중립 지역의 천막 앞에서 말에서 내려 걸어오는 사라덴을 보며 말했다.

사라덴은 자신을 보며 조용히 맞이하는 프레드 백작을 보며 가벼운 인사를 나누고 자리에 앉았다.

프레드 백작은 그가 자리에 앉아 뒤에 서 있던 부관에게 지시하여 이미 만들어놓은 휴전 약정서를 건네주었다.

"음……."

사라덴은 프레드 백작이 자신에게 건네는 약정서를 읽어보았는데 한 조항 한 조항 내려 읽으면서 그 내용에 대해 놀라지 않을 수 없었다.

"이걸 뭐라고 설명해야 할지……."

도저히 사라덴으로로선 프레드 백작이 약정서에 쓴 내용을 액면 그대로 받아들일 수가 없었다.

"휴전 약정서라기보다 동맹 약정서에 가까운 것으로 보이는 것이니 사라덴 공께서도 이해하기 어려우실 테지요."

프레드 백작의 말에 사라덴은 고개를 끄덕이며 말했다.

"그렇소. 도저히 이 내용을 그대로 받아들일 수가 없구려. 마병의 폐지와 무제한 양도, 마령과의 무역 개방, 북극령에 마령 외무관 파견 승인. 어떻게 이러한 것들을 휴전 약정서에 올릴 수 있는지 그것이 이해가 안 될 지경이오."

"그렇겠지요, 사라덴 공."

"말씀하시오."

"아마 그대들의 첩보원들이 이미 우리 황성에서 반란이 일어났다는 것을 보고했으리라 믿소. 물론 우리 첩보원들도 마령 측의 크렌 장군이란 분이 일련의 병사들을 이끌고 분지로 향했다는 것을 들어 알고 있소이다."

그 말에 사라덴은 등 뒤로 식은땀이 흐를 지경이었다. 크렌 장군의 출병은 상당히 은밀하게 이루어진 것인데 이러한 것들을 프레드 백작은 자세하게 알고 있는 것이다.

"뭐, 다 아시겠지만 난 이번에 반란을 일으킨 안트워 공작의 측근 중 한 명이었소."

프레드 백작에 대해선 이미 많은 조사가 이루어진 터라 사라덴은 고개를 끄덕였다.

"하지만 지금 보니 안트워 공작의 측근이라고 하기엔 조금 크신 분 같소이다."

사라덴의 말에 프레드 백작은 기분이 좋은 듯 크게 웃으며 말했다.

"하하하! 그렇게 잘 봐주니 고맙소이다. 당신이 말한 대로 난 안트워 공작의 밑에서 평생을 지내고 싶진 않소. 이미 이곳에서의 결전은 무의미하다는 것을 사라덴 공께서 잘 알고 계시리라 믿습니다. 모든 결과는 이제 레허드 분지에서의 결전에 달린 것이지요. 본인은 그 여러 가지의 결과 중 하나를 선택하여 모험을 하기로 결정했소이다."

"여러 가지 결과 중 하나를 건 모험이라시면?"

"공멸. 그것에 나의 모든 것을 걸고 모험을 결심한 것이지요."

공멸. 사라덴으로선 예측하지 못한 일이었다. 안트워 공작의 반란 사실을 알고 난 후 그가 분명 크샤스에게서 중대한 약점을 잡아냈다는 것을 짐작하긴 했지만 일의 사태가 어디로 흘러가고 있는지는 알 수 없었다. 하지만 자신의 앞에 있는 프레드 백작은 하나의 결과에 자신의 모든 것을 걸고 도박을 감행하려 하는 것이다.

"공멸이라 자신하심은?"

"안트워 공작이 크샤스 왕의 중대한 약점을 손에 넣었다고는 하지만 크샤스 왕이 그렇게 호락호락하지는 않을 것입니다. 권력의 늪에 빠져 앞을 보는 눈이 흐려진 안트워 공작이야 크샤스 왕에게 먹혀 버릴 것은 뻔한 일이기는 하지만 그곳에 마령의 군대가 가세한다면 사태는 달라진다고 볼 수 있는 것이지요. 마령의 군대와 안트워 공작이 같은 편은 아니겠지만 일단 둘은 크샤스 왕이라는 하나의 목표를 가지고 있으니 결과는 어느 쪽의 승리를 점칠 수 없는 상태지요. 거기서 루드웨어 공의 일행 혼란스러워진 틈을 타 일을 꾸밀 테지요? 결과는 안트워 공작도 크샤스 왕도 아니게 되는 것이지요. 어떻습니까, 저의 시나리오가?"

프레드 백작이 말한 일련의 시나리오가 그렇게 완벽한 것은 아닐 테지만 거의 확률이 높은 축인지라 사라덴은 잠시 생각에 빠질 수밖에 없었다.

'프레드 백작은 북극령의 대권을 노린단 말인가?'

프레드 백작은 안트워 공작과 크샤스의 공멸을 생각하며 일을 추진하고 있는 것이다. 만약 두 집단이 공멸한다면 프레드 백작의 가장 큰 걸림돌은 바로 이곳에 주둔하고 있는 마령의 군대였다.

그렇기에 프레드 백작이 마병의 폐지 등과 같은 여러 가지 호조건을 제시하며 휴전의 이름을 지닌 동맹을 제의하고 있는 것이다.

"마령이 이따위 불모의 땅을 노리고 있는 것은 아니겠지요?"

선뜻 결정을 하지 못하는 프레드 백작은 사라덴을 보며 넌지시 말을 건넸고 사라덴은 그제야 결정을 내릴 수 있었다.

어차피 마령은 북극의 땅을 차지하려고 군대를 파병한 것이 아니기 때문에 북극령에서 마병이 폐지된다면 상대해야 할 적이 하나 줄어드는 것이기 때문이었다.

"좋소. 휴전 제의를 받아들이지요. 그리고 마지막 조항 역시 받아들이도록 하지요."

마지막 조항. 프레드 백작이 여러 가지 불리한 조항과 함께 마령에게 제시한 마지막 조항은 바로 한정된 기간의 연합 전선 구축이었다.

사라덴은 안트워 공작과 크샤스 왕의 북극령의 소유권 다투는 싸움에서 제3자인 프레드 백작을 선택한 것이다.

북극령으로선 마령 측의 솔깃한 제의를 한 프레드 백작 측을 돕는 것이 어쩌면 당연할 수도 있었다.

안트워 공작은 철저한 주전파였고 크샤스 왕은 주전을 주장하되 물

밑 작업을 통하여 암수를 드러내는 타입이다. 둘 모두 마령에겐 상당한 위협이 되는 존재였기에 사라덴으로선 새로이 권력 쟁투에 이름을 올리는 프레드 백작을 환영할 수밖에 없는 것이다.

다음날 프레드 백작과 사라덴의 연합군은 곧바로 북극령의 왕도를 향하여 진격해 들어갔다. 현재 왕성을 지키고 있는 부대는 안트워 공작의 휘하 장수 중 한 명인 페레이라가 거느린 마병 13만이었고, 약 4만의 숫자가 왕성을 방어하고 있었다. 적의 총숫자는 17만 정도이다. 하지만 프레드 백작과 사라덴의 연합군의 숫자가 12만 정도이고 왕성 방어군 4만은 움직이지 않는다고 생각하면 페레이라의 13만과의 싸움은 해볼 만하다.

프레드 백작과 사라덴의 지휘부들은 이 13만의 마병들을 상대하기 위해 진군 중에 계속 마차에 만든 임시 회의실에서 회의를 멈추지 않고 있었다.

프레드 백작의 수하 크로드는 각지로 보낸 첩자들과 마령 측의 첩자들이 보내준 정보와 군대 상황을 보고하고 있었다.

"그리고 현재 북극령 각지로 크샤스의 세뇌 마법을 해제하기 위해 떠난 마법사 중 반 이상이 임무를 마치고 돌아오고 있습니다. 칠인회 측의 로우나 경께선 일단의 마법사들이 얼음성에서 본진과 합류한다고 하셨습니다. 세뇌 마법을 해제하기 위한 마법사들 중 본진과 합류할 마법사의 수는 30여 명, 상당히 도움이 될 수 있으리라 생각합니다."

"그렇군. 적의 숫자가 13만이라고는 하지만 마법에 대응할 병력은 그렇게 많은 것이 아니니까."

사라덴은 크로드의 보고를 들으며 이번 전투에서 충분히 승산을 가지고 있다고 생각했다.

"예상했던 대로 페레이라 경은 저희 연합군 쪽의 진군 소식을 듣고 차레스 남작과 로랑 남작에게 약 5만의 군사를 주어 로빈 산맥에서 매복을 지시한 것 같습니다."

프레드 백작은 로빈 산맥에서 적이 매복해 있다는 말을 듣고 생각에 잠겼다. 로빈 산맥은 황성으로 지나가기 위해선 반드시 지나야 하는 길로 산과 산 사이의 길이 넓기는 하지만 그곳에서 매복된 군사에게 습격을 당한다면 상당한 피해를 감수해야 한다.

하지만 매복이란 것은 적이 알지 못할 때 가능한 것. 현재 프레드와 사라덴의 연합군은 상당한 첩보망을 유지하고 있었기 때문에 적의 움직임을 낱낱이 알고 있었다.

만약 이러한 첩보망이 연합군 쪽에 있다는 것을 알았다면 페레이라는 쉽게 매복 작전을 지시하지는 않았을 것이다.

"매복이라… 선봉을 맡고 있는 우리 편 장수는 누구지?"

"예. 루드헨 경과 마령 측의 필센 장군입니다."

그 말에 사라덴은 별로 안 좋다는 듯이 인상을 찌푸리고는 말했다.

"루드헨 경이라면 마령에 대해 감정이 안 좋은 귀족이라고 들었습니다. 필센 장군은 하프웨어 울프인데 마찰이 있을 수도 있겠군요."

사라덴의 말에 프레드 백작은 고개를 끄덕이며 수긍했다. 루드헨은 자신과 같이 안트워 공작을 배반한 귀족 중 한 명이다. 휴전 약정서에선 사라덴에게 제시한 조건 중에서 마병의 폐지는 그가 강경하게 주장했던 일이었다. 그만큼 그는 마물에 대해서 안 좋게 생각하고 있었는데 그와 동행한 마령의 장군이 하프웨어 울프라면 자신이 작전 지시를 내린다 해도 둘의 연계 작전은 잘 이루어지지 않을 수도 있었다.

하지만 자신에게 상당히 도움을 주고 있는 루드헨을 그런 일로 선봉에서 빼낸다는 것은 그를 모욕하는 일이기에 할 수가 없었다.

"루드헨 경이 마령에 안 좋은 감정은 있다고 하지만 감정에 얽매이는 분은 아니라고 생각합니다. 백작에 대한 충성심은 믿을 수 있는 분입니다. 백작님께서 편지를 하나 써주신다면 어느 정도의 마찰을 줄일 수 있으리라 생각합니다."

크로드의 말에 프레드는 고개를 끄덕이다가 사라덴을 보며 말했다.

"사라덴 경께서도 필센 장군을 잘 다독여 주셨으면 합니다."

"물론입니다."

프레드는 자신의 앞에 있는 전략 지도의 한 부분을 손가락으로 가리키며 말했다.

"마병 위주로 짜여진 군대이니만큼 적은 숲 속에서는 강한 전투력을 발휘하리라 생각합니다. 그렇기 때문에 적을 일단 평원 쪽으로 유인하는 것이 좋겠지요. 로우나 회주, 텔레포테이션 게이트로 움직일 수 있는 병사의 수와 거리가 어느 정도나 됩니까?"

"현재 저희 측의 마법사의 수는 30명 정도입니다. 텔레포테이션 게이트를 위해선 출발지와 도착지의 좌표 계산이 중요한데, 그러기 위해선 다섯 명 정도의 마법사를 예측 도착지에 보내 그곳의 좌표를 이곳으로 알려야 하는 것이 우선이지요. 좌표 계산만 정확하다면 한 명의 마법사가 한 번에 보낼 수 있는 병사의 수는 약 이백 명 정도. 그러니 1차로 보낼 수 있는 병사의 수는 약 오천 명 정도가 가능하다고 볼 수 있습니다. 그리고 2차는 마법사들의 마나가 모여지기까지… 약 열 시간 후에야 가능합니다."

"그 정도면 충분합니다. 일단 저희 측의 군대 오천을 적의 뒤쪽, 즉 계곡을 지난 로빈 산맥의 뒤쪽 프로렌 평원으로 보내겠습니다. 적은 매복 작전에 반 이상의 군사를 보낼 것은 자명한 일. 마령 측에서 마법 화살을 약간 분만 주신다면 계곡을 벗어난 평원에서 대기하고 있는 적을 당황하게 할 수 있으리라 생각합니다. 그렇게 되면 계곡에 매복한 적은 분명 아군이 공격당한다는 것을 깨닫고 평원 쪽으로 급히 매복한 병사를 돌릴 것입니다. 그 순간 마령 측의 기마병이 적의 뒤를 공격하는 것이지요."

프레드 백작의 말에 사라덴은 수긍을 할 수밖에 없었다. 매복한 병사들은 분명 계곡을 통하여 물러설 것이 분명하기 때문이다.

"좋습니다. 그렇게 전하도록 하지요."

"로우나 회주께서는 일단 마법사들에게 작전을 지시해 주십시오. 도착점 좌표 계산을 위한 마법사는 마령 측의 비병들을 이용하시면 비밀리에 빠져나갈 수 있으리라 생각합니다."

"그러지요."

프레드 백작 그는 이제 자신의 야망을 위한 최초의 전투에 임하게 된 것이다.

37장 탈주

　현재의 각 군의 작전 상황을 간략히 설명하면, 계곡 안으로 연합군이 진입하면 매복조가 후방을 봉쇄하고 계곡 입구에서 대기하고 있던 병력이 계곡 양쪽에서 공격, 본군이 매복을 피해 계곡을 빠져나오는 연합군을 공격한다는 것이 페레이라의 작전이다. 하지만 연합군은 텔레포테이션 게이트로 계곡 입구에서 대기하고 있는 적의 본군의 옆구리를 공격, 매복군이 본군을 도와주기 위해 매복에서 벗어나면 마령의 기마대가 신속하게 계곡으로 진군하고 계곡을 통해 본군을 도와주기 위해 움직이는 북극령의 매복군의 뒤를 친다는 계획이다.

　다만 이 작전은 페레이라 군의 움직임에 따라 달라질 수도 있는데, 북극령의 매복조가 계곡을 막고 본진으로 향한다면 마령 기마대는 계곡이 막힘에 따라 후방 기습이 불가능하다. 그럼 텔레포테이션 게이트로 북극령의 본진을 친 궁수대는 후퇴할 곳이 없기 때문에 전멸하게 되는 것이다.

지하 감옥에 갇혀 있던 루드웨어는 원상 복귀 마법으로 부서진 감옥 문들을 고친 후 간수가 주는 밥을 먹으면서 편한 시간을 보내고 있었다. 가끔씩 시간날 때마다 유리마에게 가서 체스도 두면서. 하지만 이제 시간이 됐다는 것을 느낄 수 있었다.

성 밖에서 느껴지는 기운들, 모든 상황은 루드웨어가 예측했던 대로 흘러가고 있는 것이다.

"시간됐다."

루드웨어는 감옥 문을 열면서 다른 사람들에게 말했다. 아이샤는 신에게 기도하던 중이었고 유리마는 마신 라스타에게 루드웨어를 이길 수 있는 체스 묘수를 강의받던 중이었다. 루덴스는 방 안에서 검술을 연습하고 있었고, 나머지 세 사람은 한국인이 어디 가서도 놓치 않는 놀이 문화를 하고 있었다(한국인의 놀이 문화… 셋이서 할 수 있는 거라면 하나밖에 없지 않는가! 뭘까요?). 그리고 마지막 한 명 우리의 자랑스러운 그린 드래곤 로노와르는… 자고 있었다.

"인나라!"

루드웨어는 자고 있는 로노와르를 보며 한숨을 쉬고는 발로 차서 깨웠지만 로노와르는 좀처럼 깨지 않고 있었다.

이상한 기운… 루드웨어는 그제야 로노와르가 조금 이상하다는 것을 깨달을 수 있었다.

"유리마!"

급히 루드웨어는 유리마를 불렀고 유리마는 자고 있는 로노와르에게 다가가 녀석의 기운을 읽었다.

"…아무래도 변태 중인 것 같군."

"변태?! 젠장!"

변태. 드래곤이 500년의 해츨링 시기를 벗고 진정으로 성룡이 되기 위한 과정이다. 어느 정도 시간이 됐다고는 생각했지만, 로노와르가 지하 감옥에서 변태를 하게 되리라곤 루드웨어조차 예상하지 못하고 있었다.

그리고 가장 중요한 것은 로노와르는 변태를 해선 안 되는 것이다. 로노와르의 변태, 그것이 바로 루드웨어가 생각하고 있는 크샤스 격파의 가장 중요한 열쇠이기 때문이다.

"변태를 막을 순 없는가?"

"음, 일단 너의 마나로 드래곤 하트로 들어가는 기운을 막아라. 드래곤의 변태는 대자연의 마나가 드래곤 하드에 유입되며 신체가 변형을 하는 것이지. 동양 무림의 관점에서 본다면 일종의 탈태환골과 같은 것이랄까? 아무튼 드래곤 하트에 유입되는 마나를 막는다면 다소 변태를 지연시킬 수 있을 것이다. 드래곤은 인간과는 달리 주화입마라는 것이 없기 때문이지. 막을 수 있는 시간은 다섯 시간 정도. 그 이상을 막고 있으면 마나의 불균형으로 인하여 소멸하게 될 공산이 크다."

유리마의 설명에 루드웨어는 고개를 끄덕이며 두 손을 로노와르의 가슴에 대고 마나를 주입하기 시작했다.

대략 드래곤 하트로 유입되는 마나의 경로는 열 군데다. 바로 기경팔맥과 생사혈관. 여기서 잠시 무협의 흐름으로 들어가는 것을 양해 바란다. 역시 의학은 동양 의학이 최고이기 때문에 어쩔 수 없는 것이다. 아무튼 이 열 군데에서 흐르게 되는 마나가 성체로 변태하게 되는 마나의 90% 이상을 차지하고 있기 때문에 그곳만 막으면 변태는 지연시킬 수 있다. 물론 100%를 다 막을 순 없다. 모든 생명체에겐 마나가 흐르고 있는데, 그 마나의 흐름이 멈춘다는 것은 죽음을 의미하기 때문이다.

쿠궁!

갑자기 큰 폭음 소리가 나며 지하 감옥이 흔들리기 시작했다. 다른 사람들은 폭음과 지진에 놀라고 있었는데 루드웨어는 로노와르에게 마나를 주입하면서 말했다.

"칠인회 첩자의 보고에 의하면 안트워 공작이 반란을 일으켰다. 오늘이나 내일쯤 안트워의 부대가 이곳을 공격할 것이라는 것을 예상하고 있었는데… 그것이 오늘이었군. 아무튼 안트워 공작의 군대로 정신이 없는 틈을 타 우린 봉인지를 파괴해야 한다. 루덴스, 난 유리마와 함께 아무래도 로노와르의 일 때문에 이곳에 잠시 남아 있어야 하니 네가 다른 사람을 데리고 먼저 일을 시작하고 있어라."

"그러지."

간단하게 대답한 루덴스는 다른 사람들에게 지시하고 지하 감옥의 계단을 올라갔다. 루드웨어는 다시 로노와르에게 정신을 집중시키고 있었다.

인간과는 달리 드래곤의 몸을 가진 로노와르의 몸은 마나 그 자체라고 해도 과언이 아닐 만큼 엄청난 마나를 가지고 있었기에, 10서클의 마도사인 루드웨어로도 상당히 힘든 작업이라고 할 수 있었다.

반 이상이 되는 마나를 주입하고도 아직 세 개 정도밖에 흐름을 막지 못하자 루드웨어는 유리마에게 눈짓을 했다. 유리마는 루드웨어의 눈짓에 두 손을 들어 로노와르의 몸에 마나를 주입하고 강하게 흐르는 그녀의 맥을 자신의 마나로 막기 시작했다.

"이제야 좀 살 것 같군. 이러다간 로노와르에게 마나를 다 쏟아 부을 것 같은데."

"여섯 개 정도의 맥만을 막고 일을 진행해야겠어. 여섯 개 정도라도 충분히 3시간은 견딜 수 있을 것 같으니까. 루드웨어, 그런데 한 가지 물어볼 것이 있다."

"물어봐."

"로노와르의 마나… 이건 결코 드래곤의 마나가 아니다. 심장을 건넸나?"

루드웨어는 유리마의 물음에 고개를 끄덕였다. 대리자는 영원불멸의 신체를 갖게 된다. 하지만 그것은 대리자의 심장이란 것을 다른 이에게 주었을 때만 그것이 가능한 것이다. 심장은 대리자가 신의 힘을 받을 수 있는 매개체 같은 것으로 죽은 자라 해도 대리자의 심장이 주어진다면 다시 살아날 수 있지만 평범한 사람의 생만을 살게 되는 것이다. 그 시간이 지나면 심장을 준 이는 죽게 되고 그에 따라 대리자 역시 죽게 된다. 그렇기 때문에 대리자들은 심장을 남에게 주는 일이 드물다고 할 수 있지만, 루덴스나 루드웨어 역시 이미 심장을 건넨 상태이다.

루덴스는 한때 사랑하는 여인에게 심장을 주고 그녀를 영원한 잠에 빠지게 하여 생을 연장시키고 있었고, 루드웨어는 바로 로노와르라는 그린 드래곤에게 심장을 건넨 것이다.

유리마는 그제야 루드웨어가 별로 도움이 되지 않는 로노와르를 계속 데리고 다니는 이유를 알 수 있었다.

"일이 틀어진 경우 이 녀석을 통해 힘을 흡수할 생각이었나?"

루드웨어는 고개를 끄덕였다. 유리마, 그가 말하는 힘이란 무엇을 말하고 있는 것인가?

한편 루덴스는 다른 네 명과 함께 지하 감옥의 계단을 빠져나가려고 했는데 갑자기 큰 마나의 흐름이 입구 쪽에서 일고 있는 것을 느낄 수 있었다.

"엎드려!"

루덴스의 고함에 다른 이들은 모두 자리에서 엎드렸고 그 순간 입구는 큰 폭음과 함께 불길에 휩싸이기 시작했다.

불길의 소용돌이는 통로를 통해 계단 쪽의 루덴스 일행에게 덮쳐왔고 루덴스는 급하게 암흑 투기를 일으켰다.

"암흑의 장막!"

루덴스의 암흑의 장막은 밀려 들어오는 불길의 소용돌이를 밀어버렸고 불길은 사그라들기 시작했다.

"역시 눈치 채고 있었군."

루덴스는 크샤스가 자신들을 마나 프리즌으로 봉쇄시키긴 했지만 그 정도의 힘으로는 잡아둘 수 없다는 것을 알고 있음에도 예상외로 감옥은 느슨하기 그지없었기에 이상하게 생각하고 있었는데, 이미 자신들의 탈출을 예상하고 병력을 그곳에 배치하고 있었던 것이다.

크샤스가 자신들을 겨냥하여 배치한 병력이라면 만만치 않을 것이라 생각됐다. 하지만 현재 일행에겐 무기가 하나도 없었고 싸울 수 있는 사람도 세 명, 아이샤의 신성 마법과 시안의 정령 마법, 그리고 자신의 암흑 마법과 암흑 투기뿐이었다.

이 정도면 보통 때는 굉장한 힘이 될 수 있지만 만만치 않은 크샤스의 병력을 상대로는 얼마 버티지 못할 것이 뻔했다.

루덴스가 불멸의 신체를 가지고 있다고는 하지만 힘까지 무한대는 아니기 때문이다.

루덴스는 정신을 집중하고 적의 숫자를 파악했다.

'소드 마스터 급 4명, 5서클 마스터 이상급 7명이라……'

만만치 않은 숫자였다. 물론 루덴스와 시스, 크레이드 역시 소드 마스터이긴 하지만 아무리 소드 마스터라고 해도 무기가 없는데 그것이 무슨 소용이 있겠는가.

루덴스로는 난감할 수밖에 없었다.

"아이샤, 5서클 이상의 마법사 7명 정도의 마법을 어느 정도까지 막을 수 있지?"

"글쎄요. 홀리 배리어를 최대한 발휘한다면 처음의 마법 정도는 막을 수 있지만 두 번째 오는 것은 불가능하리라 생각해요."

"아이샤, 내가 지시하면 홀리 배리어를 치도록 하고 시안은 내가 지시하면 불의 최상급 정령으로 공격을 부탁한다."

"예."

루덴스는 아이샤와 시안에게 작전을 지시하고 시스와 크레이드를 손짓해 불렀다.

"나의 암흑 투기가 입구 쪽으로 형상을 갖추어 나가면 마법사들은 마법으로 공격할 것이다. 첫 번째 공격이 지나간 후 마나로 몸을 보호해 마법의 여파를 뚫고 나가 마법사들을 공격한다. 할 수 있겠나?"

루덴스의 말에 시스와 크레이드는 고개를 끄덕였다.

"좋아, 시작하지."

루덴스는 암흑 투기를 발현하여 형상을 만들기 시작했다. 투기로 형상을 만드는 작업은 소드 마스터라고 해도 쉬운 작업이 아니었다. 물론 루덴스는 소드 마스터의 경지는 넘어선 상태이긴 하지만 투기를 사용하여 형상을 만드는 작업은 굉장한 피로를 요하는 작업이었다.

하지만 루덴스는 그런 작업을 일 분도 걸리지 않아 끝냈고, 그것을 보던 시스와 크레이드는 루덴스의 힘에 새삼 놀랄 수밖에 없었다.

"간다!"

암흑 투기로 만들어진 형상이 입구 쪽에 나타나자마자 마법사들은 마법을 난사하기 시작했다. 엄청난 폭발의 여파가 채 사라지기도 전에 루덴스는 입구 쪽으로 뛰어가며 소리쳤다.

"시안! 정령으로 공격해라!"

시안은 지시를 받자마자 불의 최상급 정령 샐레아나를 불러내어 입구에서 이들이 나오기만을 기다리고 있는 마법사들을 향해 공격하게 했다.

불의 최상급 정령 샐레아나는 불새 모양이 되어 입구를 빠르게 빠져나가며 크샤스의 마법사들을 공격해 나갔다.

"정령이다!"

마법사들은 최상급 정령에 놀라 뒤로 물러서서 주문을 외우며 실드를 치기 시작했고, 뒤에 있던 소드 마스터들은 검을 빼 들고 정령을 공격했다.

최상급 정령이라고는 하지만 소드 마스터 4명의 공격은 당할 수 없었는지 몇 번 불덩어리를 쏘지 못하고 그들의 검에 사라져 갔다. 이 짧은 순간에 루덴스와 일행들은 입구로 달려나갔다.

당황한 마법사들이 실드를 해제하고 급히 시동어만으로 가능한 마법을 시전해 이들을 공격해 나갔다. 하지만 아이샤의 홀리 배리어는 그들의 마법을 효과적으로 방어했다.

"다크 그리터!"

루덴스는 마나 검을 만들어 비술 다크 그리터를 사용하였다. 다크 그리터는 어둠의 빛을 내뿜으며 일직선에 있는 소드 마스터 한 명과 마법사 한 명을 뚫고 나갔고, 다크 그리터에 당한 기사와 마법사는 외마디 비명 한마디 못 지른 채 재가 되어 사라져야 했다.

루덴스는 빠른 몸놀림으로 기사가 죽어가며 떨어뜨린 검을 집어 들고는 옆에 있던 기사의 옆구리를 베어 나갔다.

마법사들이 쏜 마법이 아이샤의 홀리 배리어와 부딪치면서 생긴 여파로 지하 감옥의 입구가 있는 1층은 한 치 앞도 보이지 않게 먼지로 뒤덮여 소드 마스터들은 마나의 흐름으로 루덴스들을 찾으려 했다.

하지만 찾지 못했고, 오히려 루덴스의 옆에 있던 기사는 마나의 흐름을 파악하자마자 밀고 들어오는 루덴스의 검에 허리가 두 동강이 난 채 쓰러졌다.

루덴스는 그의 검을 잡아채고는 다시 나머지 두 명의 소드 마스터를 베기 위해 움직였으나 그의 움직임을 파악하고 있던 나머지 두 명은 루덴스가 빠르게 휘두른 일격을 막고 뒤로 물러섰다.

그들이 뒤로 물러서자마자 마법사들은 시동어를 외치며 빠르게 마법을 사용해 공격했지만 애석하게도 그들의 공격은 루덴스의 빠른 움직임에 불발로 끝났고 연이어 들이닥친 시스와 크레이드가 휘두르는 주먹에 맞으며 쓰러져야 했다.

마법사들이 쓰러지자 두 명의 기사는 시스와 크레이드를 공격하려 했지만 루덴스에 의해 두 사람의 진로가 막혀 버리고, 잠깐 동안의 시간에 시스와 크레이드는 텔레포트를 사용하여 도망친 마법사 한 명을 제외하곤 남아 있는 마법사 6명을 모두 쓰러뜨릴 수 있었다.

"젠장!"

자신들을 제외하고 삽시간에 모두 루덴스들에게 당하자 두 명의 기사는 그들을 막기가 불가능하다는 것을 깨닫고 빠른 속도로 그곳을 벗어 나갔다.

루덴스는 충분히 그들을 잡을 수 있긴 했지만 어차피 그들을 쫓아 죽인다고 해도 현재의 상황에서 변하는 것은 없었기 때문에 포기하고 들고 있던 두 개의 검을 시스와 크레이드에게 던져 주었다.

이 일련의 일들은 채 1분도 되지 않는 사이에 일어난 일이었기 때문에 당사자인 시스와 크레이드는 어안이 벙벙할 정도였다.

루덴스는 조용히 정신을 가다듬고 자신의 애검을 찾기 시작했다. 루덴스의 검은 일종의 마검으로 라스타가 직접 권능으로 만들어준 검이었다. 루덴스 이외에는 사용할 수 없는 이 검은 검 자체에서 강한 마기를 내뿜고 있기 때문에 루덴스는 금방 검의 위치를 알아낼 수 있었다.

크샤스와의 대결을 위해선 반드시 자신의 검이 필요하다는 것을 알고 있는 루덴스는 시스와 크레이드를 보며 말했다.

"이 층으로 가자. 그곳에 우리들의 무기가 있다."

시스와 크레이드 역시 자신의 무기에 손이 익어왔던 터라 루덴스가 던져 준 검이 익숙하지 않았었기에 고개를 끄덕이며 앞서 가는 루덴스의 뒤를 쫓아갔다.

한편 레허드 분지의 성은 수많은 마물들에게 둘러싸여 공격받고 있었다. 성을 공격하는 마물들은 모두 분지 밖에서 이곳을 지키고 있던 마물들이기에 마법사들은 통솔의 오브를 사용하여 마물들의 공격을 멈추려고 했다. 하지만 그전까진 잘 듣던 통솔의 오브는 무엇에라도 막힌 듯이 사용이 불가능해졌기에 당황하고 있었다.

그러는 사이 마물들의 성을 둘러싼 공격은 더욱 심해졌고 성벽 위에 있던 병사와 기사들은 성벽을 오르는 마물들을 떨어뜨리며 방어하고 있었다.

하지만 마물들의 수에 비해 워낙 아군의 숫자가 적었기 때문에 병사들은 힘겹게 막아낼 수밖에 없었고, 이 때문에 상당히 피로가 누적되어 버린 상태였다. 이렇게 간다면 얼마 안 있어 성안으로 마물들이 침입해 들어오는 것은 시간문제였다.

"빨리 오호사의 간부 어르신들을 불러오게!"

성벽 위에서 마물들에게 마법을 계속 연사하고 있던 마법사는 더 이상 공격할 마나마저 사라지게 되자 병사 한 명에게 지시하여 오호사의 간부를 불러오라고 지시했다.

"그럴 필요 없네."

어느새 오호사의 다섯 명의 간부 중 두 사람 칼리아스와 엘레이나가 현재 벌어지고 있는 사태를 성벽 위에서 관찰하고 있었던 것이다.

"칼리아스님!"

마법사는 칼리아스가 나타나자 이제야 살았다는 얼굴로 그를 부르다가 지쳤는지 그 자리에서 쓰러지고 말았다. 칼리아스는 병사에게 지시하여 그를 안으로 옮기도록 지시하고는 성벽 밑으로 몰려오는 마물들을 쳐다보며 말했다.

"아무래도 세뇌가 변경된 것 같군."

"예, 안트워 공작이 수를 썼으리라 생각됩니다."

칼리아스는 잠시 눈을 감으며 주문을 외우기 시작했다. 그가 주문을 외우자 주위에 있던 마나들이 소용돌이치며 그에게 몰려들었고, 10분 정도의 주문이 끝나고 마나가 집중되자 그는 성벽 밑의 마물들을 보며 시동어를 외웠다.

"헬 파이어!"

8서클의 익스퍼트의 칼리아스가 사용할 수 있는 최강의 주문인 헬 파이어는 엄청난 불의 지옥을 만들어냈다.

그가 서 있는 곳에서 약 100미터 정도를 불의 지옥으로 만들어 버린 헬 파이어 주문이 사라지자 칼리아스가 서 있던 성벽 아래의 마물들 중 대부분이 불에 휩쓸려 재가 되어버렸다.

그것을 보고 있던 병사들은 8서클 마도사의 능력에 놀라 입을 다물 수가 없을 정도였다.

칼리아스가 주문을 사용한 후 현기증을 일으키며 쓰러지려 하자 엘레이나는 급히 그의 몸을 부축하고는 말했다.

"무리하셨습니다."

"그거야 나도 알지……. 하지만 이 정도는 돼야 적이 물러설 게 아닌가."

칼리아스의 말대로 마법 하나에 마물의 몇 천 가량이 재가 되어버리자 숲에선 퇴각의 나팔을 불며 마물들이 퇴각하기 시작했다.

칼리아스는 단 한 번의 마법으로 위험했던 상황을 타파할 수 있었지만 마나의 고갈로 인해 앞으로 3일 간은 마법을 사용할 수 없는 몸이 되어버렸다.

엘레이나는 칼리아스가 마법을 사용하지 못하게 될 것을 알면서도 헬 파이어를 사용하여 이번 공격을 막으려고 한 이유를 알 수 없었다.

'칼리아스님…….'

38장 계곡 전투

로빈 산맥의 계곡을 지키는 차레스 남작은 이상하게 기분이 좋지 않았다. 이번에 세운 작전은 마령의 선봉이 걸려들기만 한다면 충분히 전멸까지도 바라볼 수 있는 작전임에도 불구하고 왠지 안 좋은 기분이 들고 있는 것이다.

"로랑 남작에게서 연락은 왔나?"

"매복 중인 로랑 남작님은 마령 측에 마법사들이 다수 존재하고 있다는 말을 듣고서 작전이 실행되기 전까지는 연락을 자제하겠다고 말씀하셨습니다."

"음⋯⋯."

맞는 말이었다. 통신 구슬을 이용한 통신은 상당히 빠른 지시를 가능하게 하지만 현재와 같이 봉인지로 실력있는 마법사들이 가 있어 3, 4서클의 마법사들만이 있는 상태에선 적의 마법사들에게 그 통신이 도청될 가능성이 있기 때문이다.

물론 암호를 통해 통신이 가능하기는 하지만 우리 측 마법사가 입수한 적의 통신 암호는 상당히 고난도의 암호였던 것으로 보아 암호 체계는 마령이 북극령에 비해 몇 수가 더 높다고 할 수 있었다. 그런 차이를 알면서도 암호 통신을 한다는 것은 아군 측의 암호가 쉽게 적에게 유출돼 정보를 그냥 제공하는 것과 같기 때문에 차라리 계획을 미리 숙지하고 연락을 하지 않는 것이 나을 것이다.

"음… 일단은 작전 시행 전까지 기다리고 있어야 한단 말이군. 전군에 휴식 명령을 내려라. 작전이 실행된 후 이곳으로 후퇴해 올 마령군이 도착하려면 적어도 20분 이상의 시간이 필요할 듯하니까."

"예."

그의 부관은 절도있게 대답한 후 지휘 천막 밖으로 나갔다. 차레스 남작은 연락이 오기 전까지 행군으로 지친 몸을 쉴 겸 간이 침대에 눈을 붙이려고 누웠다.

'괜한 걱정이겠지.'

그는 자신이 느끼는 불안감을 괜한 걱정으로 생각하며 잠을 청하려고 했는데 그의 잠은 그리 오래가지 않았다.

쿠구궁!

"응? 뭐야?!"

갑작스런 폭발음에 놀란 차레스 남작은 자리에서 일어났고, 그가 일어나자 폭발음은 끊이지 않고 들리며 차레스 남작이 밟고 있는 땅을 뒤흔들기 시작했다.

"젠장!"

급히 책상 위에 올려둔 검을 들고 나온 차레스 남작은 폭음의 정체가 무엇인지 볼 수 있었다.

부대 위치를 계곡의 입구로 놓고 본다면 3시 방향에서 수많은 폭발음이 들리며 불기둥이 치솟고 있는 것이다.

3시 방향 쪽에서 나타난 군대는 중장갑 마병대를 공격하고 있었다. 북극령의 마물들은 일일이 통솔의 오브를 사용해서 지시해야 하기 때문에 많은 수의 군대의 경우에는 개별적 지시는 그 속도가 느릴 수밖에 없었다.

원래 그리 빠르지 않은 마병에게 중장갑까지 착용시킨 데다 느린 지시 때문에 빠르게 들어오는 적의 공격에 빠져나가지도 못하고 당하고 있었다.

"뭐 하는 게냐! 통솔의 오브로 중장갑 기병을 뒤로 후퇴시키고 궁병대로 적의 습격에 대응하라. 기병대는 적의 공격 방향에서 우회해 적을 공격하게 해라!"

"예!"

급히 뛰어온 부관은 차레스 남작이 악쓰듯이 하는 명령을 전달하기 위해 급히 뛰어갔지만 혼란스러워진 상태에서 지휘관의 지시를 전달하는 부대는 애석하게도 중장갑 기병과 함께 위치해 있었기 때문에 사방으로 흩어져 버린 후였다.

남작의 지시를 전달할 수 있는 방법이 없어지자 금세 군대의 진형은 엉망이 되어버렸고, 적의 폭발성 기운을 지닌 화살에 속수무책으로 당할 수밖에 없었다.

"로랑 남작에게 연락해라! 로랑 남작에게!!"

차레스 남작은 마법사에게 소리치며 로랑 남작에게로의 연락을 지시했다.

"뭐야?!"

산맥의 계곡에서 매복하며 마병의 선봉대가 오기만을 기다리던 로랑 남작은 급하게 온 차레스 남작의 통신에 당황하고 말았다.

"말도 안 돼! 어떻게 마령군이 벌써 산맥을 넘었단 말이오!"

"지금 그것을 따질 때인가! 지금 이곳은 아비규환이란 말일세, 아비규환!"

"알겠네! 병력을 그쪽으로 보내도록 하지!"

"부탁하네!"

통신이 끊어지자 로랑 남작은 부관에게 지시하며 말했다.

"마령 측의 군대가 무슨 경로를 이용했는지는 모르지만 산맥을 넘어 차레스 남작의 군대를 공격하고 있다. 전군을 돌려 계곡을 벗어난다. 한시가 급한 모양이니 계곡으로 나가 군대를 될 수 있는 한 빠르게 돌리도록 하게!"

"예."

로랑 남작의 지시대로 계곡에 매복하고 있는 군사들은 지시 나팔소리에 따라 계곡 밖으로 내려가 차레스 남작의 군대를 원조하기 위해 움직이기 시작했다. 하지만 거의 모두가 궁병이나 보병이었기 때문에 진군 속도는 그렇게 빠르지 않았고 이틀 간을 산속에서 숨어 지낸 병사들은 상당한 피로감을 보이고 있었다.

"대체 어디로 넘어갔단 말인가?"

마령 측의 진군 경로에 대해서 상당히 의아하게 생각한 로랑 남작은 말에 올라타면서도 생각에 잠겨 있었다.

"적이다!"

"마령의 기병대다!"

멀리서 들려오는 목소리에 놀란 로랑 남작은 뒤쪽을 돌아보았고, 그의 눈에 보인 것은 계곡의 먼지로 뒤덮이면서 오고 있는 수많은 적의 군대였다.

몰려오는 속도로 보아 적의 병력은 기병대일 확률이 높았다. 기병대라고 하는 것은 원래 보병의 천적이라고 할 수 있다. 계곡의 대로로 이동하는 중이기에 긴 대열을 가지고 있어 궁병이 이 꽉 막힌 근거리에서 활을 쏠 수 없다는 것을 감안한 로랑 남작은 눈앞이 캄캄해지는 것을 느꼈다.

"속았다!"

적의 선봉 부대는 산맥을 벗어난 것이 아니라는 것을 그제야 깨달은 로랑 남작은 소리쳤지만, 이미 대세는 마령과 프레드의 동맹군으로 기울어져 버린 후였다.

"후미의 보병대는 방어하고 전군은 후퇴하라!"

일단은 기병대의 공격을 어느 정도 저지해야 했다. 계곡 안에선 기병대인 그들을 이길 수 있는 확률은 거의 없다고 생각했기 때문이다.

후미의 보병대들은 지시 나팔 소리에 몰려오는 기병대들을 막아내기 위해 방어진을 짜고, 나머지는 계곡을 벗어나기 위해 빠른 속도로 후퇴했지만 너무나 교묘한 시간에 밀어닥친 마령의 기병대는 계곡을 막고 있는 보병대의 방어진을 부수며 밀려오기 시작했다.

"완전히 패했다……."

로랑 남작은 무너져 가고 있는 보병대의 방어진을 보며 자신들이 완전히 패배했다는 것을 직감할 수 있었다.

적의 빠르고 신속한 연계 작전에 차레스와 로랑의 매복 작전은 철저하게 유린당하고 만 것이다.

　안트워 공작의 첫 번째 공격이 끝나고 엘레이나는 탈진한 칼리아스를 부축하며 힘겹게 숙소로 향했다.

　한꺼번에 많은 마나를 소모한 칼리아스는 좀처럼 정신을 차리지 못하고 있었기에 엘레이나는 불안하기 그지없었다.

　'칼리아스님이 예상하고 계신 일은 무엇이란 말인가.'

　엘레이나는 칼리아스가 예상한 일련의 사태를 생각해 보았지만 좀처럼 칼리아스의 생각을 짚어볼 수 없었다.

　한때는 칼리아스에게서 많은 것을 배우고 각 지방을 돌아다니며 많은 식견을 얻었다고 생각한 엘레이나였지만 칼리아스의 예지를 짚어보지 못하는 자신이 원망스러워지고 있었는데, 얼마 지나지 않아 칼리아스가 예상했던 일련의 사태는 눈앞으로 다가왔다.

　"칼리아스님!"

　한 명의 마법사가 급하게 문을 박차며 안으로 들어왔다.

　"무슨 일인가. 칼리아스님은 지금 몸이 안 좋으시니 나한테 말하라!"

　엘레이나가 버릇없이 문을 박차고 들어온 마법사에게 호통 치자 마법사는 급한 소식에 뛰어왔는지 숨을 헐떡이다가 간신히 입을 열었다.

　"루, 루드웨어 일당이 움직이기 시작했습니다!"

　"루드웨어!"

　그제야 엘레이나는 칼리아스가 모든 마나를 희생하면서까지 안트워 공작의 공격을 막으려고 한 이유를 알 수 있었다.

칼리아스는 루드웨어 일당을 잡아놓을 수 없다는 것을 알고 그들이 움직일 시간을 생각하고 있었는데 안트위 공작의 군대가 성을 치러 왔다는 소식을 듣고 움직일 시간을 예측한 것이다.

밖에서는 안트위 공작의 군대에, 안에서는 루드웨어가 일을 시작한다면 아무리 크샤스 왕이라 해도 오래 견디지 못할 것은 당연한 일. 칼리아스는 그 때문에 자신의 모든 힘을 사용하여 안트위 공작의 공격을 잠시 주춤하게 만들어 버린 것이다.

"루드웨어 일당의 동태는?"

"자세히 알려진 것은 없습니다만, 아직 지휘 청사 안에서 나오지 않은 듯합니다."

잠시 생각에 빠진 엘레이나는 무엇을 결정했는지 단호한 목소리로 마법사를 보며 말했다.

"봉인 해제까지는 얼마 남지 않았다. 지금 상위급 마법사들을 움직인다면 봉인 해제 의식은 불가능할 터, 움직일 수 있는 중하위급 마법사들로 하여금 크샤스 폐하의 친위 기사대를 원조하도록 지시해라."

"예."

안에서 움직이고 있는 루드웨어 일당은 어찌 보면 밖에 있는 안트위 공작보다 위험한 상대일 수 있었지만, 상위급 마법사들을 움직인다는 것은 벼룩을 잡기 위해 초가삼간을 다 태우는 것과 같기 때문에 함부로 상위 마법사들을 움직일 수가 없었다.

'아! 이를 어찌한단 말인가… 칼리아스님, 제발……!'

칼리아스는 분명 자신을 믿고 일을 진행했을 터, 하지만 좀처럼 엘레이나는 현재에 벌어지고 있는 사태를 빠져나갈 수 있는 방법이 생각나지 않았다.

일단 마법사들에게 지시를 해두었다고는 하지만 그것이 그들을 막을 수 있는 것은 아니기 때문이다.

칼리아스가 빨리 깨어나야 했다. 만약 그가 깨어나기 전에 안트워 공작의 군이 2차 공격을 다시 시작한다면 상황은 더 어렵게 돌아갈 것이 뻔했기 때문이다.

한편 루드웨어와 유리마는 가지고 있는 마나를 거의 다 퍼부어서야 겨우 로노와르의 맥을 여섯 개 정도 막을 수 있게 되었고 로노와르는 잠에서 깨어날 수 있었다.

"어후~ 잘잤다."

졸린 눈을 비비며 일어난 로노와르는 일어나자마자 루드웨어와 유리마의 탈진한 모습을 보게 되자 고개를 갸우뚱거리며 생각하다.

갑자기 엄청난 생각이 들었다. 그리고 두 눈에서 흘러내리는 눈물…….

"응, 우네? 오호라, 이 몸의 뼈 빠지는 작업을 이해한 모양이군."

루드웨어는 생각보다 로노와르가 상황 파악을 잘한다고 생각하고는 만족한 웃음을 지었는데 로노와르의 모양새는 결코 그런 것이 아니었다.

탈진되어 움직이지 못하는 루드웨어 앞으로 천천히 걸어온 로노와르는 천천히, 아주 천천히 발을 들어 루드웨어를 짓밟기 시작했다.

"꾸에엑! 무슨 짓이야!! 꾸에엑!!"

루드웨어를 밟는 로노와르를 보며 유리마는 황당해하면서 물을 수밖에 없었다.

"로노와르 군, 그게 무슨 짓인가?!"

하지만 유리마라 해서 빠져나갈 수 있단 말인가. 로노와르는 고개를 돌려 유리마의 얼굴을 잠시 째려보더니 달려가 공중찍기로 유리마의 등을 가격했다.

"크악!"

악당이 내는 전형적인 비명 소리를 내며 유리마는 로노와르의 가격에 당한 채 기절해 버렸고, 아직 제정신이 남아 있는 루드웨어는 유리마를 기절시키고 다가오는 로노와르를 피해 탈진한 몸을 끌고 벽 쪽으로 기어갔다.

처절한 루드웨어의 몸짓에도 아랑곳하지 않고 로노와르는 천천히 그에게 다가가더니 다시 한 번 죽도록 패기 시작했다.

마나라도 있었으면 방어라도 하겠지만 어쩌랴, 로노와르의 맥을 막기 위해 모든 마나를 써버린 루드웨어에겐 그 쉬운 매직 배리어마저 쓸 수 없는 형편에 이르고 있었으니 이건 정말 말 그대로 복날 개 맞듯이 맞을 수밖에 없었다.

하지만 그냥 맞고 있을 수 있을 쏘냐. 루드웨어는 로노와르의 수많은 발길질을 막아가며 간신히 소리쳤다.

"도대체 왜 때리는 거야!!"

그 말에 로노와르는 더 열이 뻗친 듯 발길질의 강도를 높이며 말했다.

"쓰발 것들! 아무리 내가 예쁜 녀석이라고 해도 자는 중에 덮쳐?! 그것도 둘이서!! 얼마나 고 짓을 많이 했으면 이렇게 지쳐 버린 거냐!! 이 해츨링을 농락하는 변태야!!"

로노와르의 말을 들으며 오해라고 소리치고 싶었지만, 이미 한도를 넘어서는 로노와르의 발길질에 이젠 정신까지 오락가락해져 말을 할 정신은 사라지고 좀 더 시간이 지나자 자기가 진짜 로노와르에게 변태 짓을 한 것처럼 인식되기 시작했다.

'꾸액… 내가 왜 그랬을까… 꾸액!'

누가 그랬던가, 매에는 장사가 없다고.

아! 우리의 루드웨어여, 그대의 고통을 누가 알아줄 것인가…….

제2권 끝

기사와 건달
(Knight & Libertine)

장삼 판타지 장편 소설 / 1~3 / 값 7,500원

2001년식 新 인간시쟁!
중세의 기사와 소림사의 고승, 그리고 당대의 건달(乾達)이
시공을 초월해 펼치는 풍자와 역설의 미학

"나 박달삼은 맥시… 뭐냐, 하여간 크루터님에게 충성을 바칠 것이며 최선을 다해
주인겸 형님으로 모실 것을 맹세합니다. 하지만 주인님이 사나이답지 않은 비겁한 짓을 하거나
먼저 배신을 때릴 때는 말짱 꽝이 되는 것은 물론, 언제라도 뒤통수를 치겠다는 것 또한 맹세합니다."

돌주먹 건달(乾達)에서 기사의 시종이 된 박달삼.
소멸의 위험을 기꺼이 감수하고라도 이루어야 하는 사명을 위해, 세상을 더럽히는 쓰레기 같은
인간들을 쓸어버리기 위해, 그리고 사랑하는 사람을 위해….
죽일 놈은 죽이고, 혼나야 할 놈은 혼내는 기사와 시종의 행보는 거칠 것이 없다.

사이케델리아
(PSYCHEDELIA)

이상규 판타지 장편 소설 / 1~12(완결) / 값 7,000원

판타지 문학계의 시한폭탄 사이케델리아! 그 최종판!

사이케델리아는 기존의 판타지 소설을 벗어나 현실 세계를 도입한 새로운 판타지 소설이다.

"부탁이라니?"
"응, 간단한 거야. 우리 세계로 넘어와서 신하고 악마하고 패죽이면 되거든."

환타지 세계—아르카디아—에서 온 두 명의 미녀 영관(靈官)라케시스와 클로토.
그들이 천신과 천마를 소멸시키기 위해 선택한 중용자(中庸者)는 권강한! 바로 나다.
하지만 나는 다른 세계가 어떻게 되든 상관없어.
'그냥 죽으라고 해'라고 말했지만, 글쎄…… 라케시스가 나를 강아지로 만들어 버리지 뭐야?!
어쩔 수 없는 강압에 의해 또다시 환타지 세계로의 여행을 시작하게 되는데,
아아…… 나의 앞날은 과연 어떻게 될까…….

신인작가 모집

**시작이 반이라고 했습니다.
작가의 길에 대한 보이지 않는 벽을 과감히 깨뜨리십시오!
청어람은 작가 지망생 여러분들의
멋진 방향타가 되어드리겠습니다.**

저희 도서출판 청어람에서는
판타지 소설 신인 작가 분들을 모집합니다.
판타지 소설을 사랑하시는 분들의 많은 참여를 바랍니다.
소정의 원고(A4용지 150매)를 메일이나 우편으로 보내주시면
검토 후 출판 여부를 알려드리겠습니다.

주소:경기도 부천시 원미구 심곡1동 350-1 남성B/D 3F · 우편번호420-011
TEL:032-656-4452 · FAX:032-656-4453
e-mail:eoram99@chollian.net